武士猿《ブサーザールー》

今野　敏

武士猿　ブサーザールー

第一章　負けを知る

1

曇り空で月が出ていない。

辻《つじ》の前道は、建ち並ぶ遊郭の二階からは明かりが洩《も》れているが、一階部分は石垣で、陰になっているあたりは、真の闇《やみ》だった。

その真っ暗闇の中で、本部朝基《もとぶちょうき》はかすかに震えていた。寒いわけではない。まだ、九月だ。沖縄《ウチナー》の九月はまだ暑い。

武者震いだ。

朝基は、自分にそう言い聞かせていた。初めて掛け試し《カキダミシー》をやろうとしているのだ。

喧嘩《けんか》の経験なら、いくらでもある。だが、喧嘩と掛け試しは違う。朝基はそう考えていた。

これは、手《ティー》をやる者の純粋な修行なのだ。昔から武士《ブサー》は、手の修行として、掛け試しをやったと聞いている。

朝基は、十二歳のときから糸洲安恒《いとすあんこう》に手を習っていた。糸洲安恒は手の師であり、沖縄でその名を知らぬ者はいないと言われるほどの大家だ。

糸洲は自分の手のことを、唐手《トウディー》と呼んでいるが、朝基はその呼び方には馴染《なじ》まなかった。幼い頃から、武士が修行するのは手であり、わざわざ唐の手などと言う必要はないと考えていたのだ。

糸洲安恒から手ほどきを受けるようになってから五年の歳月が流れていた。十七歳にして、初めて掛け試しをする。いわば、今日が初陣だった。

歓楽街である辻の夜は長い。夜が更けても人通りが絶えることはない。さきほどから何組かの男たちが朝基の前を通り過ぎていった。

杜氏《サンカ》の集団もいた。五人一組で歩いてきた。杜氏は、気が荒いといわれている。その集団はまたとない練習台かもしれなかったが、さすがに、相手が五人となると気後《きおく》れした。

いや、杜氏は手をやっているわけではない。掛け試しは、手の修行なのだ。

朝基はそう思った。相手は選ばなければならない。自分に言い訳をしているのかもしれない。いや、修行となれば、相手を選ぶのは当然だ。

辻に遊びに来るのだから、病弱な者や老人は滅多にいない。みんな壮健な男たちだ。誰もが強そうに見える。

あれはだめだ、これはだめだと言っていたら、そのうち夜が明けてしまう。朝基は焦っていた。今日のところは出直すか。そんなことを、つい思ってしまう。

今夜掛け試しをやるというのは、実を言うと、朝基本人の考えではない。同じ糸洲門下の屋部憲通《やぶけんつう》と、こんな会話をした。

「おまえ《ヤー》は、長兄の朝勇《ちょうゆう》に勝ったために手を始めたと言っていたな？」

朝基は、思わず顔をしかめた。

「昔の話だ」

憲通は、笑った。朝基より四歳年上だ。首里山川《しゅりやまがわ》で生まれた憲通は、家が近所だったということもあり、幼い頃から名人・松村宗棍《まつむらそうこん》から手を習っていた。その後、兄弟子に当たる糸洲門下に入った。

糸洲が手を教えるために、本部御殿《もとぶウドウン》を訪れる際に、何度か同行してきた。なぜか馬が合い、よく話をするようになった。

朝基は、負けん気が強いものの、自分のことを、どちらかというとのんびりした性格だと思っていた。

　それに対し、憲通は、鋼《はがね》のようだ。肉体も鋼のように鍛えられているが、性格もその肉体同様だと、常々朝基は思っていた。

　常に冷静で、なおかつ強靭《きょうじん》だ。朝基はそんな憲通に、少しばかりの憧《あこが》れと妬《ねた》ましさを感じていた。

　その憲通に笑われ、朝基はむっとした。

「何がおかしい。昔の話だから昔の話だと言ったんだ」

「昔といっても、ほんの二、三年前の話だろう」

「それでも昔は昔だ」

　つい、言葉がぶっきらぼうになってしまう。憲通は、その様子を見てさらに笑う。

「勘違いするな。俺《ワン》は、そういう気持ちは大切だと言ってるんだ」

「そういう気持ちというのは、何のことだ?」

「絶対に負けないという気持ちだ。俺はな、手の稽古《けいこ》に変手《ヒンディー》を欠かしてはいけないと考えている」

　変手というのは、習った型の中の技を二人で向かい合って自由に出し合う稽古だ。

「それは、俺もそう思うが……」

「昔から、手を習う者は、掛け試しをやったものだ。だが、最近ではそういう武士はあまりいなくなった」

「そうだな」

「おまえは、兄に勝つために手を始めた。その気持ちは重要だ。兄だけじゃなくて、誰にでも勝つという気持ちになれば、それは本物になる」

「いつもそう思っているさ」

「思っているなら、証明するんだな」

「おまえはどうなんだ？」

「俺は軍人になる。戦場で戦い、決して負けないことを証明するつもりだ」

朝基はびっくりした。

「軍人……？　志願するのか？」

「そのつもりだ」

朝基は将来のことなど考えたこともなかった。十七歳になるまで、生活の苦労はしたことがない。このままなんとなく暮らしていけるような気がしていた。

朝基の家は、第二尚氏《しょうし》琉球国王十代、尚質《しょうしつ》の六男、尚弘信《しょうこうしん》（本部王子朝平《ちょうへい》）を祖とする琉球王族だ。本部御殿は立派な邸宅で、廃藩置県後も何かと優遇されていた。

そうした家柄だからこそ、手を学ぶにも、自分のほうから糸洲安恒を訪ねるのではなく、屋敷に呼び寄せて指導を受けていたのだ。手の指導は、長兄の朝勇とともに受けていた。

朝勇は、幼い頃から朝基のことを「猿《サールー》」と呼んでからかった。それが悔しくてかかっていく。だが、沖縄王家に伝わる御殿手《ウドゥンディー》を幼い頃から学んでいる朝勇に勝てるはずがない。

御殿手は、一子相伝で長男にしか伝えられない。なんとか兄に勝ちたくて、兄が御殿手の指導を受けている部屋を、いつも隙間《すきま》からのぞいていた。

糸洲が本部御殿を訪ねてきて手を教えるようになっても、朝基は朝勇には勝てなかった。朝勇のほうが年上で、しかも体が大きい。朝基は小柄だった。糸洲から同じことを習っているのだから、勝てるはずがない。

朝基は、泊手《トマリディー》の名人・松茂良興作《まつもらこうさく》を訪ねて手ほどきを受けた。手は、地域によって首里手《シュリディー》、泊手、那覇手《ナハディー》に分けられ、それぞれに特徴がある。兄に勝つためには、糸洲の稽古だけでは不足だと思ったのだ。

松茂良には、いつもこう質問した。

「もし、相手が、こう攻めてきたらどうしますか?」

松茂良は対処法を教えてくれる。朝基は、それができるようになるまで必死で繰り返す。

もちろん、朝基が想定している相手というのは、兄・朝勇だった。そうした稽古を繰り返して、ようやく朝勇に負けない自信がついたのだった。

だが、それでも劣等感は残った。朝勇は、王家伝来の御殿手を伝えられている。その劣等感を振り払うためには、ひたすら強くなるしかない。朝基はそう思っていた。

憲通が言った。

「俺は戦場で実力を証明する。おまえは、兄に勝つだけでいいのか？」

こう言われては、負けん気の強い朝基は黙っていられない。

「俺だって、証明してやる」

「ほう。どうやって？」

咄嗟《とっさ》に言ってしまった。

「掛け試しをやる」

「いつだ？」

「いつでもいい」

「本当か？」

「嘘《うそ》は言わん」

「なら、今夜やってみろ。もし、おまえが勝ったら、きっと噂《うわさ》が立つ」

「おう。やってやる」

それで、こうして闇の中でうずくまるはめになったのだ。

糸洲安恒に師事し、松茂良興作にも手を習った。幼い頃は、屋敷を訪ねてくる武士を捕まえては、「おじさん、手をやりましょう」とせがんだ。

朝基は腕には自信がある。だが、本気で武士とやり合ったことはない。いざとなると、なかなか声をかけることができない。

ええい、こんなことをしていても埒《らち》は明かない。

次に通るやつに声をかけよう。それがどんな相手であってもかまわない。

そう思ったとき、ちょうど通りの先から二人組の男が歩いてきた。彼らが近づいてくるのを待って、朝基は暗がりから道の真ん中に歩み出た。

二人が警戒して立ち止まる。朝基は、彼らに言った。

「立つか？」

二人はまだ若かった。朝基より少し年上に見える。

「何だ？」

片方が言った。「掛け試しか？　我々が糸洲門下の者と知ってのことか？」

糸洲先生の弟子か。つまり、同門ということになる。まずいな。一瞬、そう思った。

だが、もう引っ込みはつかない。

朝基はもう一度言った。

「立つか？」

もう一人の男が言った。

「あれ、本部御殿の三郎じゃないか？」

三郎は、朝基の幼名だ。

糸洲門下生と名乗ったほうが、ちょっと慌てた様子で言った。

「なに、本部御殿の……？　いや、これは失礼しました」

朝基は苛立《いらだ》った。

「そんなことはどうでもいい。相手をしろ」

二人は困った様子で顔を見合った。片方が言った。

「いや、そうは申されても、本部御殿の血族の方に怪我《けが》をさせるわけにはいきません」

「ならば、そこに立っているがいい。こちらから行くぞ」

「ご勘弁いただきたい」

「ならん」

二人は再び顔を見合った。朝基を知っていたほうが言った。

「これは、手の稽古ですね？」

「そうだ」

「では、どういうことになっても、恨みっこなしということですね？」

「掛け試しなのだから当然だ」

二人は同時にうなずいた。

「ならば、仕方がない。お相手しましょう」

二人は、どちらが先に相手をするか小声で相談している様子だ。そのとき、一人の言葉が朝基の耳に届いた。

「……御殿の坊ちゃんだ。適当に相手をして差し上げればいい……」

そのとたんに、朝基の頭に血が上った。朝基は、突進していた。まだ戦いの体勢を整えていない相手のあばらに鍛え抜いた正拳を叩《たた》き込んだ。

「ぐう……」

相手は、奇妙な声を洩らしてうずくまった。息ができなくなったに違いない。

残った一人は、朝基の拳の威力に驚いた様子だった。

さっと左手を前に構えた。

「ようやく本気になってくれたか……」

朝基は言った。相手はこたえる代わりに、手を出してきた。

強く踏み込んで右の拳を腹に飛ばしてくる。遊郭の二階から洩れるかすかな光を受けて、その拳に盛り上がるタコが見えた。

型どおりに左手で受けて右手の拳を突き出す。だが、それでは遅かった。左の拳が顔面めがけて飛んできた。

朝基は咄嗟に後ろに飛び退《の》いた。

相手は、連続で蹴《け》りを飛ばしてきた。膝や金的を狙《ねら》っている。朝基は、さらにさがらなければならなかった。

どんと、背中に衝撃を感じる。石垣だった。いつしか、朝基は石垣まで追い詰められていたのだ。

「失礼」

相手は、朝基の顔面に右の拳を打ち込んできた。かわせない。そう思ったとたん、朝基は前に出ていた。

拳が、頬をかすめていく。同時に、朝基の肘《ひじ》が相手の脇腹に決まっていた。したたかな手ごたえを感じた。

相手は息を詰まらせて、身動きを止めた。すぐさま左の拳を出す体勢だったが、それは朝基の一撃に封じられていた。

突っ込んでくるところに、こちらも出て行った。それで、朝基の肘打ちの威力は何倍にもなっていた。

相手は崩れ落ちた。

朝基は、興奮していた。足元の男を踏みつけようとしていた。

相手は弱々しく片手をかざした。もう片方の手はあばらを押さえている。

「ま、参りました」

朝基は、上げた足を下ろした。とたんに、全身から汗がどっと噴き出してきた。ぜいぜいと息が切れる。ほんの数手の攻防でしかなかった。それなのに、息が苦しいほどに疲労していた。

朝基は、駆けだした。辻の前道をあっという間に通り抜け、首里赤平《あかひら》を目指した。二人の相手は、すでに倒れていた。おそらく二人ともあばらが折れていたに違いない。だから、彼らが追ってくるということは考えられなかった。

それでも誰かが追ってくるような気がして、肺が痛いくらいに息が弾んでいるが、走らずにはいられなかった。

細い道の両側は、鬱蒼《うっそう》とした林だ。その林の中からも誰かが飛び出して来そうな気がした。どれくらい走ったろう。不意に朝基は足を止めた。

体の奥底からこみ上げてくるものがあり、それが恐怖を押しのけていた。やがて、その感情を抑えられなくなった。

朝基は、獣《けもの》のように咆哮《ほうこう》していた。

勝利の歓喜だった。

2

噂は瞬《また》く間に広がる。辻で起きた掛け試しの一件の話題が、首里にまで届くのに、それほど時間はかからなかった。

本部御殿を、憲通が訪ねてきていた。朝基を見ると、憲通はいつもの鋭い眼差《まなざ》しを向けて言った。

「本当にやったのだな……」

「ああ、やった」

「二人を相手にするとは……。あの二人は、同門だぞ」

「知っている。だが、掛け試しにはもってこいだ。先生の前では、掛け試しはおろか、変手も満足にできないのだからな」

糸洲安恒の指導は、型が中心だった。それが、沖縄の手の伝統だ。ひたすら型を練り、心身を鍛錬《たんれん》した後に、口伝により技の用法を伝える。

「糸洲先生も、すでにこのことはご存じだ。野試合をしたということで、二人はきつく叱責《しっせき》を受けた。あの穏やかな糸洲先生には珍しいほどの厳しさだった」

「俺には、先生からは何の沙汰《さた》もない」

「当然だ」

憲通は難しい顔になって言った。

「本部御殿の子息に、先生が何を言える」

朝基の胸がちくりと痛んだ。糸洲門弟の二人の言葉がよみがえる。

「御殿の坊ちゃんだ。適当に相手をして差し上げればいい」

その言葉に、思わず我を忘れたのだ。

あの夜は、二人を打ち倒したという喜びに体中が満たされていた。翌日になっても、その歓喜は朝基の中を駆けめぐっていた。

だが、次第に一つの疑念がわいてきた。

あの二人は、朝基の身分を知っていた。王族の末裔《まつえい》だ。廃藩置県後といえども、沖縄の士族階級だった者は、その身分の重さを忘れてはいない。

かつての王府は、今でも元士族たちの心の支えでもあるのだ。

あの二人は、手加減をしたのではないか。そんな疑念だった。

それでは掛け試しをやった意味がない。実力で勝ったことにはならない。

考え込んでいる朝基に、憲通は言った。

「まあ、何にしても、おまえは立派に掛け試しをやって勝った。その度胸と腕前は認めてやらねばならんな」

朝基は力なく言った。

「本当に勝ったのかどうかはわからない」

「何を言っている。二人の糸洲先生の弟子を打ち負かしたのだぞ」

「俺は、本当に強いのかどうか、確かめなければ気が済まなくなった」

「おまえの手は、たいしたものだ。俺が認める」

「いや、俺は納得していない」

この言葉に、憲通は心底驚いた様子だった。

「何をするつもりだ」

「決まっている。掛け試ししかないだろう」

「おい、もうやめておけ。俺はおまえの気構えと度胸を試しただけだ。それは充分にわかった」

憲通は、珍しく慌てている様子だ。

「けしかけておいて、今さらやめろはないだろう」

「一度やれば充分だ。あとは、その経験を稽古に活《い》かせばいい」

「それでは満足できない。変手も約束事では意味がない。おまえもそう思うだろう」

憲通はこの言葉にうなずいた。

「たしかにそう思う。だから、真剣に稽古をやればいいんだ」

「おまえは、軍隊に入り、戦地で実力を証明すると言った。俺は、掛け試しで実力を証明する」

「それはもう証明した」

「いや、まだまだ証明などできてはいない。俺の手の本当の修行はこれからだ」

しゃべっているうちに、朝基はようやく自分が何をすべきかわかってきたような気がした。ずっと、もやもやとしたものを胸の中に抱えていた。

それは、朝勇が受け継いでいる御殿手に対する劣等感だったかもしれない。あるいは、自分自身の身分に対する糸洲先生や松茂良先生の態度だったかもしれない。

朝基はたしかに特別扱いされていた。糸洲の門弟たちは皆、先生の家に通って教えを請うのだ。糸洲のほうから訪ねてきて手ほどきをするなど、本部家以外では考えられないことだ。

松茂良興作も、どこか朝基には遠慮しているようなところがあった。手を習いはじめた者が、あれこれと師に質問することなど、本来は許されない。

門弟は、師に言われたことを黙々と稽古するというのが常識だ。

だが、朝基は兄に勝ちたいがために、いろいろな質問をした。松茂良は、それに丁寧にこたえてくれた。

数々の武勇伝を持つ松茂良だから、朝基の実戦的な質問を面白がり、ついこたえてしまったのかもしれない。

たいていなら、こうした朝基の態度は、兄弟子などにたしなめられるものだ。だが、誰も朝基を叱《しか》ろうとはしなかった。

それもこれも、やはり朝基が本部御殿の息子だからだと、朝基は今になって気づいた。

「俺は、今夜も掛け試しに出かける」

朝基は言った。噂はまだ下火にもなっていない。今がいい機会なのだと、朝基は考えていた。

御殿の息子がどれほどのものだ。そう考えて、血気にはやる者がいるはずだ。今なら、相手に不自由しないだろう。黙っていても、向こうからかかってくるかもしれない。

「やれやれ、止めても聞きそうにないな……」

憲通は言った。「もしかしたら、俺はとんでもない化け物を生み出すきっかけを作ってしまったのかもしれない……」

その夜、朝基は昼間の言葉どおり、辻に出かけた。先日の夜と同様に、前道で相手を物色する。だが、今夜は、暗がりの中に隠れてはいない。

辻の石垣を背に、腕を組んで通りを見つめていた。

その朝基の前に、一人の男がやってきた。

「本部朝基殿とお見受けするが……」

年齢は、二十歳くらい。髷《まげ》は結っていない。髪を短く刈っていた。開化党らしい。廃藩置県以来、沖縄の元士族たちは、開化党と頑固党に分かれて激しく対立していた。

開化党は、親ヤマトで改革を進めていこうという一派だ。頑固党は保守派で、中国と密接な関係を保ち、沖縄の独立を夢見ていた。当然、頑固党は王族の血を引く本部家を重要視してくれるが、開化党はむしろうとましく思っている。

つまり、この男は、もともと朝基に対して反感を持っているかもしれないのだ。本部家のような上級武士はヤマトの政府からも優遇されている。だが、下級武士は職を失い、明日の食い扶持《ぶち》にも困窮するような生活を強いられているのだ。開化党には下級武士だった者が多い。だからこそ、改革派なのだ。

朝基は尋ねた。

「そちらは……?」

「泊《とまり》の佐久本《さくもと》という者。少々手の心得がある」

「立つか?」

「もとより、そのつもりだ」

朝基は、血が熱くなるのを感じていた。同時にまた、小刻みな震えがやってくる。二度目の掛け試しだが、やはり恐ろしい。

それを佐久本に悟られぬように言った。

「では、ぐずぐずしていないで始めよう」

「ここは暗い。それに、狭い」

「おぬしの手は、場所を選ぶのか……」

朝基は笑ってみせた。不自然な笑いだったかもしれないが、闇がそれを隠してくれた。

朝基の声が笑いを含んだので、相手は怒りを露《あら》わにした。

「何を……」

佐久本は、身構えた。左手を前に立て、右手を腰のあたりに引いている。型練習のときによく見る構えだ。

朝基も、同じように構えていた。唐手の型は受けから始まる。佐久本は、それが体に染みついているのかもしれない。朝基もそうだった。

自分の鼓動の激しさがわかった。心臓の動きがこめかみの脈動と連動している。口の中がからからに乾いている。

緊張と恐怖のためだ。強がってみせても、やはり恐ろしいものは恐ろしい。

朝基は相手の出方を待った。相手も、そうらしい。「唐手に先手なし」と言われている。いつしか、その言葉も、守りの構え同様に体に染みついているのかもしれない。

だが、このまま睨《にら》み合いを続けているわけにもいかない。朝基は、相手を脅すために、ぐいっと、前になっている左足を進めた。間合いを詰めたのだ。

威圧された相手は、鋭い呼気の音とともに右の拳を繰り出してきた。その速さは驚くほどだった。朝基は、反射的に前にある腕で受けていた。

すかさず、右の拳を出す。朝基は、同様にそれを左腕で受け外した。

今度は蹴りが来た。先日の糸洲門下生同様に、膝や金的を狙ってくる。朝基は、膝で蹴りを受け、同時に左、右と連続して拳を繰り出した。

左は受けられた。だが、右が相手の顔面を捉《とら》えた。

「ちぃ……」

佐久本はひるまず、右の拳を朝基の顔面に飛ばしてくる。

先日と同じ感覚がやってきた。そのとき、朝基はさがらずに前に出ていた。あのときと同様に拳が頬をかすめていく。同時に、朝基の肘が相手のあばらに決まっていた。

「ぐは……」

佐久本は、肺の中の空気を絞り出されたような声を出した。そのまま、動きを止めた。

朝基は、さっと離れた。

佐久本がゆっくりと、地面に崩れ落ちていく。あばらをへし折った感覚があった。

朝基は、先日よりは落ち着いていた。相手を見下ろしている余裕があった。

「くそ……」

佐久本は、弱々しくうめいた。「本部御殿の小せがれが……」

「手に御殿も農夫もない。強いほうが勝つ。それだけだ」

佐久本は、倒れて天をあおいだまま涙を流していた。涙が耳のほうにつたっていくのが、遊郭からのかすかな明かりで見て取れた。

「御殿も農夫もないだと？　おまえのような身分の者に何がわかる。家屋敷を失い、職を奪われた下級武士の悔しさが、おまえにわかるはずはない」

「ヤマト世《ユー》なんだ。仕方がない」

「ならば、おまえの家もすべての財産をヤマトの政府に差し出せ」

朝基は、何も言えなかった。佐久本をその場に残し、歩き去った。先日は、逃げるように駆けて帰った。今日は、堂々と歩いて帰ることにした。

俺は勝ったのだ。佐久本の拳は速かった。空気を切る音がはっきりと聞こえたくらいだ。掛け試しを挑んでくるだけのことはある。

泊に住んでいると言っていたから、もしかしたら、松茂良に師事したことがあるのかもしれない。

それを受け、かわし切ったのだ。

もっと誇らしい気分になってよかったはずだ。だが、苦々しいものが心の中に残っている。

佐久本は、明らかに朝基の身分を憎んでいた。昔なら、士族は皆本部の家の者を敬愛していた。もう、そういう時代は来ないのだ。朝基は、開化党だの頑固党だのといった旧士族の争い事にまったく興味がなかった。

だが、その興味のなさも、実は本部御殿の生まれだからかもしれない。苦労もせず、高度な教育を受けさせてもらい、手まで習わせてもらっている。佐久本は、まるでそれが罪であるかのような言い方をした。

俺にどうしろと言うのだ。

朝基は、暗い夜道を歩きながら、そんなことを考えていた。ふと、背後から足音が近づいてくるのに気づいた。両側は鬱蒼とした林、細い石だらけの一本道が続いている場所だ。

辻から首里に戻るにはここを通らねばならない。ただの遊び帰りか……。だが、足音に剣呑《けんのん》さを感じる。朝基に追いつこうとしているようだ。

「本部の猿というのは、あなたですか？」

背後から声がした。朝基は振り返った。

このあたりは、明かりもなく、真っ暗だ。両側の林は黒々としており、わずかにほの白く道が見えているに過ぎない。

相手の姿も闇に霞《かす》んでいる。声からすると、三十歳前後か……。

「猿とよばれることもある」

朝基は言った。「だが、朝基というれっきとした名前がある」

「北谷《ちゃたん》から来た者だ。故《ゆえ》あって名前は伏せたい。立っていただこう」

掛け試しを挑まれているのだ。一晩に、二度の掛け試し。朝基は断るつもりはなかった。佐久本には勝つには勝った。だが、彼の物言いのせいで、気分がふさいでいたのだ。

この暗さは問題だった。朝基はこんなに暗いところで戦った経験がない。相手はおそらく、暗闇の戦いを知っているのだろう。だから、ここで掛け試しを挑んできたのだ。

やるしかなかった。相手だって、猫のように暗がりで眼が見えるわけでもあるまい。いざとなったら、捕まえてねじ伏せればいい。相手の影は、小柄でほっそりとしている。力で負けるとは思えなかった。

「いつでもいいぞ」

朝基が、構えた。さきほどと同じ基本的な構えだ。左手を前に立て、右手を腰のあたりに構える。

「では……」

相手の声が聞こえた。

そのとたんに、相手の姿が消え失《う》せた。

なに……。

朝基は、眼をこらした。正面にはただの闇が広がっている。

しまった。朝基は思った。相手は北谷から来たと言った。北谷屋良《やら》のクーシャンクーか……。クーシャンクーは古くから伝わる型だ。軽妙な動作が特徴で、不利な状況に追い込まれたのを想定した型だといわれている。

クーシャンクーの使い手は、こうして闇夜に地に伏せ、相手をうかがう。手に石を持つこともあるという。

闇夜でも空はほのかに明るい。下から見上げると敵の姿がよく見えるのだ。

うかつに動けなかった。動いたとたんに、攻撃される恐れがある。朝基は、再び恐怖の虜《とりこ》となった。自分の鼓動が聞こえる。

相手が人間ではなく、得体の知れない妖怪変化《ようかいへんげ》の類《たぐい》のような気がしてくる。嫌な汗が腋《わき》の下《した》に溜《た》まる。

こうしてじっとしていてもやられる。

ええい、ままよ。

朝基は、闇に向かって蹴りを放った。低い蹴りだ。そのあたりに相手がいることを願った。

だが、蹴りは空振りする。膝に向かって何かが飛んでくるのを感じた。朝基は慌てて後ろに跳んだ。

そのとたんに、相手の影が突進してきた。やられる。そう思った瞬間に、朝基は身を沈めていた。二度の掛け試しで相手を倒した、肘打ちを前方に繰り出していた。その肘も空を切る。再び、相手は地に伏せたようだ。息が切れてきた。朝基は体力には自信があった。野山をいくらでも走り続けることができる。だが、実際の戦いでは瞬く間に体力を消耗してしまうことに気づいた。

だが、相手の息づかいは聞こえない。

どうすればいい。朝基は、混乱した。

そのとき、憲通の顔が浮かんだ。いつも冷静な眼差《まなざ》しの憲通の顔が……。

あいつならこんなときどうする。不安と恐怖の中で、朝基は必死に考えようとした。

そうか。朝基は咄嗟に悟った。

眼は使えない。だが、まだ耳がある。鼻がある。そして、皮膚の感覚がある。眼に頼ろうとすることが間違いだったのだ。

朝基は耳を澄ました。すると、皮膚感覚も鋭くなったような気がした。呼吸が落ち着いてくる。

気配だ。相手が動けば周囲の空気も動く。どんなにかすかでも音は聞こえる。朝基は動きを止めた。だが、その場に突っ立っていたわけではない。つま先に力を込めていつでも動ける体勢でいた。

両手の構えを解いた。相手がどこにいるのかわからないのだから、構えていても無駄だ。

じっと気配を探る。空気の動きを探る。音を探る。

動いた。

その後の朝基の動きは、完全に反射的なものだった。右の肘に左の拳を添えて右の拳を突き出した。そうすることで、相手の拳が来ても左手で防げるはずだった。

右の拳にしたたかな衝撃があった。相手の顔面を捉えたようだ。ぐしゃりと鼻がひしゃげる感覚が拳に伝わってきた。

「ぐふ……」

北谷の男は、動きを止めた。朝基は飛び込んでさらにあばらに左の拳を叩き込んだ。

相手は、完全に戦意を喪失したようにかがみ込んだ。

「参った」

北谷の男の声が闇の中から聞こえてきた。「私の負けだ」

朝基は、大きく息を吐き出していた。またしても、汗が噴き出してくる。

「クーシャンクーか？」

朝基は尋ねた。その声が震えていた。

「そうだ。北谷に伝わる手だ」

「なかなか面白い」

「本部御殿の道楽息子は、相手に勝たせてもらっていい気になっていると聞いた。だが、噂は、本当ではなかったようだ」

そんな噂が流れているのか……。朝基は、腹が立った。それでは、いくら掛け試しで勝ったとしても実力を証明したことにはならない。

ならば、と朝基は思った。

戦い続けるしかない。世の中の誰もが自分の実力を認めるまで、戦い続けるしか……。

北谷の男が言った。

「私に勝ったからといって、驕《おご》ってはいけない。世の中には強い手小《ティーグワー》がいくらでもいる」

手小というのは、手の使い手という意味だ。

「それは面白いな」

その言葉は本心ではなかった。戦いは常に恐ろしい。強いやつがいるのなら、そいつと戦わなければならない。

朝基は、北谷の男に背を向けて、首里に向かって足早に歩きはじめた。

3

その後も、朝基は毎日のように辻に出かけて行っては掛け試しをやった。昼間は、糸洲や松茂良について手の修行をやり、夜は実戦を繰り返す。憲通は、朝基のそんな工夫を面白がった。実戦で得た経験を、手の修行に取り入れる。憲通は言った。

それこそが本当の変手だと、憲通は言った。

本部《もと》猿《ぶザールー》の噂は、さらに広がり、今では子供でもその名を知っていた。掛け試しで負け知らずだという噂だ。いつしか、相手が手心を加えているのだという噂は消え去っていた。

そんなある日、庭で手の稽古をしていると、使用人の男がおずおずと声をかけてきた。

「坊ちゃん、奥様がお呼びです」

何事だろうと、母屋に行った。母《アンマー》が玄関で待っていた。

「お呼びですか？」

朝基が言うと、母はこたえた。

「おまえを呼んでいるのは、私ではありません。父上《ターリー》です」

母は厳しい顔をしていた。父の用向きは容易に想像がついた。掛け試しの噂はとうに父の耳に入っているはずだ。朝基は、覚悟を決めなければならないと思った。

父・朝真《ちょうしん》が奥の間で朝基を待っていた。髷は結っていないが、沖縄士族の特徴ともいえる髭《ひげ》をたくわえている。王家の血を引く者としての威厳を忘れてはいない。

朝基は父の前に正座した。

「お呼びですか」

父は、しばらく朝基を見据えていた。朝基は、眼を伏せている。父の声が聞こえてきた。

「なぜ呼ばれたのか、わかっているはずだ」

その声は静かだったが、抗しがたい威圧感があった。朝基は黙っていた。

「本部の猿が夜な夜な辻で掛け試しをやっているという噂が流れている。私は、まさか、と思った。根も葉もない噂であってほしいと願っている。本当のことを知りたい」

父は、言葉を切った。朝基が何か言い出すまで黙っているつもりのようだ。

朝基は顔を上げた。

「噂は本当です」

父の表情がにわかに厳しくなった。

「おまえが手に熱心なことは知っていた。幼い頃から、朝勇に御殿手を教えるとき、おまえが戸の隙間から覗《のぞ》いていることはわかっていた。御殿手は一子相伝。三男のおまえに伝授することはできない。だが、手が好きだというおまえの気持ちはよくわかった。だからこそ、糸洲を招いて手の稽古をさせてやったのだ。糸洲は、手がどういうものか、おまえに教えていなかったのか」

「糸洲先生は関係ありません」

「手を習う者は、みだりにそれを用いてはならない」

「それは、糸洲先生からうかがっております」

「ならば、おまえは、糸洲の顔に泥を塗ったことになる」

「それは違います」

「もとより、本部の家の名に泥を塗ったのだ」

「それも違います」

「どう違う？」

「掛け試しは、手の修行です。実際に役に立たなくて、何のための手でしょう。私は、誰にも負けない手小になりたいのです」

「手というのは、そういうものではない。首里王府を守るため、先達《せんだつ》が練り上げた大切な術理だ。それを、辻あたりで腕試しに使うとは……」

「守るべき首里王府はもうありません」

朝基のこの言葉に、父は顔色を変えた。

「今、何と言った？」

「父上、今はヤマト世なのです。すでに手は、首里王府を守るためのものではありません」

「では、何だというのだ？」

「沖縄の武士は、誰にも負けない。それを証明するためのものです」

「何だと……」

「昔、武士は、この沖縄の中で自分の強さを確かめるために掛け試しをやりました。これからは、ヤマトを相手に、いや、世界を相手に掛け試しをやるのです。そして、沖縄《ウチナー》武士《ブサー》の強さを世界に知らしめてやるのです」

朝基は、どちらかというとおとなしい少年だった。父を相手にこれほど堂々と何かを言ったことなどなかった。

世界を相手に、沖縄武士の強さを証明する。手の稽古を始めた当初は、そんな思いなど露ほどもなかった。だが、戦った下級武士が、今どんな生活をし、本部御殿のことをどう思っているかを知るにつけ、何かをしなければならないという思いがふつふつとわいてきたのだ。

そして、沖縄世《ウチナーユー》の象徴ともいえる父を前にしてしゃべっているうちに、その考えが固まってきたのだ。

しゃべりはじめると止まらなくなった。

「かつての下級武士たちは、住むところも職も失い、路頭に迷っています。その中のある者たちは、開化党となって、ヤマトの政府とともに沖縄を変えようとしている。今こそ、何もかも失った下級武士たちが、誇りを取り戻せるように、本部御殿の者が体を張って手の凄《すご》さを世に知らしめなければならないのです」

父は、じっと朝基を見つめていた。朝基も父を見つめていた。やがて、父は悲しげに言った。

「だからといって、みだりに手を使うことは認めるわけにはいかない。三日間、屋敷での謹慎《きんしん》を命ずる。わかったら、行きなさい」

朝基は礼をして部屋を出た。

父は、俺の気持ちをわかってくれたのだろうか。理解してほしい。だが、おそらくそれは無理だろうと、朝基は思った。本部御殿の当主としての立場もある。生意気なことを言って怒らせただけかもしれない。

だが、言ったことに後悔はなかった。

三日の謹慎の後、朝基は掛け試しの相手を求めて、また夜の辻に出かけた。本部の猿は、すっかり有名になってしまっていた。

辻に立っていると、こそこそと逃げ出す者さえいた。負け知らずの噂が災いして、このところ立ち合ってくれる者がいなくなっていた。

若いやつではだめだ。もっと格が上の者でないと……。

手は、加齢とともに技が衰えるようなものではない。むしろ、年齢によって修行が進み、技も充実してくる。四十、五十になっても強い武士はたくさんいるのだ。

一人の男が、辻の奥のほうから歩いてきた。一目見て鍛え上げられた者であることがわかる。手をやっているに違いない。

朝基は挑むようにその男の前に立った。男は立ち止まった。まだ、二十代半ばに見えた。また逃げられてしまうかもしれない。そう思いながら朝基は言った。

「立ち合わぬか？」

闇の中、男の姿が影になっている。その影が言った。

「本部朝基殿か？」

「そうだ」

「まあ、やらんでもないが、同門同士の掛け試しになる。先生には内緒にしてくれ」

「同門……？」

「俺を知らんか？　まあ、そっちから糸洲先生のお宅に来ることは滅多にないからな」

「糸洲先生の門弟か？」

「板良敷《いたらしき》朝郁《ちょういく》という名を聞いたことはないか？」

知っていた。糸洲門下の中でも使い手で知られている。彼を倒せば、また名が上がる。

「それはまたとない相手だ」

「そうか。やるか。では、いつでもいいぞ」

板良敷は、構えらしい構えを取らなかった。朝基はいつものように構える。

幾たびもの掛け試しで、悟ったことがある。「唐手に先手なし」などと気取っていては、やられてしまうということだ。先手必勝なのだ。

朝基は、じりじりと間合いを詰めていった。板良敷は動かない。

こいつ、やる気はあるのか。

右の拳の一撃で倒せそうな気がした。それほど相手に闘気を感じない。

板良敷というのは、名前だけか。

そう思い、一気に踏み込んで右の拳を相手の顔面に飛ばした。

そのとたん、激しい衝撃を胸に感じた。何が起きたのかわからず、朝基は尻餅《しりもち》をついていた。

何だ……。

朝基は飛び起きて、再び構える。板良敷は、やはり、ひっそりと立っているだけだ。

拳の速さには自信があった。多くの掛け試しでは、その一発で決まったのだ。朝基は、再び、間合いを詰めていき、鋭い右の拳を見舞った。

また同じことが起きた。今度は顔面に衝撃を受けた。目の前がまばゆく光ったと思ったら、無数の星が舞った。気がついたら、ひっくり返っていた。

いったい、何が起きているんだ。

板良敷の声が聞こえる。

「おまえの手は、固いなあ。いくらティージクンが速くても、それじゃ戦いにならん」

こいつは何を言っているのだろう。

ティージクンというのは、ゲンコツのことだ。これまで、朝基は相手の拳をことごとく受け外して、自分の拳や肘を決めてきた。相手より速く動く自信があった。

だが、それでは戦いにならないという。いったい、板良敷はどうやって戦っているのだろう。

「もう終わりか？　ならば、俺は行くぞ」

朝基は立ち上がった。

「まだまだ……」

「ほう、その負けん気は、たいしたものだ」

朝基は、今度は、右左と連続で拳を出すつもりで、突っ込んでいった。

右の拳を出す途中で、またしても顔面に一撃を食らった。今度は、それに続いて正確に水月《すいげつ》を突かれた。

息が止まる。自分が、餌《えさ》を求める鯉《こい》のように、空気を求めて口をぱくぱくさせているのがわかる。前のめりに倒れていた。

地面で体が自然に胎児の形になった。苦しいとき、人間はそうなってしまう。

朝基はあえいだ。あえぎながら、板良敷の声を聞いていた。

「おまえのは、まだ手になっていないな……。残念だ」

足音が遠ざかっていく。

完敗だった。朝基はそのとき、まったく悔しさを感じていなかった。ただただ驚いていたのだ。

何をされたのかわからなかった。ただ、暗闇だからというだけではない。板良敷の攻撃がまったく見えなかったのだ。

速く動いたわけではなかった。拳の速さなら、朝基のほうが勝っていたかもしれない。

「おまえのは、まだ手になっていない」

その言葉が、耳の奥で繰り返し聞こえていた。

その日は、家に帰っても一睡もできなかった。ずっと濡《ぬ》れ縁《えん》に座り、考えていた。

板良敷の技、あれが本当の手というものか。ならば、俺は今まで何をやっていたのだ。

身の軽さとティージクンの速さだけで、掛け試しに勝ってきた。あるいは、「唐手に先手なし」という言葉を金科玉条《きんかぎょくじょう》にしている手使いたちに対して、先手必勝とばかりにかかっていって、勝っていた。

だが、それは本当の手ではなかったのだ。

負けて悔しいというより、今までいい気になっていたことが悔しかった。

何としても、板良敷ともう一度戦い、勝たねばならない。そのためには、手の修行をやり直す必要がある。

だが、何をどうやり直せばいいのだろう。それがわからなかった。

まんじりともせず考えていたのは、板良敷がいったいどうやって戦ったのかということだった。相手の動きはほとんど見えないほど小さかった。なのに、ひっくり返るほどの衝撃を感じた。

おそらくは、合わせ技なのだと思った。朝基もそれは得意としていた。相手が出てくるところに、自分も出て行く。そして、拳か肘を合わせるのだ。すると、自分の技の威力が倍加される。

だが、朝基の合わせ技は、いわば一《いち》か八《ばち》かだった。板良敷の技はもっとずっと精妙だった。手の質が違うという気がした。

打ちのめされた気分だった。今まで修行してきたのは何だったのだろう。掛け試しは役に立たなかったということか。

朝基は、初めて負けを知った。

だが、それだけで終わる気はなかった。

負けを知ったからこそ、そこから再出発しなければならないのだ。でなければ、父に語った覚悟が嘘だったということになってしまう。


夜が明けると、居ても立ってもいられなくなり、朝基は家を出て泊に向かった。松茂良興作の家を訪ねるのだ。

すっかり日が昇りきったころ、松茂良の家に着いた。松茂良興作は、ただ一人庭で巻《まき》藁《わら》を突いていた。

朝基に気づくと、松茂良は言った。

「おや、どうなさいました?」

朝基は、どう言っていいかわからない。ただうつむいていた。

松茂良の声が聞こえてくる。

「昨夜も辻に行かれたのですね?」

朝基は顔を上げてこたえた。

「はい……」

松茂良がかすかに笑った。

「負けましたね？」

朝基は唇を噛《か》んだ。

「それで、悔しくて私のところに、どうすればいいか訊《き》きにいらしたというわけですね？」

「はい、先生。手というものがわからなくなりました。どうすればよいのでしょう？」

松茂良は、言った。

「本気でナイファンチをおやりなさい」

「ナイファンチを……」

朝基は、松茂良の真意をはかりかねた。今さら型をやって何になるというのだろう。

だが、今の朝基は何かにすがる必要があった。

「わかりました」

朝基は、そうこたえていた。

第二章　棒の手

1

「そうか。そんなことがあったのか」

屋部憲通が朝基に言った。二人は、本部《もとぶ》御殿《ウドゥン》の中庭で涼んでいた。西の端に大きなガジュマルの樹があり、その脇に井戸がある。

二人は手《ティー》の稽古《けいこ》をして、たっぷり汗をかき、今しがた井戸水を浴びたところだった。まだ雨季前の春だが、気温はすでに高い。手の稽古をはじめると、たちまち汗をかいた。

このところ、朝基は、ひたすらナイファンチを稽古していた。日に何度も、この型を繰り返す。

ナイファンチは、横一直線に動くだけの地味で短い型だ。手の初心者が学ぶ型だと、朝基は思っていた。だが、負けたくなければナイファンチをやれと、師の一人である松茂良興作に言われた。

なぜ、ナイファンチばかり稽古するのかと、憲通に尋ねられ、こうこたえた。

「松茂良先生に言われた。もしかしたら、掛け試し《カキダミシー》ばかりしているので、罰を与えられたのかもしれない」

それに対する反応が、さきほどの憲通の言葉だ。

朝基は本当に罰を与えられたのかと思っていた。ナイファンチなどやっても、変手《ヒンディー》が強くなれるとは思えない。受けの動作が多く、打ったり、蹴《け》ったりという技もほとんどない。ただ足腰を鍛えるためだけの型だと、朝基は思っていた。

松茂良興作は、どうしてそんな型をやれと、俺《ワン》に言ったのだろう。

朝基は、考えた。

基本的な足腰の強さが、まだ足りないということなのだろうか。それとも、やはり罰なのだろうか……。

憲通が、朝基に言った。

「松茂良先生が最初に習った型がナイファンチだそうだ」

「そんなことは知っている」

朝基は、ふくれっ面《つら》で言った。「習いはじめの者は誰でもナイファンチをやらされるからな」

「おまえ《ヤー》は、ナイファンチを稽古することが不満なのか？」

「先生に言われたことだから、不満はない」

「ただ、習いはじめの者の足腰を鍛えるためだけの型じゃないぞ」

憲通は、ぼそりと言った。

「え……？」

朝基は、思わず憲通の横顔を見つめていた。

憲通は、糸洲安恒が指導する手の先輩だ。当然、型についても憲通のほうが詳しい。

憲通は、きょとんとしている朝基を見て、笑った。

「役に立たない型が、すたれもせずに伝わっているはずがないだろう」

「ナイファンチが、どう役に立つというんだ？」

「これは、糸洲先生の口伝だが、ナイファンチは、おそらく最も実戦的な型の一つだということだ」

朝基は、さらに驚いた。

「糸洲先生がそんなことを……？」

「昔から言われていることだ。ナイファンチをおろそかにする者は、手の奥義を知ることはできない、と……」

「では……」

朝基は言った。「松茂良先生は、本気で俺にナイファンチをやれと言われたのだな？」

「当然だろう」

「罰ではないのだな？」

「罰などではない。いいか、よくナイファンチの型を考えてみるんだ。たいていの型は、左手の受けから始まる。だが、ナイファンチだけは、右手から始まる。これがどういうことかわかるか？」

「最初の動きか？　相手が打ち込んでくるのを払っているのだろう？」

「なぜ右手なのだ？」

「わからん」

「多くの者は右利きだ。だから、右で攻撃をする。おまえが払いだと思っていた技が、攻撃だとしたら、どうだ？」

朝基は、首を捻《ひね》った。これまでそんなことは考えたこともなかった。ナイファンチの第一挙動は、真横にまっすぐ腕を伸ばすだけだ。てのひらは開いて前を向いている状態だ。

「これが攻撃だとはとても思えない」

「たしかに、相手の攻撃を払うという意味もある。だが、同時に目打ちの技でもあるのだ」

朝基は、眉をひそめた。それから、あっと思った。

真横に手を差し出した形。これは、たしかに手の甲や指の背で相手の目を打つ形に見える。しかも、相手に対して真半身になっているので、自分の急所を守ることができる。相手が攻撃をしかけてきた瞬間に、入り身でその目を打つ。たしかにそういう技として使える。

そう考えれば、実に実戦的な技だ。

朝基は、井戸の脇で茫然《ぼうぜん》と立ち尽くしていた。

憲通はさらに言った。

「ナイファンチでは、両手を同時に使う動作がたくさん出てくる。これが、どういうことかわかるか？」

「いや、わからん」

憲通は、顔をしかめた。

「少しは考えてみろ」

「考えてもわからんことは、わからん。おまえが知っているのなら、教えてくれればいいんだ」

「それが、人にものを訊《き》く態度か」

「どうすればいいんだ？　土下座でもするか？」

「ばかを言うな。御殿の息子に土下座をさせたなどと世間に知られたら、俺が何をいわれるかわからん。いいか、これは夫婦手《メオトディー》といってな……」

「夫婦手……？」

「そうだ。両手は別々に動かすのではなく、常に補助しあうように連動させる。そうすることによって、相手に打たれる危険が減り、なおかつこちらの攻撃が相手に届きやすくなる」

朝基は、想像してみた。たしかに、憲通が言うとおり、ナイファンチには、両手を同時に動かす所作が何度も出てくる。

そのとき、唐突に、掛け試しの経験を思い出した。

あれはいつのことだったろう。

たしか、北谷から来たクーシャンクー使いと戦ったときだったと思う。朝基は、右の肘《ひじ》のあたりに左の拳を添えて、右の拳を突き出していた。

闇夜《やみよ》の戦いだった。万が一、相手が打ち込んで来たとしても、左腕で防げると思ったのだ。

そのときの形が、今にして思えば、憲通の言う夫婦手なのかもしれない。

ごく自然にそういう攻撃をしていた。あれは、やはりナイファンチをやっていたおかげなのだろうか。

朝基は、体の中が熱くなるのを感じていた。こうなったら、居ても立ってもいられなくなる。

「おい、もう少し、付き合え」

「何だ？　何をしようというんだ？」

「ナイファンチの変手を考えてみよう」

憲通はすっかり驚いた顔で言った。

「今、稽古を終えたばかりじゃないか」

「いいじゃないか。もう少しだけだ」

憲通は、呆《あき》れた顔になったが、それでも稽古に付き合ってくれた。憲通も、朝基と稽古することが楽しいらしい。

糸洲安恒の弟子たちの間でも、積極的に変手を工夫しようとする者は少数派なのだそうだ。彼らは、先生から型を習うだけで満足している。

朝基には、それが不思議でならなかった。何のための手なのだろう。手を習うからには、誰にも負けないような工夫と鍛錬《たんれん》が必要だ。

いくら工夫をしても、それを実現できないようでは何にもならない。だから鍛錬が必要だ。だが、鍛錬ばかりしていて工夫がないのでは、人には勝てない。

変手については、いつか修行が進んだときに、先生から口伝として伝えられるからそれでいいのだと、多くの弟子は言う。それを聞くたびに、修行が進んだときというのは、いったいいつのことなのだろうと、朝基は思う。

修行が進んだというのは、強くなったということではないのか。強くなるためには、変手の工夫が必要だし、実際に戦ってみることも重要だ。

だから、朝基は今でも時々辻《つじ》に出かけて行っては、掛け試しをやる。

朝基の掛け試しはすでに那覇中で有名で、その噂《うわさ》は首里にも届いていた。一度は、父から謹慎《きんしん》を食らったが、その後は何も言われない。父が、朝基の掛け試しに腹を立てていることは、充分に承知していた。

だからといって、掛け試しをやめる気はなかった。

父上《ターリー》の修行ではない。これは俺の修行なのだ。だから、俺のやり方でやる。

朝基はそう考えていた。

憲通も、変手に力を入れる少数派の一人だった。糸洲安恒に長く師事しているので、さすがに、無闇《むやみ》に掛け試しをやったりはしないが、それでも、別の道場に出かけて腕試しをすることぐらいはあった。

憲通は、朝基の変手の工夫を面白がった。朝基も憲通の助言を素直に取り入れた。その日は、ナイファンチの第一挙動を稽古してみた。

「いいか、三郎、腹に打ち込んで行くぞ」

憲通が拳を握って構える。

「おう、いつでも来い」

朝基は自然体で待った。これは、板良敷朝郁との戦いで学んだことだった。最初から構えると、動きが取りにくくなる。さらに、構えるということは、相手に自分の弱点を教えることでもあると、朝基は気づいた。

隙《すき》のない構えなどというものは、実際にはあり得ない。どこかに隙があるものだ。相手に武術の心得があれば、そこを衝《つ》かれてしまう。

自然体で待てば、相手の攻撃に合わせてこちらも変化することができる。板良敷朝郁は、糸洲安恒の高弟といわれるだけあって、そのことをよく心得ている様子だった。

憲通が右の拳を腹めがけて打ち込んでくる。朝基は、入り身になって手の甲を払うように振り上げる。

「おお……」

憲通が、思わずのけぞる。憲通の拳は、すり抜けるように朝基の背中の後ろを通り過ぎていた。

「見事な入り身だ」

憲通が言った。朝基の開いたてのひらが憲通の目のあたりにぴたりとあてがわれている。

朝基は手を引いて、再び間合いを取った。

「いや、まだまだ遅れている。掛け試しの相手には、おそろしく拳が速いやつもいた」

「おい、それは俺の拳が遅いということか？」

「そうじゃない。本気で打ちかかって来いということだ」

「わかった。じゃあ、本気で行くぞ」

「おう」

朝基は再び自然体で待つ。憲通が拳を脇に引いて構える。じりじりと間合いを詰めてくる。朝基は決して引かない。ここで気圧《けお》されて、わずかにでも引いてしまっては、反撃が遅れるのだ。

憲通が気合いを上げて拳を飛ばしてくる。朝基は入り身になり、相手に対して真半身になる。つまり、真横を向いて一歩踏み出すのだ。

手の甲と指の背で目打ちの形を作る。拍子だけで憲通が尻餅《しりもち》をついた。ちょうどいい拍子で技が決まれば、このように実際に打たなくても、相手が倒れることがある。

気迫と拍子が一致したときに、そういう技になる。実際の戦いは、半分以上は気迫だ。

朝基は、そう思っていた。経験がそれを教えてくれた。

「三郎、おまえは、ナイファンチを充分に使えるじゃないか」

　憲通が苦笑交じりに言った。朝基はかぶりを振った。

「いや、ただ一手目を使えたに過ぎない。だが、ようやくナイファンチが少しわかってきたような気がする」

　朝基は、じわじわと体の中に歓喜が広がっていくのを味わっていた。戦って勝利したときの喜びとは異質のものだ。

　朝基には、自分の中で確実に育っていくものがあるという実感があった。

「夫婦手というのを、教えてくれ」

　朝基は、憲通に言った。

「おい、まだ稽古をする気か？」

「ようやくわかりかけたんだ。ここで稽古をやめてしまったら、わかりかけたものが消えてしまうような気がする」

「わかった、わかった。だが、ほどほどで勘弁してくれ。もうじき日も暮れる。夜中まで付き合わされるのはかなわん」

「もちろんだ。さあ、稽古を続けよう」

　憲通は溜《た》め息《いき》をついてから説明を始めた。

「さっきも言ったように、左右の手を別々に動かすのではない。それぞれにうまく補助をするように、同時に動かす」

憲通は、ナイファンチのいくつかの動作をやってみせた。

「まずは、腕で相手の拳を受け外す動き。このときも、もう一方の手を肘のあたりにつけておく。逆側を受けるときも同様だ。そして、こうして、双方の手で打ち込んでいるように見えるが、これも、片方は夫婦手として打ち込むほうの手を補助している」

朝基は、うなずきながら話を聞いている。

「わかった。攻めるときにどうしても隙《すき》ができる。それを夫婦手で補うのだな？」

「それは、夫婦手の使い方の一つに過ぎない。変化次第でどのようにでも使える。おまえ、棒の手を知っているか？」

「知らん」

「今度、どこかで棒の手を教わるといい。棒は両方の手をうまく運用しなければ扱うことができない。その両方の手の動きが、つまり夫婦手だ」

「夫婦手の元の動きは、棒の手だというのか？」

「そうだ。そして、舞い方の手でもある」

「舞い方の……？　踊りと手と何の関係がある」

「もともと、手は舞い方に隠されていたといわれている」

「ほう……」

「型をよく学ばない者は、そのままの動きで戦おうとする。つまり、どちらか一方の手で受けて、もう一方の手で攻撃をしようとする。それでは実際の戦いでは間に合わない。どちらの手でも受けられるようにならなければならない。そして、理想的には、受けと攻撃が同時にできなければならない。そのためには、夫婦手が必要なのだ」

何となくわかるような気がした。

朝基は、実際の戦いを通して、攻撃と防御が別々の動きになってしまっては間に合わないということを理解していた。だから、合わせ技を多く使うようになっていた。

相手が出てくるところに、こちらも出て行って、技を合わせるのだ。合わせる拍子が大切だ。だから、勢い一《いち》か八《ばち》かとなる。だが、たしかに夫婦手を使えば、こちらの危険が少なくなるかもしれない。

「棒の手か……」

朝基は言った。「いつかは学んでみなければならないかもしれん」

「もともと、手を学ぶ者は棒の手をやって一人前と言われたのだそうだ。棒の手をやらない手小《ティーグワー》は半人前だ。早いところ、誰かに教えてもらうんだな」

棒の手をやらない武士《ブサー》は半人前だという話は、朝基も聞いたことがあった。いずれは、習いに行きたい。だが、今はとりあえず松茂良先生に言われたとおり、ナイファンチをやろう。

朝基はそう思っていた。いつしか、夕闇が迫ってきていた。

2

本部御殿での、憲通との稽古は、朝基には楽しかった。

それがいつまでも続くような気がしていた。

明治二十三年（一八九〇年）、屋部憲通は、陸軍教導団に志願して、合格・入隊した。

この年の志願者は、五十人を超えていたが、合格したのは、屋部憲通、花城長茂《はなしろちょうも》、久手堅憲由《くでけんけんゆう》の三人だけだったと聞いた。

朝基がさもありなんと思ったのは、この三人がいずれも糸洲安恒の門下生だったことだ。手をやる者は、体格にも優れているし、首里王府で祐筆職《ゆうひつ》をやっていた糸洲の弟子だけあって、学問にも秀でていた。

陸軍教導団というのは、下士官を養成する組織だ。屋部憲通は、ここで軍人としての基本的な教育を受けるのだ。

憲通は、軍人となり、戦場で自分自身の実力を証明すると言っていた。その第一歩を踏み出したのだ。稽古相手がいなくなってしまったのは淋《さび》しかったが、朝基も憲通に負けているわけにはいかなかった。

憲通は、彼のやり方で、沖縄武士《ウチナーブサー》の存在を世に知らしめようとしている。陸軍教導団に甲種合格したことで、半ばその目的を遂げたとも言える。

糸洲門下生の三人だけが、特に優秀だったので、軍ではにわかに沖縄の手に興味を持ちはじめたという話を聞いた。憲通は、軍に、沖縄武士がいかに優れているかを知らしめたのだ。

朝基も、彼なりの方法で、それを証明しなければならない。

板良敷朝郁に敗れてから、すでに二年以上が経過していた。その間、朝基は松茂良興作の教えをひたすら守って、ナイファンチを稽古し続けた。

いつしか、朝基の足腰はがっしりとたくましく発達し、餅のような粘りを持つようになっていた。

ただ、鍛錬だけのためにナイファンチを稽古していたわけではない。足腰が強くなったのは、むしろオマケに過ぎない。

ナイファンチが持つ実戦性を充分に研究し、それを身につけようとした。真半身での入り身、合わせの拍子、そして夫婦手。

朝基は、夢中になってそれを練習した。そして、時折、辻に出かけて行っては掛け試しをした。板良敷朝郁に敗北してからは、負け知らずだった。

それで、最近はいよいよ相手をしてくれる者がいなくなってきた。皆、本部猿《もとぶザールー》の名前を聞くだけで、逃げ出してしまうのだ。噂には尾ひれが付きがちだ。朝基は、実際に負け知らずなのだが、相手にひどく怪我《けが》をさせたりはしない。相手が参ったと言えば、勝負はそれまでとしている。だが、噂では、朝基は鬼のような男ということになっている。

情け容赦なく骨を砕き、肉を割《さ》く。そんな男にされてしまっている。だから、みんな恐れをなしてしまうのだ。

昔は、本部の家柄のせいで朝基を避ける者もいた。だが、今は実力のせいで避けられてしまうのだ。

ときには、わざと粗末な着物を着て、ほおかむりをして辻に出かけた。変装でもしなければ、掛け試しの相手が見つからないのだ。

ようやく相手を見つけたと思っても、朝基だとわかった瞬間に、逃げられてしまう。まいったな……。

朝基は、本気でそう思っていた。別に乱暴狼藉《らんぼうろうぜき》を働きたいわけではない。だから、相手がいなくなっては困るのだ。

適度に負けてみせることも、掛け試しには必要かもしれない。

本気でそんなことを思ったりもした。

その日も、掛け試しの相手を求めて辻までやってきたが、誰もが朝基をよけて通る。なにやらひそひそと耳打ちし合って通り過ぎて行く者もある。

すっかり有名になってしまったものだ……。

朝基は溜め息をついた。

今夜も空振りかもしれない。踵《きびす》を返して来た道を戻ろうとした矢先、にわかに通りの向こうが騒がしくなった。

明かりが灯《とも》った店の先に、人だかりがしている。何事だろうと思って、朝基はそちらに向かった。

近づくにつれて、店の中から怒号が聞こえる。女性の悲鳴も聞こえた。

それに続いて、食器か何かが割れる音が響く。誰かが暴れているらしい。

それを店の者が必死で取りなそうとしている様子だ。

「何事か？」

朝基は、そばにいた商人らしい男に尋ねた。

「侍《サムレー》ですよ」

商人は、顔をしかめた。「落ちぶれた侍が、棒を持って暴れているらしいんで……」

「棒……？」

「おおかた、お気に入りの女を別の客に取られたとかで機嫌を損ねたんでしょう。まったく、侍のくせに辻の遊び方も知らない……」

いかにも、憎々しげに言う。

職を失った士族階級は、時にこうした狼藉を働くようになった。不平不満が溜《た》まっているのだ。首里王府時代には考えられなかったことだ。

商人が士族のことを悪し様《あざま》に言うことも、昔はあり得なかったことだ。朝基は、それが悲しかった。

「俺が何とかしよう」

朝基が言うと、商人は驚いたように言った。

「およしなさい。落ちぶれたとはいえ、相手は侍だ。どうやら、かなりの棒の使い手らしいですよ」

「棒の使い手……」

朝基は、興味を覚えた。

「そうです。大怪我をしますよ」

「なに、やってみなければわからない」

やり取りを聞いていた別の男が、突然言った。

「あ、本部の猿《サールー》……」

朝基と話をしていた商人が、さらに驚いた顔になって言った。

「あ、あなた様が、本部御殿の……」

朝基の前にさっと道が開けた。

おもむろに店内に足を進めた。

棒を持って、睨《にら》みをきかせているのは、三十代半ばの男だった。眼が赤く濁っている。かなり酒が入っている様子だ。

店の者が困り果てた体で、何とかその男の怒りをなだめようとしている。

朝基はその棒使いに向かって言った。

「何があったか知らぬが、その辺にしておいてはどうだ？」

棒使いは、どろんとした眼で朝基を睨んだ。

「おまえは何者だ？」

「名乗るほどの者ではない」

ここで名乗って、逃げられては元も子もないと思った。もちろん、狼藉を戒めようという思いもある。だが、それ以上に、棒の手に関心があった。

武士は棒の手を学んで一人前だといわれている。ならば、その棒の手と立ち合ってみたい。

「本部の猿だ……」

どこかで声がした。

それを聞いて、棒使いの眼が怪しく光った。

「何だと……。おまえが本部の猿か……。面白い。掛け試しでは負け知らずだと聞いた。

だが、俺の棒が相手だとどうかな？」

願ってもない展開だと、朝基は思った。

棒使いと戦ったことはまだない。六尺もの長さの棒は恐ろしい武器だ。へたをすると、命を落とす。だが、本来の武士同士の立ち合いというのはそういうものだ。

素手《すで》で相手をしてくれる者がいなくなった。こうなれば、相手がどんな武器の使い手であれ立ち合うしかない。

「ここでは、店の者に迷惑がかかる。外に出よう」

かすかに手が震えている。いつもの武者震いだ。

本当は恐ろしいのだ。掛け試しで負け知らずの非情な男と噂されているが、実は立ち合うたびに恐ろしいと思う。

相手をなめたことは一度もない。そのつど、必死で戦う。だからこそ、これまで負けなかったのだと、朝基は思っていた。

朝基は、棒使いを視界にとどめながらゆっくりと表に出た。背を向けたら、そのとたんに襲撃される恐れがある。果たし合いはきれい事ではない。どんな手段を使っても勝たねばならない。

人垣が朝基の歩みとともに移動していった。人々は遠巻きに朝基と棒使いを見つめている。棒使いが言った。

「さて、始めようか」

棒を腰に構える。その先端は、まっすぐに朝基の顔面に向けられていた。

恐ろしい威圧感だった。素手の者を相手にするのとは、まったく違う。

朝基は、声に怯《おび》えが出ないように、腹に力を込めて言った。

「その前に、名前を聞いておこうか」

「ふん、名などとうに捨てた」

「侍が名前を捨てたというのか？」

「もう、侍など必要のない世の中なのだ」

酔っている棒使いは、吐き捨てるように言った。

「侍の身分はなくなったとしても、その心は残り続ける。侍としての生き方は、大切なものだ」

「ヤマトの政府から禄《ろく》をもらっている本部御殿のやつが言いそうなことだ」

朝基は何も言い返せなかった。本部家をはじめとして、上級武士の家柄は、たしかに明治政府から優遇措置を受けていた。

棒使いが、じりじりと前になっている右足を進めてきた。

後方にさがりたい。手小の拳は、恐ろしい。それ自体が武器といえるまで鍛えに鍛える。だが、やはり本当の武器の比ではない。

棒の先から熱気のようなものがほとばしっているようにさえ感じる。誰かが、なかなかの使い手だと言った。それは嘘《うそ》ではなさそうだった。

腋の下《わきのした》にじっとりと嫌な汗をかいていた。相手が徒手《としゅ》ならば、とっくに飛び込んで先手を取っているだろう。受けに回るのは、朝基の戦い方ではない。

棒使いの気合いが響いた。棒をしごくように突きだしてくる。まっすぐに顔面に向かってきた。

朝基はかわしざまに、棒をつかもうとした。そのときすでに相手は、棒を脇腹のあたりまで引いていた。

そこから今度は、あばらめがけて突き出してくる。またしても、しごくような使い方だ。

脇腹への攻撃は、顔面を狙《ねら》われるより恐怖心が少ない。その分、朝基の動きも遅れなかった。今度は、棒を捕まえることができた。

つかんでしまえば、力比べに持ち込めるだろう。朝基は、手の鍛錬で力にも自信があった。

だが、思ったより簡単ではなかった。相手は棒の扱いに慣れている。こちらが力ずくでねじ伏せようとしても、するりするりと力を逃がされてしまう。

だが、それでもいい。こうして棒を握っている間は、相手の攻撃を封じることができる。このまま引き付けて、蹴りを見舞うこともできる。

朝基が棒を引こうとした瞬間、あっと思った。くるりと棒先が円を描いた。朝基は地面に投げ出されそうになった。

なんとか踏ん張れたのは、ナイファンチで足腰を鍛えていたからに違いない。だが、体勢が崩れていた。

相手は棒を朝基に押しつけるように近づいてきた。そして、金的を蹴り上げてきた。

朝基は、咄嗟《とっさ》に後方に跳んだ。棒から手を放さなければならなかった。

そこに隙が生じた。

相手は朝基の顔面めがけて、まっすぐに棒を突き出してきた。

やられる。

そう思った瞬間から、朝基の体は自然に動いていた。徒手空拳《くうけん》を相手にしたときとまったく同様だった。

後ろに下がらずに前に出た。

棒先が頬をかすめていく。その棒に沿うように左の拳を突き出していた。

その拳が相手の顔面を捉《とら》えた。会心の当たりではない。だが、相手を怯《ひる》ませるには充分だった。

棒を引こうとした相手に、たたみかけるように左右の拳を打ち込む。何発、打ち込んだか覚えていない。

気づくと、相手は鼻や唇から血を流して地面に倒れていた。

朝基は仁王立ちだった。肩で大きく息をしている。相手が倒れているのを見て、全身にどっと汗が噴き出てきた。

相手は地面の上で弱々しくもがいていた。朝基は、棒を取り上げた。相手が棒を持っている限り安心はできない。棒ならば、地面に倒れていても攻撃が可能だ。

相手は、むくりと上半身を起こした。不思議なものを見るように朝基を見つめている。

朝基は言った。

「酔いを醒《さ》ますことだ。もう乱暴をしないとわかれば、棒を返してやる」

相手は、地面にあぐらをかいた。相変わらず、朝基を奇妙な表情で見つめている。

やがて、棒使いは言った。

「驚いた……。本部猿など、所詮《しょせん》噂に過ぎんと思っていた」

「おまえの言うとおり、噂は噂だ」

「そうではない。本部猿……、いや、本部三郎朝基の腕前は本物だ。この俺の棒に素手で勝ったのだ」

「おまえは酔っていた。今度立ち合えば、どうなるかわからん」

これは、朝基の本音だった。

棒使いは、ぽかんとした顔で言った。

「評判とは偉い違いだ」

「どんな評判だ？」

「勝つためならどんな手段でも使う。そして、強さに驕《おご》り、負けた相手を悪し様に言うと……」

朝基は、全身から力が抜けていくのを感じた。いい噂もあれば、悪い噂もある。だが、これまで打ち負かした相手を悪く言ったことなど一度もない。

朝基は相手に言った。

「勝つためになら、どんなことでもするというのは本当だ」

「正直なやつだ」

「嘘はつけない性分だ」

棒使いはうなずいた。

「俺は、伊良波長春《いらはちょうしゅん》。もともとは首里にいたが、今は浦添《うらそえ》に住んでいる」

「棒の手は、どこで習った？」

「徳嶺親雲上《とくみねぺーチン》から手ほどきを受けた」

その名は聞いたことがあった。棒の手の達人として有名だ。

「徳嶺親雲上に習った棒なら一流だ。こんなところで狼藉を働いていては、その名前が泣くだろう」

　とたんに、伊良波の表情が硬くなった。

「名前など何になるというのだ。これからは金だ。身分ではなく金がものをいうのだ」

「おまえの棒の手は金などでは買えぬ立派なものだ」

「ふん。棒の手など、食っていくのに何の役にも立たん」

「そんなことはない。武士の心をなくしてはいけない」

「俺は今、牛飼いに雇われている身だ。侍もへったくれもない。毎日、牛の糞にまみれて働いて、食っていくのがやっとだ」

　店での出来事がだいたい想像できた。手持ちが足りなかったのだろう。

　首里王府の時代には、辻では士族たちはそれほど金がなくてもなんとかなった。士族に対しては、ある時払いの催促なしといった店も多かった。

「だからこそ、武士の心を忘れてはいけないのだ。それをなくしたとたんに、おまえは本当に侍ではなくなる」

　伊良波は立ち上がった。酔いがすっかり醒めた様子だった。

「おぬしが言ったとおり、今日は酔っていた。素面《しらふ》のときに、もう一度立ち合いたいが、どうだ？」

　断るわけにはいかなかった。

「いいだろう。俺は明日もここに来る」

「何も辻でやることはない。前道の入り口に松の木の生えた広場がある。そこでどうだ？」

「承知した。では、明日の同じ刻限に……」

二人は、そこで別れた。

人垣を抜けて帰り道を歩きだした朝基は、やるせない思いだった。

下級士族は、生きる望みをなくしている。

沖縄武士の誇りを取り戻してほしい。そのために、強さを証明したい。そう思って、手の修行を積み、掛け試しを続けてきた。

だが、なかなか思い通りにはいかない。

これまで、何人もの手小と戦ってきた。彼らはいずれも元士族階級だった。朝基と戦うことで、侍の生き方を見直したかどうかは、疑問だった。

彼らは覇気を失っていた。だから朝基が勝ちつづけられたのかもしれない。朝基には勝つための動機がある。だが、仕事も将来の希望も失った下級士族たちには、それがない。

沖縄武士の手は、無敵だ。それを証明しなければならない。

知らない相手と戦うことは恐ろしい。だが、それを続けなければならない。

俺が強くなることは、希望を失った士族たちに対する責任だ。

朝基はそう思った。

もっと、もっと強くならなければならない。俺が強くなるのは、俺だけの問題ではないのだ。

夜道を歩きながら、朝基は自分にそう言い聞かせていた。

3

翌日の午前中に、糸洲安恒が手を教えに本部御殿にやってきた。

朝勇とともに、ひととおり稽古を済ませると、朝基は糸洲に言った。

「先生、手をやる者は、棒の手も学ばねばならないと聞きました」

糸洲は、穏やかな眼差《まなざ》しを向けて言った。

「そのとおりだ」

「では、私にも棒の手を教えてもらえますか？」

糸洲はしばらく考えていた。

「いいだろう。棒はあるか？」

武士の屋敷なので、六尺棒くらいは置いてある。

「あります。持って来ましょう」

朝基が言うと、朝勇も眼を輝かせた。

「先生、私も稽古させてもらっていいでしょうか？」

「三郎だけというわけにはいくまい。いっしょにやりなさい」

朝基は、本当は自分だけが教わりたかった。だが、長男を差し置いて三男坊だけが習うというわけにはいかない。

糸洲安恒の棒の手ほどきが始まった。

「こうして棒を担いだ恰好《かっこう》が基本だ。そこから振り出す。だが、これは打つのではない。突くのだ。突くのが基本だ」

その形を何度もやらされた。

たしかに、伊良波長春は突いてきた。それが恐ろしかった。

「さらに、こうして袈裟《けさ》懸《が》けに振り切ることもある。棒の端を持つので、遠くの敵を打つことができる」

糸洲は、鋭く振った。棒の先端が空中に大きな弧を描く。これは、伊良波がやらなかった技だ。知っていたが、見せなかっただけだろうか。それとも、流儀が違うのだろうか。いずれにしろ、知っておくに越したことはない。

朝基は、質問した。

「先生、棒をしごくように使うこともありますか?」

「ある」

糸洲はこたえた。「棒の攻め手には、突き、打ち、貫《ぬ》きがあり、しごくように突き出すことを、貫きという。間合いを自在に変えることができるので、便利な技だ。貫きに限らず、棒の名手は、滑らせながら棒を使う。棒を短くも長くも使えるわけだ」

たしかに、伊良波の棒の手は、糸洲の言うとおりだった。

間合いも攻撃の方法も変幻自在だった。

特に、貫きはやっかいだと思った。

思わぬところから棒が突き出てくる。一撃を食らったら、その衝撃は拳とは比べものにならないだろう。

それから二時間ほど稽古をした。朝勇は、口ほどにもなくすでに疲れてやる気を失っている様子だ。

だが、朝基は必死だった。なにせ、夜には再び伊良波と戦わなければならないのだ。少しでも多く棒の手について知っておかなければならない。

棒の手を習いながら、朝基はその弱点を探していたのだ。

考えが甘かった。弱点など見つかるはずがなかった。やればやるほど、棒の手は合理的だと感じた。手に通じるものがある。

屋部憲通は、夫婦手を身につけるために、棒の手が役に立つと言っていた。振ってみると、それが実感できる。両手をうまく連動させないと、棒を扱うことはできないのだ。棒の手はたしかに面白い。手の役に立つからこそ面白いのだ。

だが、そんなことを考えている場合ではなかった。

今夜、伊良波の棒と立ち合う。昨夜の伊良波はかなり酒気を帯びていた。素面となれば、さらに手強《てごわ》いはずだ。

結局、棒の手とどう戦うかの方策を見つけられないまま、糸洲の稽古は終わった。日が暮れるまで朝基はずっと、昨夜の戦いと、糸洲から教わった棒の手の稽古のことを考えていた。

脳裡《のうり》に伊良波の貫きが浮かぶ。総毛立った。昨夜は夢中だったが、思い出すだに棒の手は恐ろしかった。

それでもやらねばならない。掛け試しは、朝基一人のためではない。沖縄士族の誇りすべてを背負っているのだ。誰もそう思ってくれなくていい。朝基自身はそう信じようとしていた。

やがて、とっぷりと日が暮れて、約束の刻限が近づいてきた。

ええい、なるようになる。

朝基は本部御殿を出て、辻に向かった。

伊良波の言った広場はすぐにわかった。朝基は、約束より早めに来て広場の地形や地面の様子を調べた。石が多い。さらに、広場の半分ほどを草むらが占めている。

草むらはやっかいだ。ハブが潜んでいるからだ。朝基は、落ちていた棒っ切れを拾い、草むらをがさがさと鳴らしていった。ハブを追いやるのだ。

戦いの流れ次第では、草むらに足を踏み入れることになるかもしれない。そこでハブに嚙《か》まれでもしたら一大事だ。

半月が出ており、比較的明るい夜だ。

誰かが近づいてくるのに気づいて、そちらを見た。二人組だ。朝基は、眉をひそめた。伊良波なら一人で来るはずだ。

また別の者たちが近づいてきた。今度は三人組だった。遠目で見ても、とても武士には見えない。

伊良波の仲間かとも思ったが、どうやらそうではないらしい。おそらく、朝基と伊良波が再び戦うという話を聞いて集まってきた野次馬だろう。

朝基にとって掛け試しは、いわば神聖な修行の一環だ。だが、世間の人々にとってみれば、娯楽のようなものだ。庶民はいつも、どこの何某《なにがし》が一番強い、というようなことを噂したがる。

朝基と伊良波の立ち合いは、庶民にとって恰好の見せ物なのだ。さらに、二人の実力を見極めようという武士も見物に来るだろう。

辻の店先の野次馬たちの前で、立ち合いの場所と時間を決めたことを後悔していた。だが、今さら中止するわけにもいかない。

野次馬は、次第に増えてくる。いまや、広場の周囲に人垣ができるありさまだった。その人垣の向こうから、六尺棒を持った人影が現れた。伊良波長春だ。

伊良波は、朝基に近づいてくると、言った。

「なんだか、たいへんなことになったな」

昨日とは、まったく雰囲気が違う。酔っているときの伊良波はまるで無頼漢《ぶらいかん》のようだったが、今は武士のたたずまいを感じさせる。

「俺は出直してもいいが……」

「いや、俺はかまわんよ」

「では、始めるか……」

「その前に、せっかくだから、型を見てもらおう」

朝基は驚いた。これから立ち合う相手に、型を見せるというのだ。これは手の内をさらすのにも等しい。

「それは願ってもないことだが……」

「掛け試しは、ただの私闘ではないと、俺は思っている。手の修行だ。そうだろう。どちらが勝ったとしても、互いのためにならねばならない」

朝基は、この言葉に感動した。そして、恥ずかしくなった。この立ち合いのために、糸洲に棒の手の手ほどきを受けた。棒の手の弱点を探そうとしたのだ。その姑息《こそく》な態度が恥ずかしかったのだ。

伊良波が言った。

「徳嶺親雲上の棍《こん》だ。まだ、未熟だが披露させてもらう」

朝基は下がって場所を空けた。

伊良波が、棒の手の演武を始めた。まさに変幻自在だ。突き技も、貫き技も入っている。打ったと思ったら、すぐにしゃがみこんで、脛《すね》への裏打ちを決めるような技も入っている。金的をすくい上げるように打つ技もあった。

伊良波が徳嶺親雲上の棍を演じ終えると、野次馬から、ほうっという溜め息が洩《も》れた。素人眼《しろうとめ》にも、その実力がわかるのだろう。

昨日の伊良波は酔っていた。だから勝てたのかもしれない。朝基はあらためてそんなことを思った。

また、武者震いがした。昨日の伊良波とは別人と思わなければならない。こうして、型を見せてくれたということは、それだけ自信があるということだ。

朝基も型をやってみせることにした。伊良波だけにやらせるのは不公平だ。立ち合いはあくまで公平にやりたかった。さらに、型をやることで、不安や恐怖を追い払うことができるかもしれないという思惑もあった。

朝基はナイファンチをやってみせた。

今度は、野次馬たちがざわめいた。初心者のやる型であることを知っているに違いない。そんな型をやった朝基を非難しているのかもしれない。

だが、伊良波は違っていた。朝基のナイファンチを見て、感嘆するように言った。

「なるほど、おぬしは噂とは違って、実に立派な修行者なのだな」

これまで立ち合った相手にほめられたことなどない。こそばゆいような気分だった。

朝基は言った。

「では、始めよう」

「おう」

伊良波は、棒を腰だめに構えた。先端は、朝基の顔面を狙っている。

朝基は、構えらしい構えを取らない。相手の動きによってどうにでも変化できる体勢だ。

さすがに、素面の伊良波には隙がない。

なんとか棒の間合いを侵すために、相手を動かさなければならない。そのためには、自分が動くことだ。

朝基は、じりっと右足を前に出した。伊良波は動かない。

棒を自由に使わせては勝ち目はない。棒を封じるにはどうしたらいいか。その結論はまだ出ていなかった。

さあ、どうする……。朝基は迷っていた。素手の相手と立ち合うときには迷ったことなどなかった。武器というのはそれだけやっかいなのだ。

伊良波が顔面に向けて貫いてきた。それをかわしざまに、前へ出ようとしたが、伊良波は、すぐに棒を引き、今度は腹めがけて貫いてきた。連続技だった。さすがに、酔っていたときとは違い、棒筋が鋭い。

咄嗟に避けたが、棒先が着物をかすり、破けてしまった。

連続技がある限り、うかつには飛び込めない。

さて、どうする……。

朝基の動きが止まったと見るや、伊良波が仕掛けてきた。前に出ながら連続して突いてくる。さらに、時折貫き技が飛んでくる。

朝基は、かわすだけで精一杯だった。

これではどうしようもない。朝基は焦った。やはり、棒の名手には徒手では勝てないのか……。

そのとき、ふと糸洲との稽古のことを思い出した。棒の手は、手に通じる。つまり、本質はいっしょなのだ。

ならば、相手が徒手と思って戦えばいい。きっと、手の技が通用するはずだ。ナイファンチの動きが役に立つに違いない。

失敗してもいい。試してみるのだ。そのために掛け試しをやっているのだ。

朝基は、初めてはすに構えた。立ち方はナイファンチ立ちだ。右足を前にしている。とたんに、伊良波が用心深くなった。

朝基は、じりじりと前に出る。

手のときと同じだ。見るのは棒の先ではない。相手の全身の動きだ。

手小と戦うときも、相手の拳を見ていては、かわすことも受け外すこともできない。相手が動いた瞬間に飛び込むのだ。棒が相手でもそれが通用するかもしれない。

伊良波の棒の手には連続技がある。だが、最初の一手に合わせて仕留めれば……。

伊良波が動いた。

朝基はナイファンチの要領で、半身になりながら、飛び込む。右の肘に左の拳を添えて、右拳を突き出した。

左腕に棒が触れた。棒の攻撃線をそらすような形になった。同時に、右拳が伊良波の顔面を捉える。

「ぬう……」

伊良波が、ひるむ。

朝基は、すかさず左の拳を伊良波のあばらに打ち込んだ。

伊良波は、二歩、三歩と後退した。さらに追いつめようとする朝基に向かって、伊良波が言った。

「待った。これまでにしよう」

朝基は足を止めた。

伊良波は、棒を納めた。朝基は戦いの姿勢を解き、ほうっと息を吐いた。

伊良波も肩で息をしていた。

「いや、俺も手をやるが、棒を持たぬ者をこれほど恐ろしいと思ったことはない」

「手も棒の手も、本質は同じだと聞いた」

「俺もまだまだ修行が足りない。おまえと立ち合ってみて、また修行を始める気になった」

その言葉を聞いて、朝基は心底うれしいと思った。朝基は、武士の誇りのために掛け試しを続けているのだ。

「ぜひ修行を続けてくれ」

「棒の手など修行したところで、何になるのかと思っていた。だが、おまえに出会って、少し考えが変わった。武士の心と言ったな？　俺もそれを少し考えてみたい」

朝基はうなずいた。

「武士の心は、いつの時代でも生き続ける。俺は、それを証明するために戦い続ける。それをすべての武士、すべての手小に約束する」

伊良波がこたえた。

「今後、おまえを悪く言う者がいたら、俺が相手をする」

「いや、それでは、ますます掛け試しの相手がいなくなってしまう」

伊良波が笑い出した。朝基は本気で言ったのだが、それがかえっておかしかったようだ。

いつしか、野次馬の姿は消えていた。野次馬たちにとってみれば、ものたりない立ち合いだったかもしれない。どちらかが、叩《たた》きのめされるような展開を期待していたのだろう。

だが、朝基にとっては、今夜の立ち合いは、単純な勝負よりもずっと実り多いものだった。

「いつか、また会おう」

伊良波は棒を担いで去って行った。

月明かりに照らされたその背中を見つめていた。いつしか、朝基はその背に向かって頭《こうべ》を垂れていた。

第三章　女武士《イナグブサー》

1

世の中がきな臭くなったと思っていたら、日本と清《しん》国が戦争を始めたという。朝基が小さい頃には考えられなかった出来事だ。

清国というのは、朝基にとってヤマトよりも身近な国だった。沖縄人《ウチナンチュ》なら、おそらく誰でもそうだったろう。

明治になるまで、沖縄《ウチナー》では中国暦を普通に使っていた。朝基の親の世代までは、生まれ年を中国暦で言ったものだ。

沖縄は、中国との貿易で栄えた。中国の文化が生活の深部まで浸透している。上級士族の家は必ず中国名を持っていた。

その中国と日本が戦争を始めた。そして、沖縄は間違いなく日本の一部なのだ。

さらに驚いたのは、屋部憲通の名前を新聞で見たときだった。憲通は、日清戦争に従軍していた。そして、その活躍ぶりが新聞で何度か報道されたのだ。

屋部憲通は、「屋部軍曹」と紹介されて、それがいつしか通り名になっていた。

「さすがに憲通だ……」

朝基は感心した。彼は言ったとおりのことを実行している。沖縄の武士《ブサー》の真価を世に知らしめるために、軍隊で戦う。彼はそう言った。

朝基は、憲通の活躍を心強く思う反面、少々妬《ねた》ましくもあった。今や、沖縄中の人が憲通の名を知っている。沖縄の英雄だった。沖縄ほどではないにしろ、日本全国でその名が話題になっているかもしれない。

それに比べて、自分はどうだ。

十七のときに掛け試し《カキダミシー》を始めて、もう七年ほどの月日が流れた。すでに百人以上と戦っただろうか。人数は覚えていない。ほとんど負けたことがなかった。

首里、那覇では知らぬ者がいないと言われるようになった。だが、憲通の活躍に比べると、それが何になるのだという気がしてくる。

憲通は国のために戦い、戦果を挙げている。一方、朝基は巷《ちまた》の話題になっているに過ぎない。

本部《もと》猿《ぶザールー》と、誰それが戦ったらどちらが強いだろう。

本部猿を倒す者が現れるのはいつのことだろう。

市井《しせい》の人々はそう噂《うわさ》する。何のことはない。相撲《すもう》の取り組みをあれこれ言うのと変わりないのだ。

掛け試しは、手《ティー》の修行の一環と割り切っていたつもりだった。だが、世間の眼はそう見てはくれない。

士族階級は、武士の面汚《つらよご》しだといい、士族階級以外の者たちは、好奇心だけで戦いの結果を語り合う。

話題になるのは悪いことではないと思っていた。辻《つじ》で掛け試しの相手を探さなければならなかったのだが、有名になるにつれて、朝基に挑戦しようという者が、ちらほらと出はじめた時期があったのだ。

相手を探す手間が省ける。朝基は喜んだ。それもつかの間だった。挑戦者をことごとく倒してしまうと、ある時期からぱたりと訪ねて来る者がいなくなった。

また、辻へ逆戻りだった。

なぜ、俺《ワン》に勝てるやつがいないのだ。

朝基は不思議な気さえした。有名な手の名人はたくさんいるはずだ。事実、一度は負けたことがある。

最初の敗北は決して忘れない。板良敷朝郁には、まったく歯が立たなかった。型についての工夫や理解が足りず、「おまえ《ヤー》のは、まだ手になっていない」と言われた。それが修行のバネにもなった。糸洲門下の中でも使い手で知られていた、あの板良敷のように強い手小《ティーグワー》がいないはずはなかった。

そういう人たちは、どこかに隠れているのだろうか。

あとは、糸洲安恒とか松茂良興作といった、自分の先生たちに挑戦するしかないのだろうか。いくら朝基といえども、それはできなかった。

掛け試しは、あくまで手の修行なのだ。自分の師に戦いを挑むなどもってのほかだ。

なんだか、本物の手小がどんどん少なくなっているような気がした。糸洲門下でも、一番稽古《けいこ》をしていた三人が軍隊に行ってしまった。昔はどこの村落にも必ず、人々に畏《おそ》れられ、また尊敬された武士が何人かいたものだ。若者はその武士に手を習った。

手を本気で稽古しようという若者が少なくなってきたのではないかと、朝基は思った。

他人のことはどうでもいい。自分が本当に強くなればいいのだ。そう思う反面、このままでは沖縄の武術がすたれてしまう。そういう危機感を覚えた。

強くなること。誰にも負けないこと。

その強さを世に知らしめること。

それが、沖縄武士《ウチナーブサー》たちに、もう一度誇りを取り戻させることにつながる。

朝基はそう考えていた。

だが、その目論見《もくろみ》は、今のところ成功しているとは言い難《がた》かった。戦えば戦うほど朝基を白い眼で見る武士や手使いが増えるのだ。邪道だという。そんなばかな話があるかと思う。

朝基は、手の強さを証明するために戦っている。一度負けた者も、腕を磨いて再度挑戦してくればいいのだ。そうすれば、武士や手小全体の実力の底上げになる。

不思議なことに、朝基は再戦の申し出を受けたことはほとんどなかった。

棒使いの伊良波長春は、再戦を申し込んできた。徒手《としゅ》に対して棒を持っている有利さがあったからかもしれない。だが、そういうことではないと、朝基は思っていた。伊良波が本物の武士だったということだ。

廃藩置県が断行され、首里王府に勤める士族はいなくなった。だからといって、侍《サムレー》の心が失われたわけではない。戦いのために肉体と精神を鍛えるという武術の価値は決してなくなりはしない。

朝基は、そう信じようとしていた。

でなければ、廃藩置県後のヤマト世《ユー》で、俺の生きる意味はない。

本気でそう考えていた。

日清戦争の戦果が報じられるようになって、本部猿の噂は次第に薄れていった。国を挙げての戦いだ。人々は、辻の掛け試しどころではなくなったのだ。

朝基も、掛け試しにそれほど熱心ではなくなっていた。もう充分に戦ったという気持ちもある。第一、相手をしてくれる者を見つけるのが難しくなっていた。

これまでの戦いの経験を活《い》かして、さらに変手《ヒンディー》を工夫しようという思いもあった。実戦というのは大切だ。だが、もっと大切なのは、実戦によって培った技術を普遍的な体系にすることだ。

手には型がある。それが、ただの喧嘩《けんか》と違うところだ。実戦の経験を型に照らし合わせたとき、新たに見えてくるものがある。

特に、朝基はナイファンチを重視するようになっていた。糸洲安恒が、ナイファンチは、最も実戦的な型だと言っていたらしい。憲通が朝基にそう語った。

憲通との稽古によって、ナイファンチの印象がまったく変わってしまった。それまでは、足腰の鍛錬《たんれん》のための型、くらいにしか考えていなかった。

入り身と夫婦手《メオトディー》。その二つの要素を考えたときに、ナイファンチはまさしく実戦的な型であることが理解できた。

ナイファンチが使えれば、他のどんな型も使える。今や、朝基はそんなことさえ思っていた。

憲通が軍に入隊して以来、稽古相手がいなくなってしまった。糸洲の元に通えば、糸洲門下の弟子たちといっしょに稽古ができる。だが、父は糸洲を自宅に招いて指導をさせている。

いまだに父は格式にこだわる。本部御殿《もとぶウドウン》の子供たちに、たかが祐筆《ゆうひつ》職だった糸洲の自宅まで通わせるわけにはいかないと考えているのだ。

また、糸洲のほうも御殿に教えにやってくることをごく当たり前のことと考えているようだった。

糸洲の指導はほとんど型のみだ。ひたすら師の前で型を繰り返す。型が重要なことは朝基も充分に心得ている。だから、糸洲の前ではおとなしく型の稽古をする。

だが、それだけでは不足だと考えていた。だから、憲通との稽古が必要だったのだ。二人であれこれと変手について工夫しあうことが重要だった。

朝基は、まだ泊の松茂良興作のもとに通ってはいたが、そこでも変手の稽古はほとんどなかった。朝基が質問をすると、松茂良は柔和な表情のまま、こたえてくれた。だが、決して自分から変手について教えようとはしなかった。

朝基は、濡《ぬ》れ縁《えん》に腰かけて蟬《せみ》の声を聞いていた。

辻での掛け試しも難しくなってきた。糸洲先生も、松茂良先生も変手を教えてはくれない。

憲通は、めざましい活躍を続けている。なのに俺は、まだこんなところでくすぶっている。

修行のためと考えて掛け試しをやれば、武士の面汚しと言われることもある。

俺はいったい、どうすればいいのだ。

もう二十四歳になる。

このままでは、ただの穀潰《ごくつぶ》しではないか。

朝基は焦っていた。だが、焦ったところでどうすることもできない。

濡れ縁で、日が暮れるまで座っていた。

「ええい、こんなことをしていても仕方がない」

朝基は、家を出て辻に向かうことにした。掛け試しの相手が見つかるとは思えなかった。辻に朝基が現れると、男たちはこそこそと道をあけてしまう。

掛け試しの相手が見つからなければ、辻で飯を食いがてら一杯やろうと思っていた。

家でくすぶっているより、そのほうがずっといい。

朝基は、出がけに父と廊下で鉢合わせしてしまった。

「どこへ行く?」

「ちょっと用足しに……」

「おおかた、また辻に行って掛け試しでもやろうというのだろう」

「いえ、最近はやっておりません」

かつて、一度説教をされたことがある。それ以来、父はなぜか掛け試しについて何も言おうとしなかった。

だが、腹を立てていることはわかっていた。手は君子の武術だと、首里王府時代からいわれている。糸洲安恒もそのようなことを何度か朝基に語ったことがある。

だが、そのような物言いが、何の役に立つのかと、朝基は疑問に思っていた。君子面をして、いざというときに負けてしまっては手の意味がない。

「まあいい」

父は言った。「今さら何を言っても無駄だろう」

また説教でもされるのかと覚悟していた朝基は、肩すかしを食らったような気分だった。

「私なりの考えがあって、手の修行をやっております」

「だが、おまえ《ヤー》もういい年だ。いつまでもふらふらしてはいられないだろう。嫁を取れ」

あまりに唐突だったので、朝基は思わず目をぱちくりさせた。

「嫁ですか……」

「盛島《もりしま》殿内《ドウンチ》から話があった。年頃の娘がいるそうだ。この話、進めるぞ」

「はあ……」

父はそれだけ言うと、朝基の脇を通り過ぎて、奥の間へと歩き去った。

嫁かあ……。

まったく実感がなく、他人の話を聞いたような気がしていた。

2

辻へ来てみたが、やはり掛け試しの相手は見つからない。

朝基は適当な料理をつまみに、酒を飲んでいた。酒は嫌いではない。手の修行の妨げになると言って飲まない武士もいるようだが、それはあまりに情けない話だと、朝基は思っていた。

酒ごときで修行ができなくなるというのなら、最初からやらなければいい。師の糸洲安恒も酒や音曲をたしなむ。

手は、朝基にとって特別なものではない。飯を食うように、また、酒を飲むようにごく日常的に修行をするのだ。そうでなくては身につかないと思っていた。

朝基は、ふと、背後で飲んでいる男たちの話が気になった。

「それが、恐ろしく強いらしい……。何人か立ち合ったが、誰もかなわなかったということだ」

「まさか、いくら強いといっても女だろう……」

そっと振り向くと、三人連れの客だった。商人らしい。

朝基は聞き耳を立てた。

「今帰仁《なきじん》から、首里の本家にしばらく奉公に来ているのだというが……」

「年は二十になるかならないかだそうじゃないか」

「おおかた、相手をした男どもがだらしなかったのだろう。若い女と見て油断していただけじゃないのか」

「いや、けっこう名の通った武士も戦いを挑んでかなわなかったという」

朝基は、体をひねって三人に声をかけた。

「話が聞こえてしまった。すまんが、詳しく話してはくれないか？」

三人の商人は、胡散臭《うさんくさ》げに朝基のほうを見た。朝基は、言った。

「いやいや、話に割り込むのが無粋なのは百も承知だ。申し訳ないとは思うが、ちょっと聞き流すには惜しい話なのでな……」

「あ……」と三人のうちの一人が目を丸くした。

またか、と朝基は思った。

「あなたは、本部御殿の……」

案の定だった。最近、辻で誰かに声をかければ、必ずこういうことになってしまう。

こちらに背を向けていた一人が、ぐいと体を向けて言った。

「なに、本部の猿《サールー》……。あ、いや、これは失礼を……」

「いや、猿でいい。それより、話を聞かせてくれ。何でも、えらく強い女がいるということだが……」

「ええ、首里の山川の話なんですが……」

噂《うわさ》を聞いてきたらしい一人の男が話しはじめた。

「待て、そっちへ行っていいか？」

三人は同様に腰を浮かせた。

「いえ、本部御殿のお方と同席させていただくなど……」

「もう、そんな世の中ではない。話が聞きづらい。そこに座らせてくれ」

朝基は、泡盛の入った徳利《カラカラ》と盃を持って彼らの席に移動した。三人はとたんにかしこまってしまった。

「さあ、一杯おごるから、話を聞かせてくれ。首里山川の話だって？」

「はあ……」

商人の一人は恐縮した様子のまま話しはじめた。「運天港《うんてんこう》をご存じですね？」

「今帰仁の運天港か？　もちろんだ」

「では、その港の名の由来も……？」

「薩摩《さつま》の島津《しまづ》藩に対する守りのために、首里から運天という一族が港に遣わされた。それで、その一族の名前がついたと聞いている」

運天家というのは、もともと首里の士族だ。一族の祖は、天久筑登之親雲上政守《あめくチクドウンペーチンまさもり》で、代々、男子の名には、政の字がつく。中国姓は、昌《しょう》だ。昌氏は、尚円王《しょうえんおう》の後裔《こうえい》といわれている。

御殿の生まれである朝基は、小さいころから、士族の家柄について聞く機会が多かった。特に、薩摩島津藩が攻めてきたときに最初に港で迎え撃った運天家は有名だったので、よく耳にしていた。

「今帰仁の運天一族のナビーという娘が、首里山川にある本家にしばらく奉公に来ているのですが、これが、恐ろしいほどの手の名人だそうで、男もかなわないという噂なのです」

朝基は首を捻《ひね》った。

「どうしてそんな噂が立ったのだ?」

「ナビーが那覇まで遣いに出たときのことです。帰りが遅くなり、夜道で夜盗《やとう》に襲われました。夜盗は三人、それをあっという間に倒してしまったというのです。それをたまたま見ていた首里の侍が、あとをつけて、運天家の縁《ゆかり》の者であることを突き止めたのです。その侍は、ナビーの腕が実際どれほどのものか興味を持ち、戦いを挑んだのです」

「それで……?」

「ナビーは受けて立ちました。そして、その侍を打ち負かしたのです。それを伝え聞いた別の侍がまた戦いを挑み、負けてしまったのです」

朝基は腕を組んだ。

「その運天ナビーという娘は、誰の挑戦でも受けるのか？」

「そうらしいです」

会話を聞いていた、これも商人らしい男が言った。

「お会いになるのですか？」

さきほど、朝基を「猿」と呼びそうになった男だ。眼が輝いている。

片や、掛け試しで負け知らずの朝基、片や女だてらに手を使い、これも負け知らずの運天ナビーだ。

これ以上の取り組みはない。庶民にとって、この勝負はまたとない関心事に違いない。

朝基はうなずいた。

「会ってみたい。だが、別に打ち負かしたいわけではない。どんな手を使うのか、確かめてみたいのだ」

「もともと運天家に伝わった古い手を、ナビーが独自に工夫したものだそうです」

「古い手を工夫……」

「はい」

「どのように……？」

「いや、私はごらんのとおりの商売人ですから、手のことには詳しくありません。ただ、そういう話を聞いただけです」

「不思議なものだな」

朝基は独り言のように言った。「首里山川なら、わが家がある儀保《ぎぼ》の目と鼻の先だ。なのに、そんな噂は聞いたことがなかった」

「噂とは、そういうものだと思います。まず、人の往来がある場所で、広まるものです。首里のお屋敷町などでは、ご近所のこともなかなかおわかりにならないのではないですか？」

「そういうものかもしれない」

朝基は、男たちに礼を言って、酒のお代わりを注文してやった。

店を出るときには、すでに運天ナビーのことしか考えていなかった。

女だてらに、三人組の盗賊を倒し、武士の挑戦を受けて負け知らずだという。にわかには、信じられない話だ。

噂には尾ひれが付く。それは、朝基自身が痛いほど経験していることだ。掛け試しで相手にひどい怪我《けが》をさせたことはない。なのに、朝基は非情な鬼のように噂されているのだ。

運天ナビーも、実はそうなのかもしれない。多少は腕が立つのかもしれない。だが、噂ほどではない可能性もある。

話によると、ナビーは誰の挑戦でも受けるのだという。朝基にとっては好都合だ。とにかく、さっそく明日にでも会いに行ってみよう。

そう思うだけで、わくわくした。

自宅に戻ると、珍しく朝勇が朝基を待っていた。

「今日も辻か?」

「おう。だが、掛け試しをしてきたわけじゃないぞ。ちょっと一杯やってきただけだ」

「父上《ターリー》から話は聞いているだろう」

「何の話だ?」

朝勇は、呆《あき》れた顔になって言った。

「自分の縁談だろう。何の話もないもんだ」

今の今まで本当にその話は忘れていた。

「話は聞いた。だが、まだ自分のことだとは思えん」

「何を言っている。おまえももういい年なんだ。将来のことをちゃんと考えないと

「……」

「それと、嫁の話は別だろう」

朝基は、ふくれっ面になった。運天ナビーのことで楽しい気分になっていたのだが、それに水を差されたような気がした。

「何が別なものか。一家の主となれば、ふらふらもしていられまい。父上もそうお考えなのだ」

朝勇と話をしていると、まるで父が二人いるようだと、朝基は思った。

昔は、よく朝勇にいじめられた。幼い頃、朝基は体が小さくて、朝勇にはかなわなかった。もともと朝勇に勝ちたくて手を始めたのだ。

だが、掛け試しを始めて一年も経《た》つと、朝勇のことなどどうでもよくなった。おそらく、立ち合えば自分が勝つだろうという自信があった。

その頃から、朝勇は口うるさくなったような気がする。手でかなわないので、長兄という立場で優位に立とうとしているのだろうと、朝基は思っていた。

「嫁のことなど、考えたこともなかった」

「そんなことを言っている年ではあるまい。それとも、何か？　誰か意中の人でもおるのか？」

「意中の人か……。まあ、気に掛かる女はいる」

朝勇の表情が変わった。興味津々という顔つきだ。

「おまえが女に興味を持つとは思わなかった。どこの誰だ?」

「おおいに興味がある。運天ナビーという娘だ」

「運天ナビー……。ああ、糸洲先生の門弟たちが噂していた女だ。なんだ、やはり色恋ではなく、手の話か……」

「兄さんも噂を聞いたのか?」

「おう、女だがなかなかの使い手らしい」

「糸洲先生の門弟たちはどう言っていた? 手をやる者は、技だけではなくて、筋骨《チンクチ》を鍛えなくてはならない。実際の戦いにおいては、小手先の技だけではどうしようもないことがある。昔、俺は相撲取りの米須《よねす》マギーと立ち合ったことがあるが、そのときに、体格と筋力の大切さを嫌というほど思い知らされた」

朝勇が、心底驚いた、という顔をした。

朝基が掛け試しを始めて間もないころの話だ。当時、米須マギーというのは、沖縄では知らぬ者がいないほど有名な力士だった。

「あの有名なマギーと立ち合ったことがあるというのか?」

「かなり前のことだ。いくら技を知っていても、マギーの体格と力の前にはまったく歯が立たなかった。女なら当然男より力が劣る。なのに、負け知らずというのはどうも納得できない。糸洲先生の門弟たちは、そういう話はしていなかったのか?」

「糸洲先生のお弟子たちは、おまえとは違う。戦いのことばかり考えているわけではない。まあ、噂についても半信半疑だな……」

つまり、本気で戦いのことを考えていないということだ。

朝基はそう思った。それでは、いくら手の修行をしたところで、いざという時には、役に立たないではないか。

「ただ……」

朝勇が言った。「それについては、糸洲先生が面白い話をしてくれた。松村先生の結婚にまつわる逸話だ」

「松村タンメーの……？」

松村タンメーと親しみを込めて呼ばれる松村宗棍は、糸洲安恒の師に当たる武士だ。タンメーというのは、老人、おじいさんという意味だ。首里に伝わる手の礎《いしずえ》を築いた達人だ。

「松村先生の奥さんは、やはり女武士でな、旧姓が与那覇《よなは》だったが、当時与那覇チルーを知らない者はいなかったという……」

朝勇は、糸洲から聞いたという、松村宗棍の結婚の逸話を話しはじめた。

与那覇チルーは、幼い頃から手を修行し、二十になる頃には、すでに男たちもかなわぬほど強くなっていた。

彼女の父親は、チルーに勝つ男が現れたら嫁にやろうと言っていた。何人もの武士が彼女に戦いを挑み、敗れ去った。

その噂を聞いた松村宗棍は、チルーに挑戦することにした。立ち合ってみると、なるほど宗棍と互角の勝負をするほどに強い。宗棍は、一計を案じて、チルーの乳を攻めた。ようやくチルーが「参った」と言った。

宗棍は、チルーをめとることができた。

朝基は、その話を聞いてどう反応していいかわからなかった。乳を攻めるなど、笑い話にも思える。だが、実戦においては相手の弱点を容赦なく攻めるのは重要なことだ。宗棍はそれを実践したということになる。

「糸洲先生がおっしゃるには……」

朝勇が言った。「松村先生の家と運天家は親戚筋だということだ。噂の運天ナビーもそういう血を受け継いでいるのかもしれないな」

朝基は、むっつりと考え込んでいた。

朝勇が朝基の顔を見て笑った。

「何をそんなに難しい顔をしているんだ。それほど考え込むような話ではあるまい」

「兄さんや他の門弟は、その話を聞いて、どう思ったんだ？」

「みんな笑い出したよ」

まあ、そんなもんだろうと、朝基は思った。常に本気で戦いを考えている者でなければ、笑い話としか思わないかもしれない。

だが、朝基にとっては意味深い話だった。松村宗棍といえば、手だけでなく薩摩に強制的に留学させられ、そこで東郷示現流《とうごうじげんりゅう》を学んだ剣の達人でもあった。

与那覇チルーは、その宗棍と互角に戦ったのだという。

女でも鍛錬次第ではそれだけ強くなれるということだ。

ならば、運天ナビーも本当に強い可能性がある。朝基は、いよいよ興味を引かれた。

「盛島家は、豊見城親方《とみぐすくオエカタ》の血筋を引く名家だ」

「え……？」

「いい縁談だということだ」

「ああ、その話か……」

そちらの話には興味がなかった。

「断るなよ。早く身を固めて将来のことを考えろ」

やはり最後は説教か。

朝基はそんなことを思っていた。

3

翌朝、目が覚めたときから、居ても立ってもいられないような気持ちだった。

朝基は、早朝に家を出て、山川の運天家に向かった。

運天の家は、一般的な士族の屋敷だ。本部御殿に比べれば、かなり質素だ。それでも石積みの塀の向こうに庭が見て取れた。それほど広い庭ではないが、立ち合うには充分だと、朝基は思った。

玄関先で声をかけると、中年の女性が出てきた。当主の内儀だろう。朝基が名乗ると、とたんにかしこまって言った。

「本部御殿の方が、いったいどのようなご用でしょう?」

「こちらにおいでの、ナビーさんの噂を聞きまして……。お会いできないでしょうか」

「はあ、ナビーですか。お待ちください。すぐに呼んで参りましょう」

内儀は委細心得たという表情で言った。おそらく、何人もの男がこうして訪ねて来たのだろう。

しばらく待たされた。やがて、若い娘が姿を見せた。すらりと背が高い。髪は結っておらず、後ろで束ねただけだ。その長い黒髪が見事だった。大きくきりっとした目が印象的な美人《チユラカーギー》だ。

朝基は、たじろいでしまった。

男まさりの女武士と聞いて、ごつい体をした醜女《しこめ》を勝手に想像していたのだ。予想とは大違いだった。

「ナビーと申します」

「あ……、私は本部朝基、その……、お願いがあって参上しました」

運天ナビーはにっこりとほほえんだ。

「お噂は、かねがねうかがっております。私との手合わせをご所望ですか？」

朝基は、ナビーの顔を見た。そのよく光る眼に吸い込まれそうな気がした。

「はい。ぜひとも……」

ナビーは、ほほえみを絶やさずにうなずいた。

「かしこまりました」

やけにあっさり承知してくれたものだ。多少の押し問答があるものと、覚悟していたのだ。

「ただし……」

ナビーが言った。「日中は、仕事があります。日が沈んでから、御殿へうかがいます」

夜になってから稽古するというのは、手の伝統でもある。手は、古来、人に見られないように夜に密《ひそ》かに稽古するものだった。

「心得た」

「では、後ほど……」

朝基は、運天家をあとにした。

なぜか、心臓がどきどきしていた。戦いへの期待だろうと、朝基は思った。それ以外の理由は、思いつかなかった。

日暮れがこれほど待ち遠しいと思ったことはなかった。朝基は、今か今かとナビーが訪ねてくるのを待っていた。

ナビーは、長い髪を結い上げてやってきた。いっそう美しく見えた。エイサーのときに男衆が着るような服を着ている。なるほど、これなら動きやすいと、朝基は思った。

「よく来てくれた」

「では、さっそく始めましょうか」

朝基は、このあっさりとした物言いにちょっと驚いた。

「こっちへ来てくれ」

朝基は、いつも手の稽古をしている庭に案内した。

ナビーは足場を確かめている。なるほど、戦いに慣れている。

「手加減はせんぞ」

「もちろんです。女だからといって、そのようなお心遣いはご無用に……」

次の瞬間、運天ナビーの雰囲気が変わるのを感じた。戦いの準備が整ったのだ。朝基も臨戦態勢に入った。

ナビーは、右足を前にして、やや半身になっているが、一般の武士のように両手を構えたりはしなかった。板良敷朝郁と同じだ。

なるほど、できるな……。

朝基も、同様に構えらしい構えを取らない。ナビーの間合いはやや遠目だ。

先手を取る間合いではない。

それでは、と朝基は間合いを詰めた。一気にたたみこんで勝負を決めよう。

筋力では朝基のほうがずっと勝っているはずだ。ナビーが反撃してきても、力で押さえつけることができるはずだ。

朝基が間合いを詰めると、ナビーはわずかに後退する。

やはり、接近戦を嫌がっている。

朝基は、無音の気合いを発すると、一歩踏み込み、右の拳を突き出した。肘《ひじ》のあたりに左の拳を添えている。夫婦手だ。

右をかわされたら、即座に左で追い討ちをかけるつもりだった。

ふわりと風が舞った。甘い匂いを伴った風だった。

なに……。

ナビーの姿が消える。右の側頭部にぞくりという感覚があった。

朝基は、咄嗟《とつさ》に首をひっこめた。頭上で風を切る音がした。

ぬう……。

あわてて後方に跳んだ。仕切り直しだ。

ナビーは、ひっそりと最初と同じ恰好《かっこう》で立っている。

開掌《かいしょう》を回し打ちしてきたな……。

ナビーは、体を入れ替えざま、その回転する力を利用して、振り回すように開いた手を打ち込んできた。親指のつけ根の関節でこめかみを狙《ねら》ってきたのだ。

食らっていたら、朝基といえどもひとたまりもなかっただろう。こめかみは鍛えようのない急所だ。

拍子を取るのがうまい……。

朝基は心の中でうなった。

これは、うかつに手を出せば合わせ技を取られる。なるほど、相手の攻撃を迎え撃つようにうまく合わせれば、力はあまり関係ない。非力な女でも充分に大きな男を倒せるだろう。

それにしても……。

朝基は、ふと不思議に思った。

合わせ技を狙うのなら、間合いは近いほうがやりやすいだろう。

運天ナビーの間合いは、明らかに普通の武士よりも遠い。

つかまれることを恐れているのだろうか。

それは充分に考えられる。非力故《ゆえ》に、つかみ合いになれば、当然不利だ。ならば、つかまえてしまえばいい。

相手が嫌がる攻撃をするのが、実際の戦いの鉄則だ。

女の拳だ。顔面の急所さえ守れば、打たれても耐えられるだろう。手首でも腕でもいい。つかまえてしまえば、引き倒すこともできる。

そう思い、朝基は強気に前に出た。間合いが詰まる。

今度は、ナビーがさがらなかった。

なぜだ……。

そう思ったとたんに、金的めがけて蹴《け》りが来た。朝基は、難なくそれをかわした。だが、それは本来の攻撃ではなかった。

本命は次に来た。

開いた手の指先で掃《は》くように、顔面を打たれそうになった。指先で目を狙ってきたのだ。

本能的に顔をそむける。

その瞬間に隙《すき》ができた。ナビーの攻撃が来るのはわかっていた。朝基は、両手を掲げて顔面と頭部の急所を守った。

意外な場所に衝撃が走った。

両乳の下のあたりに攻撃を食らったのだ。両手の拳を同時に打ち込まれた。息ができなくなった。

だが、ここで怯《ひる》んでいてはやられてしまう。朝基は、痛みと苦しさに耐えながら手を伸ばした。

ナビーの手首をつかむ。驚くほど華奢《きやしや》な手首だった。どんなに鍛錬を続けても、手首は太くはならない。

引き付けて投げを打とうとした。ナビーは、朝基の引き付ける力を利用して、肘を脇腹に打ち込んできた。

三枚の急所を狙っていた。これも鍛えようのない急所だ。

肘打ちを避けるために、手を離して距離を取るしかなかった。

再び、朝基とナビーは対峙《たいじ》した。

くそっ、またナビーの間合いだ……。

朝基は、唇を嚙《か》んだ。

このままでは、相手の術中にはまったままだ。

相手は手強《てごわ》い。それはわかっていたのだが、どこか女だと思って甘く見ていたところがある。どうしても本気になりきれなかった。

朝基は、肩の力を抜いた。

どんな攻撃であれ、相手の技の起こりを押さえる朝基独特の戦い方を思い出したのだ。

ナイファンチの型が基本になっている。

とたんに、運天ナビーの気配がまた変わった。

闇《やみ》の中で、ナビーが人間でない何かに変化したように見えた。しなやかな獣《けもの》になったと、朝基は感じた。

こんな威圧感は初めてだった。

何だ、この感じは……。

朝基はたじろいだ。

ナビーのほうから間を詰めてきた。

どんな攻撃にも合わせる。

朝基は、あらためて自分に言い聞かせていた。

俺にはそれができる。相手の手足ではなく、体軸が動いた瞬間にこちらの技を決めるのだ。

二人の間の緊張感が高まっていく。両者の間の空間に、実際に空気の塊《かたまり》ができたように感じた。その濃密な空気が出足を阻《はば》んでいる。

さらにナビーがじりっと近づいてきた。

朝基は、さがらずわずかに前傾姿勢となった。一瞬にして勝負は決まるはずだ。

そのとき、ふっとナビーの強い気配が消えた。朝基は、思わず引き込まれそうになり、あわてて踏みとどまった。

ナビーの声が聞こえてきた。

「殺し合いをお望みですか？」

「殺し合い……？」

朝基は、茫然《ぼうぜん》とした。「いや、私はあくまで手の修行がしたいだけだ」

「では、ここでやめにいたしませんか？」

朝基は、驚いた。

これ以上続ければ、殺し合いになると、ナビーは言っているのだ。たしかに、ナビーの気配は尋常ではなかった。

「俺もそれがいいと思う」

朝基は、緊張を解いた。

ナビーは、もとの礼儀正しい娘に戻っていた。

朝基は、ナビーに尋ねた。

「殺し合いと言ったが、この俺を殺す自信があったということか？」

「いいえ」

ナビーの恥じらいを含んだ声が聞こえてきた。「私が殺されるかもしれないと思ったのです」

「とても、そうとは思えなかったがな……」

「最初の一撃をかわされました。あれで、ほぼ勝負は決まっていたと思います」

いろいろと訊《き》きたいことがあった。朝基は、濡れ縁を指さして言った。

「ちょっと話をしていかないか？」

「はい」

朝基が濡れ縁に腰を下ろすと、運天ナビーはその正面の地面に膝をついた。朝基は慌てた。

「いや、そこではなく隣に来てくれ」

「それはできません」

「武士同士の話をしようというのだ。頼むからこっちへ来てくれ。他には誰もいないのだ。気にするな」

ナビーはようやく立ち上がった。

「それでは、失礼して……」

戦いを終えると、ただの奥ゆかしい娘だった。ナビーは、少しだけ距離を置いて濡れ縁に座った。かすかに甘い香りがそちらから漂ってくる。

「最初の一撃を、俺がかわしたときに、勝負が決まったと言ったな？　あれはどういうことだ？」

「相手の初手に合わせて勝負を決める……。本当の戦いでは、勝機はそこにしかないと考えております」

「だが、その後も、おまえは私と互角にやり合った」

「次第に手の内を読まれていくのは必至。そうなれば、非力な私に勝ち目はありません」

「なるほど……。だが、最後におまえは本気になったであろう。恐ろしい気配を感じたぞ」

「死を覚悟したからです」

「死を……」

「はい。わが運天家の者はその覚悟を教えられて育ちます」

朝基は、ようやく気づいた。運天家は、薩摩との死闘を経験している。それは、文字通り命を懸けた戦いだったのだ。

そして、運天家が港を守れなかったが故に、琉球は、薩摩島津藩の支配下に置かれることになったのだ。いや、決して運天家のせいではない。

すでに薩摩と首里王府とでは勢力が違い過ぎた。薩摩による琉球支配は、歴史の必然だったのかもしれない。

だが、当事者の運天家にしてみれば、そんなことは言っていられない。重い責任を感じているに違いない。それ故に、いざというときには、死を覚悟するという教えが伝わっているのだろう。

「ヤマト世は、運天家の責任ではない」

朝基は言った。ナビーは、何も言わなかった。月明かりで、彼女がかすかにほほえんでいるのがわかった。

戦いのときの激しさと、この穏やかさ……。まるで別人のようだが、その二面性が同居していることに、何の違和感もない。不思議な女性だと、朝基は思った。

「間合いが遠いと感じた。あれは、なぜだろう」

そう朝基は尋ねた。

「常に相手が剣を持っていると思って稽古をしてきたからです」

「剣を……?」

「お気づきかもしれませんが、私の技はバッサイを基にしています。バッサイは、守りと攻めが一体となった技が特徴です。その技をさらに、剣を相手と思い工夫しました」

「なぜ、剣が相手だと……」

「薩摩の侍は皆、刀を持ち、示現流の稽古をしておりますから……」

「なるほど……」

朝基は悟った。「最初の一撃にこだわるのもそういうことか……」

「はい。示現流を相手にして、初太刀《しょだち》に合わせて勝負を決めなければ、必ず斬《き》られてしまいます。わが家ではそう教わります」

死を覚悟するというナビーの言葉は、決して大げさではなかったのだ。運天家の先祖は、実際に薩摩の示現流と戦った。そして、斬られていったのだろう。

ナビーの手は、その先達《せんだつ》の経験をふまえて工夫されたものだ。ただの工夫ではない。必死の覚悟を伴った工夫だ。実際に剣を相手に稽古したに違いない。

なるほど、強いはずだ。

朝基は思った。

実際の戦いにこだわっているとはいえ、朝基は、本当に生き死にまで意識したことはなかったかもしれない。

さらに、ナビーは朝基を恐れてはいなかった。これまで、掛け試しで戦った相手の多くは朝基を恐れていた。

家柄のせいもあるだろう。また、尾ひれのついた噂のせいもあるだろう。相手が勝手に朝基についての幻想を作り上げていたのだ。自分自身が作り上げた幻想に負けた相手も少なくない。

だが、ナビーは違った。彼女は純粋に戦いのことだけを考えていた。沖縄最後の合戦を経験した家柄だけのことはある。

「さて、そろそろおいとまいたします」

ナビーが立ち上がった。

朝基は、妙にうろたえてしまった。

「まだいいではないか。いろいろと訊きたいこともある」

「実は、明日の朝早く、今帰仁へ発《た》たねばなりません」

「今帰仁に……?」

「縁あって、私をめとってくださる方がおいでです」

運天ナビーは、嫁にいくのだと言った。

朝基はその言葉に、大きな衝撃を受けた。なぜ、そんなに打ちのめされるのか、自分でもわからなかった。

「そ、そうか……。首里の本家に奉公に来ていたのは、花嫁修業だったのか……」

そう言うのがやっとだった。

「今宵《こよい》は、よい経験をさせていただきました。本部御殿で手合わせさせていただくなど、身に余る光栄でした。今日のことは一生忘れません」

切なく、狂おしい思いが胸を満たしはじめた。

何だ。朝基は思った。どうしてこんな気持ちになるのだ……。

「本部様には、今後のいっそうの御武運をお祈りいたします」

「おう……」

朝基は、何を言っていいかわからず、当たり障りのない挨拶《あいさつ》をするしかなかった。

「おまえも、息災でな……」

ナビーを門のところまで送った。去っていく後ろ姿をずっと見送っていた。

ナビーは何度か振り向いて頭を下げた。

その姿が見えなくなると、胸にぽっかりと穴があいたような気がした。こんな気持ちになるのは、生まれて初めてだった。

やるせない思いを抱いたまま、朝基は門のところに立ち尽くしていた。

朝基のあずかり知らぬところで、縁談は進んでいた。

婚礼の当日まで、相手に会わないことなど、武家の縁組みでは珍しいことではない。

結婚などそんなものだと、朝基もあきらめていた。

運天ナビーに会った日から、朝基はまるで腑抜《ふぬ》けたようになっていた。何もする気がしない。飯すら食う気がしないのだ。

さすがに様子がおかしいと思ったのか、母《アンマー》が朝基のもとにやってきて言った。

「何か心配事でもあるのですか?」

返事をするのも億劫《おっくう》だった。

「別に何でもありません」

「体の調子が悪いのなら、お医者を呼びます」

「別にどこも悪くありません」

母は、溜《た》め息《いき》をついた。

「縁組みに不満なのですか?」

「そんなことはありません」

実際に、不満も何もなかった。第一、縁談のことなど何も考えていなかった。

運天ナビーと立ち合ったときに感じた、かすかな甘い香りがずっと頭から離れない。

今帰仁に帰り、嫁に行くというのだから、もう会うこともないだろう。

せめてもう一日会いたかった。無駄なことと知りつつ、ついそんなことを思ってしまうのだった。

母は言った。

「何も心配することはありません。私は、先方にお会いしていますが、ナビーさんはとってもいいお嬢さんですよ」

「え……？」

思わず朝基は目を丸くしていた。「ナビー……？」

「何て顔をしているのです。お相手の名前も知らなかったのですか？」

「ナビーというのですか？」

「そうです。盛島ナビーさんです。いいですか、今さらこの縁談は断れませんから、いくら思い悩んでも無駄です。男らしく諦《あきら》めなさい」

「いや……」

朝基は言った。「別に縁談のことを思い悩んだりはしていません。そうですか、ナビーというのですか……」

「日取りは、先方と相談して決めます。いいですね」

「はい……」

母は、来たときと同様にそそくさと去っていった。

たしかに、ナビーというのはよくある名前だ。だが、縁談の相手の名がナビーだったとは……。

これも、何かの縁かもしれない。

朝基は、ようやく自分の結婚という現実を受け容《い》れる気になった。

やがて、婚礼の日がやってきた。本部御殿の中は朝から慌ただしかった。朝基は、沖縄武士の伝統にのっとり、烏紗帽《うしゃぼう》をかぶらされて、中国風の正装をさせられた。

もうじき、盛島家の人々とともに花嫁がやってくる。

盛島ナビーは、もちろん運天ナビーとは別人だ。だが、同じ名を持つ、その縁は大切にしようと、朝基は心に誓っていた。

俺もいよいよ所帯持ちか……。体よく本部御殿を追い出されるということだな。

朝基は思った。

だが、今さらこの生き方を変えられるわけではない。嫁になるナビーにも、それは理解してもらわなければ……。

よく晴れた秋の一日だった。沖縄名物の台風もしばらく来ていない。

朝基は、人生の一区切りを迎えたという思いを抱きながら、秋空を見上げていた。

第四章　チンクチ

1

屋部憲通が一時帰郷した。

首里の町はちょっとした騒ぎになった。

なにせ、今や屋部軍曹というあだ名で知られ、沖縄《ウチナー》の英雄だ。すでに、少尉になっていたが、それでもまだ屋部軍曹と呼ばれていた。

屋部軍曹は引っ張りだこで、連日酒宴が開かれる。

朝基はその様子を遠くから眺めているしかなかった。

軍隊暮らしで、憲通は精悍《せいかん》さが増していた。軍服がよく似合っているし、立ち振る舞いもいかにも軍人らしくきびきびとしている。

朝基は、所帯を持ち、我如古《がねこ》の小さな家に引っ越して間もなかった。本部御殿《もとぶウドゥン》にいた頃は生活の心配はなかった。こうして所帯を持ったからには稼ぐ手段を見つけなければならない。

当面は、実家から幾ばくかの金をもらえたので、それでしのぐことができた。

妻のナビーは働き者だった。機織《はたお》りや染め物の心得もあり、ナビーの稼ぎもばかにならなかった。だが、いつまでもそんなことではいけない。

これまでは、手《ティー》の修行のことだけを考えていればよかった。だが、そうもいかなくなった。幸い、廃藩置県後、建設や工事が多いので、職を選ばなければ収入を得る方法はあった。

いざとなれば、人足でも何でもやって稼ぐつもりだった。体力には自信がある。本部御殿の息子が人足をやるなど、かつては考えられないことだった。

それがヤマト世《ユー》なのだ。

朝基は将来のことを考えると、気分がふさいだ。沖縄武士《ウチナーブサー》の気概と誇りを取り戻すために、手を磨き、誰よりも強くなりたい。その気持ちはまったく変わっていない。

だが、夫婦二人、食っていかねばならない。そうした現実的なことを考えると、つい焦ってしまい、憂鬱《ゆううつ》になるのだ。

そんな朝基を、憲通が訪ねてきた。軍服姿ではない。昔ながらの着物姿だった。

「たまげたな」

朝基は言った。「人気者の屋部軍曹殿が、訪ねてくるとは……」

憲通は苦笑を浮かべた。

「皮肉を言うな」

「皮肉ではない。本当に驚いているんだ。帰ってきて以来、引く手あまただろう」

「ああ、参ったよ。だが、すぐにもおまえ《ヤー》のところに来たかったんだ。結婚の祝儀もまだだったからな」

そう言って、憲通は酒の甕《かめ》をぐいっと朝基に差し出した。「受け取ってくれ」

「これはすまんな。まあ、上がってくれ。妻を紹介する」

ナビーは奥で機を織っているはずだった。

憲通を紹介すると、ナビーはすっかり恐縮した様子だった。屋部軍曹の噂《うわさ》を知っているのだ。

「そんなにかしこまることはない。憲通とは、昔からの知り合いで、共に手の修行をした仲間だ」

ナビーは、すぐに茶を入れると言った。

「いや、茶よりこっちのほうがいい」

朝基はもらったばかりの甕を掲げて見せた。

「では、何か肴《さかな》を用意しましょう」

ナビーは台所の土間に降りて行った。

朝基と憲通は風通しのいい縁側に腰を下ろした。

憲通が、しげしげと朝基を見て言った。

「それにしても、しばらく見ないうちに、すっかり変わったな」

朝基は、その言葉に驚いた。自分は昔とまったく変わっていないと思っていた。

「何が変わった？」

「すっかりたくましくなった」

「おまえだって、いかにも軍人らしくなった」

「いや、明らかに体格が変わった。体が二回りほど大きくなったじゃないか」

「そうか？」

憲通は、狭い庭に眼をやって言った。

「あれだな」

そこには、巻藁《まきわら》が立っており、その脇にはチーシーと持ち石が置いてある。チーシーというのは、石に握り棒を取り付けた鍛錬具《たんれんぐ》で、朝基は、実家にあった古い臼《うす》を利用していた。

憲通が言った。

「巻藁はわかるが、チーシーに持ち石とはな……。那覇手《ナハディー》をやる者はよく鍛錬をするが

「……」

「糸洲先生だって、筋骨《チンクチ》を鍛えることは重要だと言われていた。糸洲先生は、打たれても痛くなければいいとおっしゃっていた。それくらいに立派な体格をされている」

実際、糸洲安恒の体は樽《たる》のように逞《たくま》しかった。多少の打撃ではこたえないほどだ。

「だが、おまえは、敏捷《びんしょう》な動きが持ち味だった。軽々と塀の上に飛び乗ったりしていた。だから、猿《サールー》というあだ名があった」

「敏捷さは大切だ。だが、それだけでは不足だ。俺《ワン》はそれをいやというほど思い知ったことがある」

「ほう……。何があった？」

朝基は一呼吸おいて言った。

「運天ナビーという女武士《イナグブサー》と戦った」

「運天……？　あの、今帰仁の港で薩摩を迎え撃った運天家の者か？」

「そうだ。おまえは戦地にいて知らなかっただろうが、男もかなわぬという噂だった。それで実際に立ち合ってみた」

「女と立ち合ったのか？」

憲通は、にやりとした。「美人《チュラカーギー》だったんだな……」

朝基は、不意をつかれた気がした。思わず顔が火照《ほて》った。それを悟られまいと、語調を強めた。

「実際、強かった。運天ナビーは、薩摩の示現流を仮想の敵と見なして稽古《けいこ》をしてきたのだという。剣と戦うための厳しい稽古を続けたのだ」

「勝ったのか？」

「引き分けだ」

「おまえと引き分けるとは、たいしたものだ……」

憲通は、心底驚いた顔になった。

「剣を相手にすることを考えて稽古しているだけのことはあって、鋭い技だった。俺がもし、力負けしていたら、やられていたかもしれない」

「なるほど、それでいっそう力を鍛えようと思ったわけか……」

「もし、俺と同じ背恰好《せかっこう》の男が運天ナビーと同じような技を身につけていたら、俺は勝てない。実際、今帰仁の運天家にはそういう男がいるのかもしれない」

「考えられないことではないな。なにせ、あの運天家は、松村宗棍先生の親戚筋に当たる」

「筋骨を鍛えることが重要だと考えはじめたのは、実はずいぶん前のことだ。あるきっかけがあった」

「何だ、そのきっかけというのは」

「米須マギーを知っているか？」

「あの、相撲《すもう》取りの米須マギーか？　もちろん知っている。沖縄で、米須マギーを知らぬ者はいない」

「あるとき、辻《つじ》で見かけてな。いっしょに飯を食ったことがある。そのときに、組ませてもらった」

憲通は、またしても驚きの表情になった。

「米須マギーと相撲を取ったのか……？」

「掛け試し《カキダミシー》の一環だ」

「そのときの話、ぜひ聞きたいな」

朝基はうなずいた。

そして、立ち合いの様子を思い出しながら、詳しく語りはじめた。

2

それは、朝基が十八歳のときのことだ。辻で掛け試しを始めてちょうど一年くらいの頃だ。

米須マギーは、朝基よりも頭一つ大きいほどの巨漢だった。相撲取りだけあって、目《め》方《かた》もある。

腕や脚は松の幹のように太い。肩には筋肉が盛り上がっている。胸板も厚い。

マギーは、朝基が本部御殿の息子と知って、丁寧に接してくれた。朝基は、一目見たときからその巨体に興味を持っていた。

それまで、手小《ティーグワー》との立ち合いはずいぶんと経験してきた。だが、これほどの巨漢と立ち合ったことはなかった。

沖縄一の実力と言われる相撲取りに、果たして自分の手は通用するのか……。

どうしても手合わせしてみたかった。

「米須さん、私は手の修行をしています。あなたと立ち合ってみたい」

やや唐突な申し出だったが、マギーはまったく驚いた様子を見せなかった。さすがに腹が据わっている。

「本部の若様、お噂はうかがっております。しかし、私は手はやりません」

「相撲でいい。腰に縄をつけて組み合ってほしい」

「失礼ながら、それでは勝負になりません」

米須マギーは自信まんまんだ。それだけの実績を持っているのだ。

「わかっている。その代わり、私も手の工夫をさせてもらう」

「ほう……」

マギーの表情が変わった。興味を引かれた様子で眼を輝かせた。「相撲の中で手を試されると……」

「もし、それを許してくれるのなら、試してみたい」

マギーは、うなずいた。

「よろしゅうございます。お相手させていただきます」

「では、さっそくやろう」

朝基が立ち上がったので、さすがにマギーは驚いた様子だった。

「すぐにですか？」

「早いほうがいい」

周囲にいたマギーの取り巻きたちも、面白そうにはやし立てた。マギーは苦笑しながら、腰を上げた。

「それでは……」

朝基は、店の者に縄を用意させた。それを腰に巻く。

沖縄相撲は、ヤマトの相撲のように立ち合いがない。お互いに腰の縄を握ったところから始まる。

実は、朝基にはある考えがあった。

腰の縄を握ったときに、手の技を応用しようと思っていた。

コーサーだ。

鶏口拳とも言う。中指、薬指、小指は普通の拳のように握るが、人差し指の関節だけ高く突き出す。その脇に親指をあてがい、しっかりと力を入れる。

鶏のくちばしのように見えるので、鶏口拳と呼ばれる。突き出した人差し指の関節で急所を突くのだ。

朝基は、拳だけでなく、このコーサーも充分に鍛えていた。今では、松の幹にコーサーを突き立てることもできる。

朝基とマギーは、店の外で腰に縄を巻いて対峙《たいじ》した。

マギーが言った。

「さあ、いつでもどうぞ」

たちまち二人の周りに人垣ができた。本部猿《もとぶザール－》と、沖縄一の相撲取り米須マギーが組み合うのだ。これ以上の見せ物はない。

朝基は、マギーの腰の縄を握った。マギーも同様に組んでくる。

でかい……。

あらためて思った。その迫力と重量感は予想をはるかに上回っていた。たしかに、マギーが言うとおり、ただの相撲だったら、絶対に朝基に勝ち目はなさそうだった。

やってみるか……。

朝基は、腰の縄を握ったまま、両手の人差し指の関節を高く突き出した。コーサーだ。その人差し指をマギーの両脇腹に押し込んだ。

そこから、上にあるあばらに向かってぐいと突き上げるつもりだった。普通の者なら、それで音を上げるはずだ。

マギーの腹は思ったよりずっと固かった。全身が筋肉で鎧《よろ》われている。腹の周りにも固い筋肉がびっしりとついていた。

しかも、気を抜けば押されるし、投げられてしまう。沖縄相撲は背中を地面についたほうが負けだ。

朝基はコーサーの握りのまま、体中でマギーを押していった。だが、びくともしない。まるで巨岩を相手にしているようなものだ。

コーサーを相手の脇腹に突き立てたまま、ひねりを加えて投げようとした。だが、やはりマギーは微動だにしなかった。

朝基は、渾身《こんしん》の力を入れて押し、縄を握ったまま、コーサーをあばらに向けて突き上げた。

マギーが押してきた。ずるずると踵《かかと》が地面を滑る。とても押し返せるものではない。

全身から汗がしたたり落ちる。

コーサーが効かぬのか……。

朝基は、もう一度脇腹に押しつけたコーサーを突き上げた。

マギーはさらに押してくる。朝基も負けじと押す。

野次馬たちは大喜びだ。大声ではやし立てている。

だが、朝基は必死だった。相撲というのは、手よりもずっと力がいる。全身の筋肉に力を込めると、たちまち息が上がってしまう。

　力を入れ続けるというのは、これほどたいへんなことなのか。

　朝基は、愕然《がくぜん》としていた。

体力には人一倍自信があった。一里や二里なら平気で駆ける自信があった。そんなものは、何の役にも立たなかった。

全身の筋肉が悲鳴を上げはじめる。汗びっしょりだ。息が切れてきた。

さらにもう一度、コーサーを試した。

だが、何の効果もない。

だめだ。限界だ。

朝基がそう思った瞬間、すっとマギーの力が抜けた。

マギーが朝基の腰縄から手を放す。勝負の終わりを意味していた。

「このへんにしておきましょう」

朝基は、ほっとして、その場にへたり込んでしまいそうだった。

だが、そんなみっともない真似《まね》はできない。なんとか踏ん張って立っていた。

脚が震えていた。筋肉の限界が来ているのだ。腕も震えている。

マギーはまったく平気な様子だ。大人と子供の勝負だった。朝基はそう思った。

「いや、手の工夫という意味がわかりました」

マギーは着物の襟《えり》をはだけて、脇腹を見せた。一点が赤黒く変色している。朝基のコーサーが当たっていた部分だ。

あのまま投げを打つことができたはずだと、朝基は思った。マギーは、朝基の顔を立てて引き分けという形にしてくれたのだ。

だが、悔しくはなかった。悔しいどころではない。圧倒的な力の差を感じた。朝基は茫然《ぼうぜん》としていたのだ。

「さすがに本部の若様です。このマギーと互角でした」

「いや、それは違う」

朝基は素直な気持ちで言った。「私は何もすることができなかった」

「いや、若様の手は効きました。ただし、僭越《せんえつ》ながら言わせていただければ、相手が悪かった……」

マギーは笑みを浮かべた。自信に裏打ちされた言葉だ。だから厭味《いやみ》を感じなかった。

「相手がマギーでなければ、相撲取りが相手でも勝てたかもしれないということか？」

「はい。しかし、組み合うのは不利でしょうね。失礼ながら、若様は軽くていらっしゃる。それでも、このマギーと組み合いたいとおっしゃった。たいしたものです。感服いたしました」

お世辞だろうと、朝基は思った。体格も力も違いすぎる。相撲取りと組み合うなど、無謀なことだ。本当はそう言いたいに違いない。

「さぞかし、すごい鍛錬をしたのだろうな」

「はい。それはもう……。相撲取りは力を養うために、血みどろの鍛錬をします。しかしながら、私は生まれつき体格に恵まれているのです」

どこまでも謙虚な男だった。

「もう一つ、試してみたいことがある」

朝基は言った。もう野次馬の眼など気にならない。手の修行のためにマギーに頼みたいことがあった。

「何でしょう？」

「後ろから髷《まげ》をつかんでみてくれないか？」

この頃、朝基はまだ髷を結っていた。それを力の強い者につかまれたとき、どうしたらいいかと、常々考えていた。

これには、マギーも難色を示した。

「いや、侍《サムレー》様の髷をつかむなど、とてもできません」

「私の手の修行のためだ。頼む」

朝基は頭を下げた。

「そこまで言われるのなら……」

「髷をつかんで、持ち上げてみてくれ」

「わかりました」

朝基は、マギーに背を向けた。

「失礼」

髷をぐっとつかまれた。さらに、それを持ち上げられる。体が浮き上がることはなかったが、腰が浮いてしまって何もできなかった。

振り向くことさえできない。肘《ひじ》打ちも届かないし、後ろに蹴《け》り上げることもできない。

「参ったな……」

朝基がつぶやいたとき、マギーが手を放した。

「まことに失礼いたしました」

マギーは深々と頭《こうべ》を垂れた。

「なに、私が頼んだことだ。それにしても、大きくて力の強い者に、後ろから髷をつかまれると、どうしようもないものだ……」

マギーは、しげしげと朝基を見つめていた。朝基はその眼差《まなざ》しに気づいて言った。

「何だ、私が何か妙なことを言ったか？」

「いえ、そうではございません。つくづく感じ入っておりました」

「何をだ？」

「本部の若様は、噂とは大違いだ、と……。本当に真面目に手の修行をなさっておいでだ。おそらく、若様は、本当にお強くなられる」

「そうありたいと願っている」

その頃には、勝負はもう終わったとばかりに、関心を失った野次馬たちは散ってしまっていた。

それから朝基は店に戻り、マギーに相撲取りの鍛錬法をあれこれ尋ねた。

熱心に質問する朝基に、マギーは丁寧にこたえてくれた。

最初は、本部御殿の息子だからと慇懃《いんぎん》に接していたのは明らかだった。だが、一勝負終えてからは、すっかりマギーも打ち解けてくれた様子だった。

「本当にお強くなられる」というさきほどのマギーの言葉を、朝基はあらためてうれしく思っていた。

3

憲通は、感心したような呆《あき》れたような複雑な表情だった。「それで、力と体格の大切さを悟ったというわけだ」

「悟ったというか、思い知らされた」

「それで、チーシーや持ち石で鍛錬を始めたのか……」

「マギーと組み合ってから始めたのだが、運天ナビーと戦ってみてから、いっそう力を入れるようになった」

「そういうことか……」

「昔から、手には、鍛錬《ナンヂ》、筋骨《チンクチ》、餅身《ムチミ》が大切だと言われていた。それを口にする武士《ブサー》は多いが、本当に筋骨を鍛えている武士は少ない」

「そうかもしれんな……」

「どんなに技を覚えても、力の強いやつに本気でつかまれてしまったら、勝ち目はないんだ」

「たしかに、おまえは以前より強そうになった。ずっと手の修行を続けていたのだな。

たいしたものだ」

「おまえだって、ずいぶん立派になった。拳を見たところ、鍛錬を続けているようだな」

「兵舎の柱を巻藁代わりに叩《たた》いていたら、屋根の瓦が落ちてきてしまった」

憲通は笑った。

相変わらず憲通は、朗《ほが》らかだが、どこか一種独特の凄味《すごみ》を感じるようになった。なぜだろうと、会ったときから考えていたが、ふと朝基は気づいた。

憲通は、戦場を経験している。そして、実際に人を何人も殺しているはずだ。それが軍人のつとめなのだ。

昔の武士は、今より死がずっと身近だったに違いない。この狭い島が三つに分かれて戦っていた時代もある。その時代の武士は、きっとこの憲通のような雰囲気を持っていたのではないだろうか。そう朝基は思った。

「戦場で戦うというのは、どういうものだ?」

朝基は尋ねた。とたんに、憲通の顔から笑いが消えた。

憲通はしばらく黙っていたが、やがて口をひらいた。

「ひどいものだ。死ぬのは敵ばかりではない。味方も死ぬ。いつかは、俺も死ぬかもしれない。恐怖と緊張の連続だ」

「そうか……」

実は、人を殺すというのは、どういうものかと尋ねたかった。だが、とてもそんなことを訊《き》ける雰囲気ではなくなった。

「手は、実際の戦いでおおいに役に立つ」

気分を変えるように、憲通が言った。「沖縄の手は、軍隊でも実に有効だ。おまえが言うように、鍛錬と筋骨は大切だ。軍隊では、厳しい訓練があり、兵士たちは筋骨を鍛える。それに手の技があれば、鬼に金棒というやつだ」

朝基はうなずいた。

「すばしっこさでは強さに限界がある。相手が力を出す前に技を決めてしまえばいいと言い張る武士もいる。だが、戦いが長引けば、必ず力が強いほうが優位に立つ」

憲通は、朝基の顔を見た。

「どうだ、久しぶりに手合わせしてみるか」

「変手《ヒンディー》か？」

「そうだ。俺も長らく本格的な手の稽古をしていない。技が鈍っていないかどうか心配だ」

朝基は、待ってましたと言わんばかりに庭に降りた。

庭は狭い。だが、軽く手合わせするには充分だ。

着物の裾《すそ》を帯にはさみ、朝基と憲通は向かい合った。

そこに、妻のナビーがやってきて、目を丸くした。

「どうなさったのです……？」

青くなっている。二人が喧嘩《けんか》を始めたと思っているのだろう。朝基は笑った。

「手の稽古だ。ちょっと変手をやる」

ナビーはほっとした顔になり、縁側に腰を下ろして二人の稽古を眺めはじめた。

朝基は憲通に眼を戻し、集中した。

憲通が言った。

「ほう、間合いがいっそう近くなったな」

「運天家の娘と戦って考えたことだ」

妻と同じ名前なので、妻の前で運天ナビーとは言いにくかった。「あの娘の間合いは遠かった。刀が相手だと想定しているからだ。間合いは、相手がどんな武器を持っているか、あるいは、どんな技を使うかによって、自在に変えなければならない」

「素手《すで》同士の場合は、近いほうがいいか？」

「そうだ。そして、拳も近くから打ち込む。遠くから打ち込むと、よけられたり、受け外されたりしてしまう」

「ほう……」

　朝基は、じりじりと間合いを詰めていく。憲通は、糸洲門下の先輩だ。だが、変手をやるときは、先輩後輩という関係を考えないようにしていた。

　憲通が、踏み込んで、右の拳を出してきた。顔面を狙《ねら》っている。

　朝基は、ほぼ同時に前に出た。左の拳を右の肘に添えて、右の拳を突き出す。夫婦手《メオトディー》だ。前に構えていた右手をそのまま合わせたので、当然朝基の拳のほうが速い。

　憲通の右拳が朝基の左の前腕で外される。朝基は、顔面ではなく憲通の胸に右の拳を当てた。顔面では危険過ぎると思ったのだ。

「お……」

　憲通は、驚いた表情で、一歩後退した。「五寸打ちか……」

　ごく近い距離から拳を打ち込むことを、昔から五寸打ちなどと称している。五寸ほどの距離があれば、打ち込めるという意味だ。

　二人は、また対峙した。

　憲通は、今度は、左の拳で牽制《けんせい》してきた。

　朝基は、かまわず踏み込んで、やはり夫婦手を使って前に構えていた右拳を相手の胸に打ち込んだ。

「むう……」

　憲通は、再びよろよろと後退した。「合わせ技がうまくなったな。ではこれではどうだ?」

憲通は、前にある朝基の右手をつかんできた。さすがに軍隊で鍛えている憲通の握力は強い。憲通はぐいと引いてきた。そのまま投げ技にもっていくか、押さえ込もうというのだろう。

朝基は引かれるままさらに憲通に近づき、右の肘を突き出した。腹に肘を打ち込んだ。

ついに、憲通はあきらめたように、構えを解いた。

「やれやれ……。型と拳の鍛錬は続けていたが、やはり変手となると、本格的に手をやっている者が相手でないと稽古ができん。やはり、俺の技は鈍っていたようだ」

朝基は何も言わなかった。

実は、憲通の眼光の鋭さについ本気になってしまったのだ。

おそらく憲通は、軽く手合わせをするつもりで、実力の半分も出し切っていない。

「いや……」

憲通がふと考え込むようにして言った。「そうではないな……。三郎、おまえの腕がさらに上がったのだ。修行の賜物だ。おまえがうらやましい」

「俺がうらやましいだって? 俺のほうこそ、おまえをうらやましいと思っていたのだ。軍隊で沖縄武士の実力を発揮すると言っていた。その言葉どおりの活躍だ」

「まあ、座ろう」

　憲通は縁側に戻った。朝基も腰を下ろした。

　猪口《ちょこ》と徳利《カラカラ》が置いてある。皿には、昆布のイリチーが盛ってあった。いつの間にか、妻のナビーは姿を消している。織物の仕事に戻ったのだろう。

　二人は酒を酌《く》み交わした。

「たしかに、糸洲先生に習った手は、軍隊でも役に立った。その点では、俺は手を誇りに思っている。だが、どうにもやるせない気分になることがある」

「やるせない気分とは……？」

「手は君子の武道だと、糸洲先生から何度も言われた。『敵に打たせず、敵打たず』、それが理想だと……。だが、戦場だとそういうわけにはいかん」

「それはきれい事だろう。手は戦いのための技術だ」

「もともとはそうだった。しかし、先達《せんだつ》が苦労をして、ただの戦いの手段ではなく、高尚で豊かなものにしてくれた」

「手が高尚である必要などない。強ければいいんだ。『敵に打たせず、敵打たず』などと気取っているから、結局は薩摩に攻め込まれ、支配されてしまったのだ」

　朝基は、そう憲通に反論した。

「それは違う。薩摩の支配は世の流れだ。沖縄から外に出てみて、それがよくわかった。強ければいいと、おまえは言ったが、負けることを恐れて、手を野蛮で見苦しいものに変えてしまったら、それこそが沖縄人《ウチナンチュ》の負けなんだ」

「おまえは、軍隊で目的を果たした。だから、そういうことが言える。俺は、決まった仕事もなく、明日のことを心配しなければならないような生活をしている。沖縄武士の誇りを守るために強くなろうなどと考えているが、俺が強くなったところで、世の中が変わるわけではない。最近、そんな気がしてきた」

「なんだ、おまえらしくないな。そんな弱音は聞きたくないぞ。おまえは、間違いなく確実に上達している。米須マギーも、本当に強くなると言ってくれたんだろう？」

「おまえは軍人になった。俺は何になるのだろう……」

「武士だ。それでいいじゃないか」

「武士の立場だけで生きていける世の中じゃない」

「だが、おまえの手が本物なら、それを必要とする人たちは必ず現れる。俺はそう思っている。食い扶持《ぶち》なら何とでもなる。それより、おまえの手は大切だ」

憲通の励ましはうれしかった。だが、朝基は先のことを考えると、やはり不安になるのだった。首里城に王がいた時代なら、こんな心配をしなくてよかったのだ。

ヤマト世が恨めしくもあった。

朝基が黙っていると、憲通がさらに言った。

「おまえがうらやましいと言ったのは、本音だ。純粋に手の修行に打ち込んでいるおまえがうらやましいのだ。俺はいつまでも軍にいるわけじゃない。いずれ沖縄に戻り、おまえと同じく手の道に生きたい」

憲通は職業軍人ではなく、志願兵だった。それほど遠くない将来、沖縄に戻ってくることになるのだろう。

朝基は、憲通の言葉を聞いて心強かった。憲通がいてくれれば、なんとか手の修行を続けていけそうな気がしていた。

「おまえはすでに沖縄では有名人だ。戻ってきても、食うに困ることはないだろう。だが、俺はそうではない。本部御殿で甘やかされていた頃とは違う」

「それで普通なんだよ」

「え……？」

「今の世の中、誰だって働いて食っていかなければならない。俺は、おまえから、その覚悟のほどを聞いておきたい」

「覚悟……？」

「そうだ。ちゃんと奥さんを食わせて、その上で手の修行を続けるという覚悟があるのかどうか、だ」

朝基は考え込んだ。

本部猿の名前は、沖縄中に知れ渡っている。だが、それはあまり実体のない評判でしかないと感じていた。

武士として尊敬されているわけではないと思っている。

沖縄武士の誇りのために、修行を続けていた。だが、朝基がいくら掛け試しをやっても、武士たちが元気になるわけでも、彼らに感謝されるわけでもなかった。

中には露骨に朝基を批判する武士や手小もいる。

このまま、修行を続けて何になるのか……。

正直、そんな思いがないではない。

だが、手以外に何かやることがあるのだろうか。これまで考えたこともなかった。そして、この先も手以上に打ち込めるものが見つかるとは思えなかった。

手しかないのだ。

朝基はそう思った。

「俺は手の修行を続ける。侍という身分がなくなっても、武士の心は生き続ける。そう信じるしかない」

憲通は、満足げにうなずいた。

「俺はそういう言葉を聞きたかったんだ」

自分は愚痴が言いたかっただけなのかもしれないと、朝基は思った。久しぶりに憲通に会って心のもやもやを吐き出したかったのだ。

そんなことのできる相手は、憲通しかいなかった。

「筋骨の話だが……」

憲通はふと思い出したように言った。「手の世界では、筋骨というのは、ただ筋力を鍛えるというのとは、別の意味もあるという話を聞いたことがある」

「別の意味……？」

「そうだ。特に首里の手では、独特の力のかけ方をする。骨と筋肉をうまく活用するんだ。だから、筋骨を鍛えるのではなく、『筋骨をかける』という言い方をする」

「チンクチをかける……」

「浦添に川平《かびら》のタンメーという名人がいるそうだ。体は小さいが、見事に筋骨をかけるので、恐ろしく拳の威力があるらしい。何でも、川平のタンメーに打たれると、三日三晩熱を出すと言われている」

朝基は、憂さを忘れてたちまち興味を引かれた。

「タンメーというからには、かなりの年齢なのだろう。しかも、体が小さいのか。それなのに、それだけの拳の威力が……？」

「だから、特別な筋骨の使い方をするのだ」

「会ったことはないのか？」

「訪ねて行こうとは思っていたのだが、そのうち入隊してしまって、機会を失った。俺は明日には隊に戻らなければならない。おまえ、会いに行ってみてはどうだ？」

「明日にでも行ってみよう」

憲通は笑った。

「ようやく三郎らしくなったな。よし、浦添に詳しい知り合いがいるから、川平のタンメーがどのあたりに住んでいるか訊いておいてやろう。今夜、また寄らせてもらう。ゆっくり飲もう」

「おう。それはいい」

憲通は、猪口を飲み干すと立ち上がった。

4

一晩、憲通と語り合った。やはり手の話題が多かった。

朝基は時を忘れた。憲通が入隊して以来長い月日が経《た》っていたが、それをまったく感じなかった。

まるで、昨日もいっしょに稽古をしたような気分だった。だが、翌日には憲通はまた隊に戻らなければならないのだ。それを思うと、やはり淋《さび》しかった。

楽しい酒宴の翌日、朝基は浦添に向けて出発した。

山道を通り、小さな村に着く。川平のタンメーはそこで暮らしているという。魚を捕ったり、畑を耕したりして生活しているということだった。

村人に尋ねると、すぐにその家はわかった。みすぼらしい家だった。今にも崩れてしまいそうだ。

こんなところに手の名人が住んでいるのか……。

そう訝《いぶか》りながら近づくと、朝基ははっとした。家の脇には、すぐに林が迫っており、立木が並んでいる。その太い木の幹がいずれもひどくえぐれているのだ。巻藁代わりにその立木を拳で打っているに違いない。

すさまじい鍛錬を物語っている。それを見るだけで、朝基はぞっとした。

戸口で声をかけると、すぐに老人が姿を見せた。

「なんだね？」

「川平さんを訪ねて参ったのですが……」

「川平はわしだが……」

「え……」

朝基は、思わず驚きの声を上げていた。

背が低いとは聞いていた。だが、これほどとは思わなかった。朝基も背が高いほうではないが、その朝基よりはるかに低い。さらにひょろりとやせている。とても手の名人とは思えなかった。

手の鍛錬をしていると、いつしかたくましくなるものだ。だが、川平のタンメーの体つきを見ると、とてもたくましいとはいえない。これでは、拳の威力は期待できない。やはり噂というのは当てにならないものだ。

立木がえぐれているのは、拳ではなく棒か何かで突いた跡かもしれない。

「いったい、この川平に何の用だい?」

朝基は、失望を見せまいとして言った。

「はあ……。私は手を修行する者で、一手御指南《ごしなん》いただければと思いまして……」

「ほう、それは物好きな。名前は何という?」

「本部朝基といいます」

「なんと、本部御殿のご子息か……。ああ、噂は聞いておる。何でも掛け試しで負け知らずだというじゃないか。そんな武士に、このオジーが教えることなど何もないぞ」

「私も川平のタンメーの噂は聞いております。筋骨について教えていただきたいと思いまして」

せっかく浦添まで来たのだから、噂の真偽だけでも確かめて帰りたい。

「どれ、せっかく来たんだ。噂の負け知らずの拳はどんなものか、このわしに見せてくれんか?」

　朝基は、何をしていいのかわからず、突っ立っていた。

「あの木でも打ってみてはどうかな？」

　川平のタンメーは、手近にあった立木を指さした。朝基はその木に近づき、無造作に拳で打った。巻藁で充分に鍛えた拳だ。しかも、筋骨を熱心に鍛えたので、筋力もあるし貫目《かんめ》も増えている。

　太い幹だったが、立木は大きく揺らぎ、木の葉ががさがさと鳴った。

「これは、すごい」

　川平のタンメーは目を丸くした。

　少しばかり気分がよくなった朝基は、さらに五寸打ちをやって見せた。立木すれすれのところから拳を打ちつけた。

　やはり立木は揺れ、葉が鳴った。

「おう、噂のとおりだ。その拳を食らったら、ひとたまりもないな」

　川平のタンメーはしきりに感心している。朝基は尋ねた。

「いくつもの木の幹がえぐれていますが、あれはどうしたのですか？」

「ん……？　あれか？　年寄りは暇なんでな。遊びで突いておるのだ」

「突いている……。棒か何かでですか？」

「いや、この拳だが……」

川平のタンメーは、拳を握って掲げた。

朝基は、その拳を見てまた驚いた。

しまった。武士たるものが、相手の拳に気がつかなかったとは……。

川平のタンメーの拳には幾重にもタコが盛り上がり、真っ平らになっていた。

もはや拳ダコという生やさしいものではない。拳全体が固い殻に覆われているようだった。

「どうやって立木を打つのか、お見せいただけませんか？」

「どうやって打つって、ただ打つだけだ」

「ぜひ拝見したいのですが……」

「まあ、首里からわざわざ来てくれたのだからな……。だが、こんなもの見ても面白くもなんともないぞ」

川平のタンメーは、朝基が今打った木に近づいた。それに向かって、右の拳を突き出す。鈍い音がする。だが、朝基が打ったときのように木が大きく揺らぐことはなかった。

見たところ、それほどの威力があるとは思えない。

川平のタンメーは、さらに左の拳を打ち込む。右、左……。それを何度か繰り返した。

やはり、立木が揺れるようなことはなかった。

本気で打っているのだろうか。

朝基は訝しく思った。武士は自分の手を簡単には他人に見せたがらない。

その気持ちを見透かすように、川平のタンメーが言った。

「わしの突きは、これで精一杯だよ。こんな突きでも、長年やっていれば拳も固くなるし、木もえぐれてくる。ただそれだけのことだ」

そのとおりかもしれない。

長年の修行。そして、えぐれた立木。それらの事実が、いつしか噂を生んだのかもしれない。

だとしたら、これ以上ここにいる必要はない。朝基は、礼を言って立ち去ろうかと思った。だが、憲通が言った「筋骨をかける」という言い方が気になった。筋骨を鍛えるのではない。かけるのだ。それがどういう意味か知りたかった。

朝基は川平のタンメーに言った。

「私は、相撲取りと立ち合ったことがあります。そのときに、筋骨を鍛えることの重要性を悟りました。チーシーや持ち石で筋骨を鍛えてきました」

「おう。その体を見ればわかる」

「でも、筋骨を鍛えるというのとは別に、筋骨をかける、ということがあると聞きました。それはどういうことなのでしょう」

「ほう……。誰がそんなことを言った？」

「屋部憲通という男です」

「なんと、あの屋部軍曹か？」

「はい。屋部憲通とはともに糸洲先生に手を学ぶ仲間です」

「なるほど、そういうことなら、教えないでもない」

川平のタンメーの雰囲気が、その瞬間に変わった。朝基はそう感じた。

「掛け試しをやってみるか？」

この言葉に、朝基はびっくりした。これまで老人と立ち合ったことはない。実際の戦いというのは、体力の勝負だと思っていた。年を取れば敏捷さもなくなる。筋骨も衰える。だから、戦う意味はあまりないと思っていたのだ。

「それは、願ってもないことですが……」

そう言いながらも迷っていた。

これまで、どんな相手と戦っても手加減はしなかった。立ち合いとなれば、手を抜いている余裕などない。それもあって、老人とは戦わなかったのだ。

タンメーが相手となれば、手を抜くことも必要か……。

川平のタンメーは、朝基の前に立った。

「じゃあ、始めようか」

ただ突っ立っているだけだ。

朝基も、構えらしい構えを取らない。右足を前にしてやや半身になっただけだ。

こういう場合は、先に手を出すのが礼儀だろう。

朝基はそう思って、軽く右の拳を出していった。顔面を殴るのは失礼と思ったので、胸を狙った。

次の瞬間、自分の拳が川平のタンメーの胸をすり抜けてしまったように感じた。

同時に、胸にしたたかな衝撃があった。

ぐう……。

思わず声が洩《も》れた。息ができなくなり、完全に動きが止まってしまった。

何をされたかはわかった。川平のタンメーは、朝基の拳をかわしながら入り身になり、軽く拳で打っただけに見えた。

その突きが信じられないくらいに効いた。

ようやく呼吸ができるようになると、朝基は再び川平のタンメーと対峙した。

今度は慎重になった。じりじりと間合いを詰めて、至近距離からよけようのない五寸打ちを見舞おうとした。

さらに間合いを詰めて、自分の間合いに持ち込もうとする。

今だ。

朝基が五寸打ちを出そうとしたその瞬間、再び、川平のタンメーが打ち込んできた。完全に呼吸を読まれていた。

また先ほどと同じような衝撃を感じた。軽く打たれたようだが、恐ろしく威力を感じた。

朝基はその場にひっくり返っていた。

体の中に衝撃が残っており、それがなかなか癒《い》えない。

信じられなかった。朝基と川平タンメーの体格の差は、おそらく米須マギーと朝基の体格差に等しい。それくらいに、川平タンメーは小さく華奢《きやしや》だった。

にもかかわらず、朝基が打ち負かされてしまうのだ。

しゃべることができるようになるまで、しばらくかかった。

「この打ちはいったい……」

川平のタンメーが言った。

「筋骨をかけるというのは、こういうことだよ」

朝基は立ち上がった。そして、深々と川平のタンメーに頭を下げた。

「どうか、その理屈を教えてください」

「理屈も何もない。筋骨というのは文字通り筋肉と骨のことだ。人の体はその両方を使って動いている。もっと詳しく言えば、筋肉が骨の関節を動かしている」

「それはそれで大切なことだよ。だがね、力は付けると同時に使い方を考えなきゃいけない」

「はい。それがよくわかりました」

川平のタンメーはにっこりと笑った。

「掛け試しを繰り返し、相撲取りとまで立ち合う……。そんなに強くなりたいか？」

「なりたいです」

「何故《なぜ》だ？」

「沖縄武士の誇りを取り戻したい。そう思っているのです。沖縄の手は、誰にも負けない。そういう自信を、沖縄の武士たちにもう一度持ってほしい。そう願っているのです」

川平は、しげしげと朝基を見つめた。それから、服装を正すと朝基に向かって深々と礼をした。

「今の一言、このオジーの胸に染み渡りました。強くなってください。きっと、あなたのお名前は後世に語り継がれることになるでしょう」

朝基も恐縮して礼を返していた。

「今日は大切なことを教えていただきました。なんとお礼を申し上げてよいかわかりません」

川平が顔を上げた。

「そのお気持ちがおありなら、一つお願いがあります」

「何でしょう」

「年寄りは、退屈でしてな。一晩、酒でも飲みながら、これまでの掛け試しの話など聞かせてはもらえませんか」

朝基はうなずいた。

「こちらこそ、川平さんの若い頃からの修行の話などうかがいたいです」

これは本音だった。きっとためになる話を聞けるに違いない。

川平のタンメーを訪ねたことで、また一つ、手の修行の階段を上がることができたように感じていた。

第五章　示現流

1

日露戦争に、屋部憲通が従軍し、中尉になったと報じられた。朝基は、友人の活躍と出世をうれしく思ったが、同時に、やるせない気分になった。

どうしても憲通と自分の境遇を比べてしまう。憲通は、着々と人生の階段を昇っている。新聞に名前が載り、人々から尊敬されている。一方、自分はといえば、生活すら安定していない。

知人を頼って仕事を見つけるのだが、なかなか長続きしない。あながち、朝基が悪いというわけではない。

それなりに真面目に働いているつもりだ。だが、やはり朝基の身分が邪魔をする。雇い主が、本部《もとぶ》御殿《ウドウン》の御曹司《おんぞうし》を使用人にするのは気がひけると言い出すのだ。

あるいは、そのまったく逆もある。本部御殿の者と知って、わざと辛《つら》く当たる者もいた。胸に不満を抱えている元下級武士に多かった。

また、朝基の勇名が仇《あだ》になることもある。いっしょに働く者が怯《おび》えてしまうのだ。朝基は、手《ティー》の修行以外では決して乱暴なことはしない。

むしろ、他人には丁寧に接するように心がけている。だが、それを慇懃《いんぎん》無礼《ぶれい》と取られたり、腹に一物あると思われたりしてしまう。

それでも、夫婦二人何とか食べていけた。妻のナビーの機織《はたお》りや紅型《びんがた》の腕はなかなかのもので、けっこうな値段で卸問屋などに引き取ってもらえた。それもおおいに家計を助けている。

元武士階級の生活など、どこの家でも似たようなものだ。食っていければ御《おん》の字《じ》だ。だが、同じ糸洲門下で手を修行した仲間である憲通の活躍を新聞で見ると、やはり複雑な思いになる。

ずっとそんな日々が続いてはいたが、朝基はふさぎ込んでいるわけではなかった。

憲通が一時帰郷した折に、手の修行に対する覚悟のほどを尋ねられた。

そのときに、朝基ははっきりと自覚した。自分にはやるべきことがある。生活よりも大切なものかもしれない。

手の修行だ。

俺《ワン》は一生、手の修行を続けていく。そして、沖縄武士《ウチナーブサー》の手は、どこの誰にも負けない武術であることを証明しつづける。

そう心に誓ったのだ。

今年で、三十四歳になる。

今では、毎日掛け試し《カキダミシー》をやるようなこともなくなったが、それでも手の修行は怠らなかった。これまでに培った勝負勘と技術に磨きをかける段階だった。

身体の鍛錬《たんれん》も怠らなかった。毎日必ず巻藁《まきわら》を叩《たた》く。ただ叩くのではない。浦添の川平タンメーに教わったとおり、筋骨《チンクチ》の使い方を工夫しながら拳を当てる。

さらに、チーシーや持ち石などを使った筋力の鍛錬も続けていた。

朝基の体格はますますたくましくなっていった。憲通に言われたときはそれほどの自覚はなかった。今は、はっきりと筋肉が太くなったのがわかる。

身軽さを維持するために、跳躍の練習もした。

型はナイファンチを中心にやった。バッサイなども実戦的な型なので好きだったが、若い頃に何度も実戦を経験していたので、すでにあまり必要だと感じなくなっていた。

それよりも、やはりナイファンチは奥が深いと感じた。

やればやるほど面白味を感じる。

糸洲安恒が、ナイファンチほど実戦的な型はないと言っていたことを、憲通が教えてくれた。今は、その意味がわかってきた。

板良敷朝郁に掛け試しで負けて、松茂良興作に、どうしたらいいかと尋ねた。そのときに、ナイファンチをやれと言われて、きっと罰を与えられたのだと思ったことがある。

そのときのことを思い出して、思わず苦笑したくなる。

その松茂良興作も、すでにこの世を去った。六年前のことだ。憲通が一時帰郷したその年のことだった。

ナイファンチをやれという言葉が、松茂良興作の置き土産《みやげ》のような気がしていた。だからこそ、ますます大切に思えてきたのだ。

たしかにバッサイの技は実戦で使える。クーシャンクーの動きも使えるし、ワンシュウの手も有効だ。ワンシュウは泊に伝わる型で、合わせ技を習得するのに適している。

だが、すべての型の技は、ナイファンチの動きをもとにしていると考えることができる。

ナイファンチの動きは単純だ。横一直線にしか移動しない。クーシャンクーのように縦横無尽に動き回るわけではない。

だからこそ、本質が隠れている。

朝基はそう感じるようになった。考えたのではない。感じたのだ。

ナイファンチでは、正面を突く動きは左右一度ずつしかない。だが、腕を鉤《かぎ》のように曲げて横に向かって突く動きや、両手で同時に横向きに突く動きがある。

これこそが重要なのだと、朝基は感じた。それを斜めや正面に変えて考えればいいのだ。両手で突く動作は、そのまま夫婦手《メオトディー》と見なすことができる。

足運びにしてもそうだ。

初心者は、横一直線の動きや波返しと呼ばれる独特の蹴上《けあ》げるような動作を、ただの鍛錬と思ってしまう。

だが、修行が進んでからやってみると、いろいろなことがわかってくる。ナイファンチの動きそのままに、足を前後に運べばバッサイのようになり、斜めに運べばワンシュウのようになる。それだけのことなのだ。

クーシャンクーのように長い型は、技の数も多いが、それは応用技が含まれているからに過ぎない。基本の技はナイファンチで充分だ。

鍛錬《ナンヂ》、筋骨《チンクチ》、餅身《ムチミ》は、手の大切な要素だ。ナイファンチをやりつづけることで、その重要な要素をすべて身につけることができる。

もちろん、ただやればいいというものではない。三つの要素を充分に意識してやることが重要だ。

一人黙々と稽古《けいこ》に打ち込む日々が続いた。朝、仕事に出かける前に、巻藁を打ち、チーシーを振る。

三ヵ月前から、朝基は米問屋の倉庫で働いていた。毎日米俵《こめだわら》をいくつも運ぶ。両肩に一つずつ米俵を乗せて運び、周囲の者を驚かせたりした。

夕刻まで働いてもたいした金にはならない。だが、朝基はこの仕事に満足していた。米俵の運搬は、身体の鍛錬にもってこいだと思っていた。特に足腰の鍛錬になった。何事も、手の修行だと思えば辛くはない。

その日も、誰よりも多くの米俵を運んだ。だからといって給金が増えるわけではないが、朝基の性格で、つい周りの者と競争してしまうのだ。

仕事を終えて、問屋を出ると、そこで声をかけられた。

「失礼ながら、本部朝基様とお見受けしますが……」

見ると、三十代半ばの商人風の男だ。髪を短く刈っており、そこそこに上等な着物を着ている。物腰は柔らかい。

「そうだが……」

「折り入ってお願いがございます」

「何だろう……?」

「唐手《トウディー》を教えていただけませんか?」

この男のように、手のことを唐手と呼ぶ者は少なくない。朝基は幼い頃から単に「手」と呼んでいるが、有名な唐手佐久川《さくがわ》以来、手のことを唐手と呼ぶ者が増えていった。

唐手佐久川は、本名佐久川寛賀《かんが》、位は筑登之親雲上《チクドウンペーチン》だ。若い頃に北京《ペキン》に留学して、その際に中国の武術を習った。その後も何度か中国に渡り、修行を重ねた。

佐久川寛賀は、中国武術を取り入れて自分の手を完成させた。それ故《ゆえ》に、唐手佐久川と呼ばれるのだ。

首里手《シュリディー》の祖といわれる松村宗棍も、唐手佐久川に師事している。佐久川寛賀の手は、松村宗棍を通じて、糸洲安恒や安里安恒《あさとあんこう》といった武士《ブサー》に伝えられ、広まっていった。

沖縄の手が唐手と呼ばれるようになったのには、そういう経緯があった。

さらに、二年前、糸洲安恒が首里尋常小学校で、次いで今年県立第一中学校で手の指導を始めたが、そのときに「唐手」という名称を使っていた。

朝基は相手の様子を仔細《しさい》に観察した。

まったくの素人《しろうと》ではなさそうだ。手の経験があるに違いない。武士独特の落ち着きがある。両手の拳ダコはたいしたことはない。

だが、拳ダコは当てにならない。事実、本部御殿に伝わる手を幼い頃から学んでいる兄の朝勇の拳は常人とあまり変わらない。

「私は、まだまだ人に教えるほどの者ではありません」

「いえ、ご高名はかねがねうかがっております。ぜひ、お願いします」

朝基は戸惑った。

これまで、人に教えようなどと考えたことは一度もない。自分の修行で精一杯だった。

だが、心が動かないわけではなかった。

朝基が誰よりも強くなりたいと思ったきっかけは、沖縄武士たちに誇りを取り戻してほしいと考えたことだった。

ならば、人に教えることも、そうした目的の一環といえるのではないか。

武士というのは、士族階級だけのことではない。武術を稽古し、武人として尊敬されるようになった者のことをいう。

今、目の前にいるような商人風の男でも、手を真剣に学べば、沖縄武士として名を成せるかもしれない。

「私は、人に教える術を持っていません。ただ自分が稽古をするだけです。それにお付き合いいただけるというのなら……」

相手の表情がぱっと明るくなった。

「なんと、ご自分の稽古を見せてくださるというのですか。それは、何という光栄……」

この男は、なかなか心得ていると、朝基は思った。

もともと、手の修行者というのは、自分の稽古を決して人に見られないようにするものだ。

薩摩に支配されていた時代に、そういう習慣が培われたと言う者もいる。だが、もしかしたら、それより以前からの習慣だったのかもしれない。いずれにしろ、手の修行者は夜中に人に見られないように、墓の庭《ハカノナー》などで密《ひそ》かに稽古を積んだのだ。

この男は、そのことをよく知っている。やはり、手の心得があるようだ。

「お名前は……？」

「嘉手川重郷《かてかわしげさと》と申します」

「嘉手川というと、那覇の名家ですね……」

嘉手川家は、もともと那覇の海運・運送を生業《なりわい》とする家柄だが、縁故で王家の三《み》つ巴《どもえ》から一つ巴を許されて、それを家紋にしたといわれている。

「いや、私は分家の次男坊で、本家とはそれほど縁も深くありません」

「お住まいは？」

「わが家も那覇ですが、本家とは比べものにならないあばら屋です」

「私は、今は我如古《がねこ》に住んでおります」

嘉手川重郷はうなずいた。

「お住まいは存じております」

「那覇から手の稽古に通うには、ずいぶん離れていると思いますが……」

「だいじょうぶです。教えていただけるなら、毎日通わせていただきます」

朝基は、嘉手川の熱意を感じた。

見たところ、乱暴狼藉《らんぼうろうぜき》を働くような者には見えない。

昔から、手を教える者は、弟子の素性や性格に充分注意しなければならないと、固く戒められている。手は、強力な武術だ。よこしまな者に教えると、取り返しのつかないことになる。

朝基は、世間では乱暴者と思われているかもしれない。だが、そうではないと自分では思っていた。手の修行に真摯《しんし》なだけだ。それを誤解されているのだ。

手を教えるとなれば、慎重に弟子を選ばなければならない。

「それで、いつから始めたいのですか?」

「よろしければ、今日からでも……」

「私は別に構わないが……」

「では、お願いします。お住まいまでお供いたします」

これは、たいへんなことになった。

朝基は、そう思う反面、うれしくもあった。初めての弟子だ。弟子など持とうと思ったことはない。だが、やはり、教えを請われることはうれしい。なんだか、一人前になったような気がする。

朝基は人と連れだって歩くのが苦手だ。特に、初対面の人間といっしょだと、何を話していいかわからない。結局、ほとんど口をきかず、勤め先の泊から自宅まで歩きとおしてしまった。

2

妻のナビーに嘉手川を紹介した。

「弟子になりたいのだそうだ」

ナビーは、目を丸くした。

「おや、まあ……。では、仏壇の用意をしませんと……」

妻にもそんな心得があったか。朝基は、ちょっと驚いた。

弟子にするときには、仏壇で線香を上げてもらい、師となる者とその先祖に、今後、教えに従うことを誓ってもらうのだ。

さすがに、士族の娘だ。

朝基は、そんなしきたりはどうでもいいと思っていた。だが、最初が肝腎《かんじん》だ。ナビーが言うとおり、古来のしきたりに従うことにした。

仏間があるわけではない。寝室にしている奥の間に仏壇が置いてある。そこに嘉手川を案内して線香を上げてもらった。嘉手川は、そうした所作も落ち着いていた。

「それでは、庭へ出よう」

朝基は、さっそく巻藁を叩きはじめた。嘉手川はそれをじっと見つめている。その視線がくすぐったい。

いつもは、誰も見ていないところで、さまざまに工夫しながら拳を当てる。だが、弟子が見ていると思うと、ついそちらに神経がいってしまう。

いかんな。

朝基は、巻藁に集中しようとした。拳を当てる瞬間が大切だと、川平のタンメーは言っていた。さらに、当ててからも微妙な操作が必要なことに気づいていた。それを思い出そうとする。

ようやく、満足いく打ち方ができたと感じ、朝基は、巻藁の前から離れた。

「さあ、とりあえず拳を当ててみなさい」

「はい」

嘉手川は巻藁の前に立った。その立ち方を見て、やはり手をやっているなと思った。足先を内側に向けて立ち、膝をぐっと締めている。那覇の手小《ティーグワー》がよくやる立ち方だ。さらに拳を腰ではなく乳の脇まで引いている。これも、那覇の手のやり方だ。

嘉手川が巻藁を打った。朝基はじっとそれを見ていた。肘《ひじ》をことさらに内側に絞るような打ち方だ。

「続けなさい」

嘉手川は、何度か巻藁を打った。

形はできている。だが、まだ巻藁に負けている。朝基が使っている巻藁は、厚みがありしなりがきつい。鍛錬を続けるうちに、それくらいでないともの足りなくなったのだ。初心者にはきついかもしれない。だが、手の基本は拳だ。まず、拳で打つことを鍛えなくてはならない。

「しばらく、それを打っていなさい」

朝基はそう言い置いて、自分はナイファンチを始めた。

巻藁を打ちながら、嘉手川がその型を見ているのがわかる。朝基は、型を中断して嘉手川に言った。

「余計なことは考えなくていい。今は、それを強く打つことだけに専念しなさい」

「はい」

嘉手川は、慌てた様子で、巻藁打ちを続けた。

朝基は、ナイファンチを終えると、チーシーを持って筋力の鍛錬を始めた。嘉手川は、やはりその鍛錬の様子も気になるようだ。ちらちらと朝基のほうを見ている。

朝基は心の中で溜め息《たいき》をついた。

まあ、最初のうちは仕方がないか。興味を持ってやってきたのだ。見るなと言っても見てしまうのだろうな。

そのうちに、師に言われたことだけに集中することが大切だと理解してくれるだろう。朝基のほうも、嘉手川の視線が気にならなくなるかもしれない。

弟子は師の一挙手一投足に目を凝らそうとするものだ。

「今日はこのへんにしよう。夕飯を食っていくか？」

「いえ、すぐに失礼します」

「そうか。遠慮はいらんぞ」

正直に言うと、弟子の食い扶持《ぶち》までは面倒を見切れない。夫婦二人で食うだけでやっとなのだ。家の様子を見て、嘉手川がそれを気づかったのかもしれない。そう思うと、朝基は恥ずかしくなった。

それから、嘉手川は、本当に毎日通ってきた。さすがに、朝基に用があって稽古を休みにすることもある。だが、嘉手川のほうから休みたいと言い出すことは一度もなかった。

嘉手川には、相変わらず巻藁打ちをやらせた。まだ型を教える段階ではない。

巻藁打ちをやらせておいて、朝基は自分の稽古をする。そんな日々が一ヵ月ほど続いた。朝基は、ふと嘉手川の様子がおかしいのに気づいた。

どこか思い詰めたような表情をしている。朝基は稽古の手を止めて、嘉手川に尋ねた。

「どうした。何かあったのか？」

「いえ……。何でもありません」

「嘘《うそ》を言うな。今日は何か様子がおかしい。体の調子でも悪いか？」

「いいえ。そんなことはありません」

「ならば、もっと稽古に気を入れろ」

「はい。すみません」

嘉手川は、再び巻藁を打ちはじめたが、やはり元気がない。朝基は、だんだん腹が立ってきた。

「やる気がないなら、今日は終《しま》いだ」

嘉手川は、はっとした様子で朝基の顔を見た。

「やります。続けさせてください」

朝基は溜め息をついた。

「心ここにあらずでは、いくら稽古をしたところで身にはつかない。やめておけ」

年齢は、朝基とそれほど違わない。だが、師と弟子なのだ。叱《しか》られた嘉手川はうなだれていた。

「やはり、何かあったのだろう。無理に話せとは言わん。俺は、おまえの私生活には口出しはしない。ただ、稽古をおろそかにするのだけは見過ごすわけにはいかん」

「すみません」

「すまんすまんではわからん。おまえは俺を師だと言った。ならば、信用して話してみたらどうだ？」

嘉手川は、しばらく黙っていた。朝基は、苛立《いらだ》った。こういうやり取りは苦手だ。話したくないなら話さなくていい。こちらも面倒な話は聞きたくない。そう言ってやりたくなった。

ようやく嘉手川が口を開いた。

「先生、手で剣術の相手をするにはどうしたらいいですか？」

朝基は思わず眉間《みけん》にしわを寄せていた。

「剣術だと……？」

これはただ事ではなさそうだ。「いったい、何があったのだ。事の次第を話せ」

嘉手川はまた考え込んだ。

朝基は、嘉手川が話しだすまで待つことにした。話すにも覚悟がいることなのかもしれない。

突然、嘉手川が地面に膝をついて頭を下げた。

「先生、申し訳ありません」

これには朝基も驚いた。訳がわからない。

「どうしたというのだ……。男が簡単に土下座などするものではないぞ」

嘉手川は、頭を下げたまま言った。

「私は先生を利用しようとしていました」

「利用だって……？」

「はい」

「仔細を話せ」

嘉手川はようやく頭を上げたが、両手は地面についたままだった。

「すでにお気づきのことと思いますが、私は手を学んだことがあります」

「那覇の手だろう。誰から学んだ？」

「親戚のオジーです」

「そうだろう。それほど本格的なものとは思えなかった」

「私は強くならねばならんのです。それも、一日も早く。それで、噂《うわさ》になっている先生をお訪ねしたのです。先生は、これまで一度も戦いに負けたことがないという評判でした」

「それは間違いだ。俺は負けたこともあるし、引き分けたこともある」

「でも、強いことは間違いありません。先生に習えば強くなれる。そう信じてここに通って来たのです」

「剣術に勝つにはどうしたらいいのかと、おまえは尋ねた。それはどんな剣術だ？」

「薩摩の示現流です」

「ぬう。薩摩か……」

島津藩に支配されている頃には、沖縄の要所要所に薩摩の番小屋が置かれていた。その在番役人の中には、権力を笠《かさ》に着て狼藉を働く者が少なくなかった。

沖縄の人々は、薩摩の不逞《ふてい》役人を心底憎んだが、相手は刀を持ち、上級武士は東郷示現流を、下級武士は薬丸自顕《やくまるじげん》流《りゅう》を身につけているため、どうすることもできない。

男は、殺されたり重傷を負わされたし、女は犯された。

廃藩置県後も、沖縄に居座った薩摩の士族は少なくなかった。その中には、廃刀令発布の後も、中央政府の眼が届かぬことをいいことに、沖縄で帯刀している者もいた。

「実は、もう一つ嘘をついていました。私は、嘉手川家の分家の次男坊ではありません。本家の跡取りなのです」

「まあ、名前を聞いたときからそうではないかと思っていた。何でも、嘉手川家の跡取りには、重の字が付くそうじゃないか。おまえの名前は重郷だ。長男だろうと思っていたよ。だが、どうしてそんな嘘をついた？」

「家の事情を知られたくありませんでした」

「薩摩の芋侍が絡んでいるんだな？」

「かつて、那覇の番小屋に詰めていた侍《サムレー》なのですが、廃藩置県後も那覇に居座り、博徒の仲間になってしまったのです」

「博徒の仲間か……」

そういう薩摩の元士族は少なくない。廃藩置県後は、薩摩でも下級士族の仕事がなかなか見つからないと聞く。彼らは、沖縄で横暴に振る舞い、好き勝手をしていた時代が忘れられないのだ。

「ご存じのとおり、わが家は、海運・運送を生業としております。人足も多数使っております。昔から馴染《なじ》みにしていた口入《くちい》れ屋《や》がおりまして、人集めなどを任せていたのですが、そこにある博徒が、自分に口入れをやらせろと横車を押してきたのです」

よくある話ではある。廃藩置県後は、道路工事や建築の仕事もあり、人足などの口入れ屋も増えた。朝基も何度か世話になったことがある。

そうした稼業には少なからず博徒が絡んでくる。おそらく、その薩摩の元士族というのは、博徒の用心棒のようなことをやっているのだろう。

「父親が、このところ病で臥《ふ》せっておりまして、私が交渉をしていたのですが、話がこじれ、その薩摩の元侍が乗り出して来たのです。これがとんでもない乱暴者で、店先で剣を抜き、暴れ回る始末です。店の者が何人も怪我《けが》をしています」

「そういう話は、邏卒《らそつ》に任せればいいだろう」

「取り合ってくれません。なにせ、相手が薩摩者ですから……」

「明治政府の役人にも、薩摩者が多いからな……」

「話が通じる相手ではありません。相手が剣を抜くのなら、こちらもそれなりの対抗をしなければなりません」

「そこまで言うとは、よほどのことなのだろうな」

「金で解決しようとしたこともあります。しかし、一度博徒に金を渡してしまったら、それこそきりがありません」

「やつらは、骨までしゃぶり尽くすというからな……」

「私は、先程申しましたように、親戚の老人から唐手を習っていました。しかし、私の唐手ではとうてい薩摩の示現流には対抗できません。それで、先生の手を習おうと考えたのですが……」

「一朝一夕で強くなれるものではない」

「先生の稽古を拝見して、それがよくわかりました。強くなるためには、長年の稽古が必要なのですね。いえ、それだけではなく、素質というか才覚がなくてはいけない。私にはそれがない」

「ただ、手の修行を続けるだけなら、素質も才覚もいらない。だが、本当に強くなる者は限られている。それは仕方のないことだ。かわいそうだが、正直に言わせてもらえば、たしかにおまえにはその才覚はない」

こういうことは、はっきり言ってやったほうがいい。そうしないと、本人が勘違いをして、へたをすれば大怪我をしたり命を落としたりしかねない。

手を長年修行すれば、体も頑丈になるし技も身につく。だが、実際の戦いとなるとそれだけでは不足だ。

どうしても恐怖が先に立つ。そうなると、普段稽古している技も出せなくなってしまう。厳しい稽古を積めば自信もつく。だが、その自信が、敵と向かい合ったときにたやすく崩れ去ってしまうのだ。

稀《まれ》に、恐れをあまり感じない者がいる。そういう性格の者がそこそこ強くなる。もっと、恐ろしいのは、戦うことに、恐怖よりも興味や喜びを感じる者たちだ。

最終的には、戦うことを、飯を食うことや茶を飲むことと同じく、まったく意に介さない者たちが勝ち残る。それはごく稀だ。だが、実際にそういう者たちがいるのだ。

それが実戦の世界だ。

「しかし、私は諦《あきら》めるわけにはいかないのです。どうか、先生、薩摩の示現流に勝つ方法を教えてください」

朝基はかぶりを振った。

「そんな便利な方法などない。相手が何者であれ、これまで自分が培った技を駆使して全力で戦うだけだ」

朝基がそう言うと、嘉手川は悲壮な表情を浮かべた。

「でも、私は戦わなければなりません」

「おまえでは無理だ」

「それでもやらねばならないのです」

「私が行こう」

嘉手川は、朝基のこの言葉に心底驚いたような顔をした。

「いえ、それは……」

「どうせ、最初から俺を担ぎ出すつもりだったんだろう」

「滅相《めっそう》もないことです」

「まあいい。弟子が苦労をしているのに、黙って見ているわけにもいかん。さっそく出かけよう。店に案内しろ」

「今日、これからですか?」

「相手はいつ来るかわからんのだろう?」

「それはそうですが……」

朝基は、家に上がって妻のナビーに言った。

「これから嘉手川の家に行ってくる。しばらく向こうに滞在することになるかもしれない」

ナビーはあれこれ尋ねたりはしなかった。

「それでは、着替えなど用意しましょう」

「すまんな」

薩摩の示現流を相手にするとなると、生きて帰ってこられないかもしれない。だが、ナビーには、それを言いたくなかった。余計な心配をかけたくはない。

嘉手川の案内で、那覇に向かった。すでに日が暮れている。夜道を歩きながら、朝基は嘉手川に、今は亡き松茂良興作が、薩摩の武士と手で戦ったときのことを話してきかせた。

まだ、廃藩置県前の話だ。泊村にも薩摩の番小屋があり、そこの在番役人たちがひどい乱暴者だった。

村人を人とも思わず狼藉を働く。若い女を犯し、男を虫けらのように斬《き》って殺した。

あまりのことに、松茂良は激しく憤り、その役人たちと戦うことを決意する。だが、役人たちは刀を持っており、素手《すで》で対抗するには、武士・松茂良といえども危険すぎる。

そこで、ティサージを使うことにした。手ぬぐいだ。

かつて、沖縄の武士たちは、武器を持つことを禁じられていたので、夜歩くときには、護身用に必ずティサージを懐に忍ばせていたのだという。手ぬぐいの先を袋状にしてそこに小石を入れたものだ。

松茂良は、ティサージの猛練習を始めた。弟子に木刀を持たせて、打ち込ませる。それにティサージを巻き付けて、木刀を奪い取る稽古を何度となく繰り返した。

ある日、松茂良は薩摩の役人が狼藉を働いているのに出くわし、その役人の前に立ちはだかった。

役人は酔っていた。

役人は、沖縄人《ウチナンチュ》のことを人と思っていない。何の躊躇《ちゅうちょ》もなく斬りかかってきた。

松茂良は、練習したとおり、その剣をかわしざま、ティサージを巻き付けた。そして、剣を巻き落としたのだ。

剣を奪われた薩摩の役人は、その場から逃げ去ってしまったという。この対決で、松茂良は指を一本失っていた。

「指を斬り落とされたのですか?」

嘉手川が怯えた声で尋ねてきた。

「ティサージで剣を巻き落としたときに、はずみで小指を落としたのだ。剣との戦いというのは、それくらいに恐ろしいものだ」

「泊武士松茂良が、薩摩の侍を懲らしめたという話は知っておりましたが、ティサージを使ったのは知りませんでした」

「誰でもできるというものではない。松茂良先生だからできたのだ」

「そうでしょうね」

「時代が時代だけに、先生は薩摩の役人に指一本触れてはいない。刀を取り上げるだけで済ませたのだ。村人に累が及ぶのを恐れたからだ。それでも、しばらくは名護《なご》に身を隠さなければならなかった」

「先生も、ティサージを使われますか？」

「わからん。それが有効なら使うが、その必要がないかもしれない」

「必要がない？」

「松茂良先生は、相手に拳も蹴りも当てずに屈服させようとした。だから、剣を取り上げる方法を練習した。最初から相手を打ち据えるつもりだったら、もっと簡単だったかもしれない」

「そういうものなのですか……」

「やってみなければわからんが……」

朝基は、運天ナビーのことを思い出していた。剣術家を仮想敵として手の稽古をしたという女武士《イナグブサー》。

運天ナビーの技は参考になる。だからといって、それをそのまま使えるわけではないだろう。示現流が仮想敵だったとしても、運天ナビーが実際に戦ったことがあるわけではないからだ。

それに、所詮《しょせん》他人の技でしかない。完全に自分のものにはできない。朝基は朝基のやり方で戦うしかないのだ。

久しぶりに体が震えた。

真剣を持った侍を相手にするとなると、素手の掛け試しのようなわけにはいかない。文字通り命を懸けた戦いになるだろう。

戦場にいる憲通は、いつもこんな思いをしているのかもしれない。ふと、そんなことを思っていた。

3

嘉手川の自宅は、なかなかの大店《おおだな》だ。海運と運送で財を成し、かつては首里王府の仕事もしていた。

本部御殿と比べても引けを取らないくらいの屋敷だった。大勢人を使っており、彼らが生活している部屋数だけでも相当なものだった。

朝基は、一番立派な客間に案内されていた。そこで寝泊まりして三日目。屋敷の中がにわかに騒がしくなった。

使用人たちがばたばたと廊下を駆けていく。

来たな……。

朝基は思った。部屋を出て店のほうに向かう。途中で、嘉手川を見つけた。

「あ、先生……」

「来たのか?」

「はい」

「私も行こう」

「お願いします」

嘉手川の顔は真っ青だった。何度も脅されて、それがよほどこたえているのだろう。

店に出る前から、大声が聞こえてきていた。

「だから、おまえじゃ話にならんと言ってるんだ」

しゃべっているのは、薩摩の男ではないようだ。沖縄弁《ウチナーグチ》だ。おそらく地元の博徒か何かだろう。

嘉手川が朝基に言った。

「口入れ屋の仲本《なかもと》というやつです。口入れ屋などと言っていますが、本性は博徒です」

「なるほど……」

「仲本は、必ず薩摩の元侍を連れて来ます。伊集院《いじゅういん》という名です」

朝基はうなずいた。

嘉手川が歩み出て、仲本と使用人の間に入った。

「何度来ても返事は同じですよ」

仲本は、小太りの毛深い男だった。眼に険《けん》がある。やくざ者の顔つきだ。

だが、後ろに控えている男のほうがよっぽど剣呑《けんのん》な感じがした。髷《まげ》こそ結っていないが、着流しで帯刀している。伊集院という薩摩者に違いない。

眼差《まなざ》しは鋭いが、どこか崩れた印象がある。いかにもやくざ者の用心棒という風情だ。

朝基は、伊集院を観察していた。肩は盛り上がり、胸板が厚い。充分な鍛錬を物語っている。

だが、少しばかり腹が出ていた。自堕落な生活のせいだろう。

伊集院は、仲本と嘉手川のやり取りには関心がなさそうだ。退屈そうに突っ立っている。暴れたくて仕方がないのかもしれない。

仲本と嘉手川の押し問答が続く。

「いい条件で、人足を世話しようって言ってるんだ。悪い話じゃないだろう」

「長年の付き合いもあります。新たな口入れ屋と仕事をする必要はないと申し上げているじゃないですか」

「昔とは違う。このあたりは、俺たちの縄張りになったんだ。うちと仕事をしないと、ちょっと面倒なことになる」

もう、充分に面倒なことになっている。朝基はそう思って、仲本の話を聞いていた。

仲本は、話をしながら、ちらちらと朝基のほうを気にしている。喧嘩《けんか》慣れしていると見える。朝基のような男が気になるらしい。

それからも、仲本はねちねちと嘉手川に絡んでいたが、そのうちにどうしても朝基を無視できなくなったらしく、ついに尋ねた。

「ところで、そっちにいるのは、いったい何者だい？」

嘉手川はこたえた。

「私の唐手の先生です」

「へえ、唐手ねえ。さぞや名のある先生なんだろうね」

「本部朝基殿です」

「お……」

仲本は、驚いた顔で朝基を見た。「有名な本部の猿《サールー》か……。えらく強いという噂だ。そうかい、そういうことかい。用心棒に雇ったというわけだな」

「違います。あくまでも私の唐手の先生です」

「ふん。そっちがその気なら、こっちにもやり方ってもんがある。唐手の先生だって？　唐手が、剣術に勝てると思うかい？」

嘉手川は何も言わなかった。

朝基は、刺すような視線を感じた。伊集院が朝基を見据えている。その眼には、喜びに似た光があった。獲物を見つけて喜んでいる獣《けもの》の眼だ。

やるしかないな……。

朝基は、ずいと前に出た。

「仲本というそうだな」

「おう、何だ？」

「手が剣術に勝てるかと尋ねたな？」

「おう、それがどうした？」

「勝てるはずがないと思っているのだな」

仲本は薄笑いを浮かべている。

「ただの剣術じゃない。薩摩の示現流だよ」

「俺が素手で勝ったらどうする？」

仲本の笑いが消え去った。

「なんだと……」

「俺は素手でその薩摩者の示現流と戦うと言ってるんだ」

「ふん、いくら負け知らずの本部猿《もとぶザールー》だって、示現流に素手で勝てるはずがない。刀の錆《さび》になるのがオチだ」

「やってみなければわからない。俺が勝ったら、もうこの店には二度と近づかない。それでどうだ？」

仲本は、一度振り返って伊集院を見た。伊集院は無言で、朝基を見つめている。

仲本が向き直り、朝基に言った。

「ああ、もしおまえさんが素手で勝ったら、何でも言うことを聞いてやる」

再び、その顔に笑みが浮かんだ。よほど伊集院の腕を信頼しているようだ。

体の奥底から、小刻みな震えがやってくる。

いつもの武者震いだ。

朝基は、自分にそう言い聞かせていた。

呑まれたら負ける。臆したら、戦う前から負けているのと同じだ。

勝てると信じることだ。俺は棒の手とも戦ったことがある。棒のほうが刀より長い。だいじょうぶだ。

「先生……」

嘉手川が、不安げに声をかけてきた。朝基は、伊集院を見据えたままそれにこたえた。

「心配ない。店に迷惑はかけない」

朝基は裸足《はだし》で土間に降りた。正面に仲本がいた。仲本は、慌てて脇によけた。

伊集院がうっそりと立っている。

刀の柄《つか》に手をかけようともしない。示現流は、トンボの構えが有名だが、それだけではない。抜き打ちも得意だと聞いたことがある。伊集院は抜刀術にも長《た》けているのだろう。

「ここでは、刀も抜けまい」

朝基は伊集院に言った。「表に出てはどうだ?」

伊集院はそれを聞くと、かすかに冷笑を浮かべた。揺るがぬ自信を感じさせる笑いだ。

伊集院が、こちらを向いたまま後退して店の外に出た。すでに、通りには人だかりができていた。

朝基と伊集院が動くと同時に、その人だかりが四方に散って、人垣を作った。

朝基は伊集院と対峙《たいじ》していた。店の外で向かい合うと、圧倒的な迫力を感じる。これが、剣術家というものか……。朝基は、気圧《けお》されまいと相手を睨《にら》みつけていた。

もはや震えてはいなかった。気分は高揚している。その一方で、頭の奥がしんと冷えた感じがしていた。

朝基は、伊集院のどんなわずかな動きも見逃すまいとしていた。おそらく、勝負はどちらかが動いた瞬間に決まる。

運天ナビーは、刀を相手にするために間合いを遠く取っていた。だが、朝基にその気はなかった。

こちらから詰めていくくらいの気持ちでないと勝てない。

伊集院は動かない。いや、気迫で押してくるのがわかる。互いの緊張が頂点に達したとき、抜刀するのだ。

朝基は、前になっている右足を一寸ほど進めた。ややはすになっているだけで、両手は構えないままだった。

濃密な空気の壁のようなものを感じる。互いの気迫がぶつかり合っているのだ。

朝基は、さらに一寸ほど右足をすり足で進めた。

その瞬間、伊集院が鋭い気合いを発した。朝基は、飛び込んだ。前になっている右手で相手の顔面を狙っている。

同時に左手で、伊集院の右手を押さえていた。その右手は刀の柄を握っている。

朝基は右の拳にしたたかな手ごたえを感じた。相手の顎《あご》を突き上げたのだ。

次の瞬間、すべての音がよみがえった。それまで、何も耳に届いていなかったのだ。

伊集院がのけぞって倒れていくのが見える。

朝基は、伊集院の刀の柄を握り、抜き取っていた。

伊集院が仰向けに倒れており、朝基は刀を奪って立っていた。

野次馬たちは静まりかえっていた。何が起きたのかわからなかったに違いない。

朝基は飛び込んで、刀を抜こうとする伊集院の手を押さえながら、顎を突き上げたのだ。バッサイの技だった。

その一瞬しか勝機はなかった。剣を抜かせてしまっては、勝ち目はない。当初からそう考えていたのだ。使える技は限られていた。

もし、一歩でも後ろにさがっていたら斬られていただろう。

伊集院は動こうとしない。ほぼ完璧《かんぺき》な形でバッサイの上げ突きが顎に決まった。気を失っているはずだ。

どっと汗が噴き出すのを感じた。朝基はようやく大きく息を吐いた。心臓の激しい鼓動を今になって意識していた。

「きたねえぞ」

怒号が聞こえた。仲本の声だった。「伊集院の先生は、まだ刀を抜いていなかった」

朝基は、深呼吸してから仲本に言った。

「これが勝負というものだ」

仲本がまだ何か言いたそうにしていた。そのとき、伊集院がもぞもぞと動きだした。

朝基は伊集院に、刀の切っ先を向けていた。

上半身を起こした伊集院は、ぼんやりと朝基を見上げていたが、やがてぶるぶると頭を振った。

「先生」

伊集院が起き上がったのを見て、仲本が勢いを増した。「まだ勝負はついちゃいない。こいつをやっつけてください」

伊集院は、のろのろと立ち上がった。それから仲本を見てつまらなそうに言った。

「俺の負けだ」

「そんな……」

仲本は驚いたように言った。「先生は刀を抜いてなかったじゃないですか……」

「抜かせてもらえなかった。なるほど、唐手の本当の使い手というのは恐ろしいものだな……」

朝基はまだ刀を構えていた。伊集院は、それを見て言った。

「それを返してくれないか」

「返したとたんに、斬りつけられるのはご免だ」

伊集院は、ふと不思議そうな顔で朝基を見た。それから急に笑い出した。

「俺も武士だ。そんな卑怯《ひきょう》な真似《まね》はしない」

朝基は、相手をじっと見つめていた。嘘はついていないと判断して、用心深く近づき、刀の柄を差し出した。

伊集院はそれを受け取り、即座に納刀した。それから、野次馬たちを見回し、ふんと鼻で笑うと、その場から立ち去って行った。

仲本が情けない声で呼びかけた。

「あ、先生……」

伊集院は振り向きもしなかった。

一人残された仲本はたじたじだった。朝基は言った。

「約束は守ってもらうぞ」

仲本には、もはや先ほどの勢いはなかった。精一杯虚勢を張って言った。

「ああ、俺も男だ。二言はない」

「約束を破ったら、いつでも俺が相手をする」

朝基はそう言ったが、これははったりだった。もう二度と、示現流など相手にしたくはないというのが本音だ。

「ふん」

仲本が言った。「こんな店との付き合いは、こっちから願い下げだ」

それを捨て台詞《ぜりふ》に、わざとゆっくりとした足取りで去っていった。

「本部先生」

嘉手川が走り出てきて、また土下座をした。「ありがとうございました。本当に助かりました」

「礼には及ばない。おまえは、俺の最初の弟子なんだ」

「そのことなのですが……」

「わかっている。この先、手の修行を続けるつもりはないというのだろう」

嘉手川は、はっと顔を上げた。

「申し訳ありません。私は店の仕事にもっと精を出さねばなりません」

「おまえは、手をやるよりそのほうがいい」

嘉手川が朝基を頼ってきたのは、止《や》むに止まれぬ事情があってのことだ。だから、利用されたとは思っていない。だが、せっかく弟子ができたと思ったのに、別れるのは淋《さび》しいものだった。

朝基は、翌日の朝早く、帰路についた。

我如古に着くと、今まで感じたことのないような安堵《あんど》を覚えた。自宅が見えると、さらにその感情は強まった。

俺は生きて帰ってきた。

示現流と戦い、勝ったのだ。今さらながらにその喜びが胸にわき上がってくる。

「帰ったぞ」

玄関で声をかけると、すぐにナビーが出てきた。

「お帰りなさいまし」

ナビーは余計なことは一切言わなかった。だが、朝基が腹をくくって家を出たことはわかっていたはずだ。

「お疲れでしょう」

ナビーがほほえんだ。

「ああ、疲れた」

朝基は、心からの安らぎを感じていた。

第六章　ヤマトへ

1

日露戦争が終わり、日本中を巻き込んだ戦勝のお祭り騒ぎもようやく収まったころ、屋部憲通が、同じ糸洲門下の花城長茂らとともに沖縄《ウチナー》に戻ってきた。堂々の凱旋《がいせん》帰郷だ。

朝基は、憲通が生きて帰ってきて心からほっとしていた。日清戦争に続き、今回も従軍していた。戦争なのだから、いつ死んでもおかしくはない。

ある夜、訪ねてきた折にそれを伝えたら、憲通は笑って言った。

「あだ名は軍曹だが、実際には中尉なんだ。そうそう危険なところには行かずに済んだよ」

たいしたものだと、朝基は思った。

戦場は、どこにいても危険なはずだ。それを笑いながら、自分はそれほど危ない思いはしていないと言ってのけるのだ。

軍人としての貫禄《かんろく》を感じさせた。それも当然だろう。憲通はただ軍隊で生活していただけではない。日清・日露の戦争を体験しているのだ。

朝基のほうは、相変わらずだった。生活は苦しい。だが、不安定なわけではなかった。米問屋での仕事は続いていた。一番下っ端だったのが、今では、若い者たちに指示を出すようになっていた。

くたくたになるまで働いても、たいした金にはならない。それでも、夫婦二人、何とか食っていけた。

手《ティー》の稽古《けいこ》のほうは、弟子も取らずに、一人で続けていた。このところ、朝基は体だけではなく、さかんに頭を使っていた。

稽古とはそういうものだと思うようになっていた。がむしゃらに体を鍛えても本当の修行にはならない。

実戦で培った感覚を、型に当てはめていく。すると、自然に変手《ヒンディー》の様式が生まれてくる。やがて、それが普遍的な技となっていくだろう。

朝基自身は、まだその過程にいた。

もはや、若い頃のようにただ習ったことを実戦で試すという時期ではなくなっていた。これからさらに、技を深めていかねばならない。

憲通は、頻繁に我如古にある朝基の自宅を訪ねてくれた。酒を酌《く》み交わして、沖縄にいなかった長い年月をできるだけ早く埋めようとするかのように、朝基と夜更けまで話をするのだ。

朝基も、旧友と過ごす日が増えて落ち着いた日々を過ごしていた。やはり、話の中心は手のことになる。興が乗ると、思わず立ち上がり、実際にやってみせることもあった。

妻のナビーは、そんな朝基の様子を見ていつも笑っていた。

その日も、朝基が仕事から帰って水を浴びていると、憲通がやってきた。来るときはいつも酒の甕《かめ》と肉か魚をぶら下げている。

「やあ、いつもすまないな」

「なに、こちらが押しかけてくるんだ。これくらい当たり前だ」

ナビーが料理を始め、朝基と憲通は、縁側に出てさっそく徳利《カラカラ》を傾けた。

「糸洲先生が、尋常小学校に続いて、第一中学でも唐手《トウディー》の指導を始められたのは知っているな?」

憲通が言った。

「知っている」

それについて、朝基は何の感慨も持っていなかった。青少年の体育に手の動きのごく基本的な部分を利用しているに過ぎない。

手の本質を学校で教えられるはずがない。手というのは、結局は一人で練るものだと、朝基は思っていた。

「型の指導というのは、軍隊の教練に役に立つ。だから、政府も沖縄の唐手に注目している」

「まあ、たしかにおまえ《ヤー》と花城さんは、糸洲先生に手を習っていたからこそ、軍隊に入れたのだろう。だが、学校で教えたからといって同じような効果があるとは思えない」

「なぜだ？」

「もともと手というのは、大人数で練習するようにはできていない。先生から一対一で指導を受けてはじめて、本当の手が身につく。大人数で型をやらせたって、師の眼が行き届くはずがない」

「だが、唐手の稽古は頑強な体を作るにはもってこいだ。糸洲先生も、その点に主眼を置いて指導されているようだ」

「妙な話だな……」

「何がだ？」

「俺《ワン》は、手をやるために頑強な体を作ろうと努力した。手をやれば頑強な体になるわけではない」

「おまえは特別だ」

「特別なものか。おまえだって手のために鍛錬《たんれん》をしただろう。だからこそ、軍隊の検査に合格できたんだ」

「それはそうだが、集団で稽古しても、唐手は充分に青少年の育成の役に立つ」

「だから、その程度だと言ってるんだ」

「その程度……？」

「手は、武芸だ。沖縄武士《ウチナーブサー》の誇りだ。体操じゃない」

「だが、体育的な効用も認めるべきだろう」

「そんなものは二の次だ。手をやるからには強くならなきゃならん。誰よりも強くなるのだという気骨が必要なのだ」

憲通は腕を組んで、うーんとうなった。

「おまえの言うことももっともだがな……。時代は変わっていくんだ」

「時代が変わるのは、骨身にしみてわかっている」

「そうだな……」

憲通は、ふと辛《つら》そうな顔をした。「本部御殿《もとぶウドウン》に生まれたおまえが、こんな苦労をしているのだからな……」

「時代が変わるからといって、手が変わる必要はない。決して変えてはいけない大切なものがあるんだ」

「だがな、三郎。学校で唐手を指導すれば、それだけ唐手が普及する。沖縄の士族階級だけの武芸だった唐手が、日本中に、いや世界に広まるかもしれないのだ」

「大人数に指導すれば、必ず不正確に動く者が出てくる。指導者は一人一人の細かな動作にまで眼が届かないから、その不正確な動作が唐手として広まっていく。そして本質が失われていくのだ。広く普及するというのはそういうことだ」

「じゃあ、おまえは、唐手が沖縄という小さな島だけの武芸で終わっていいというのか？」

そう問われて、朝基は返答に困った。

「そうは言い切れないな。手が世界に広まるというのは、なんとも痛快な話だ」

「そうだろう。沖縄の文化が世界で認められるのだ」

「だがな……」

朝基はもどかしい思いで言った。「間違った形で伝わっても仕方がない」

「糸洲先生は、集団に唐手を教えるために、ピンアンという型を作られた」

「ああ、知っている。かつて、チャンナンと呼んでいた型だろう」

「そうだ。チャンナンをさらに集団で稽古するように改良したのが、ピンアンだ」

ピンアンは、糸洲安恒が、バッサイやチントウ、クーシャンクーといった古流の型から、さまざまな要素を取り出し、初段から五段までの型にまとめたものだ。朝基もその型は知っていた。

「手の本質を伝えたいのなら、古来伝わっている型を教えるべきだ。そうでなければ、本物の手は伝わらない」

憲通は腕組みしたままだ。酒も進まなくなっていた。

「たしかにおまえの言うとおりかもしれない。だが、昔ながらのやり方で唐手を普及させることはできない。今は、頑健な身体を持つ若者を一人でも多く育てることが、日本国にとって肝要なんだ。そのために唐手が役立つのなら、おおいに利用すべきだ」

そうか……。

朝基はようやく気づいた。

「それは軍人の考え方だな」

「そう言われたら何も言い返せないがな……。今、政府は強い軍隊を必要としている。軍隊を担うのは、頑健な若者なのだ」

「昔は戦というのは、侍《サムレー》がやるものだった。今は、若者をかき集めて戦をやらせる」

「それがいいことなのか悪いことなのか、俺には判断がつかん。だが、それが近代国家というものなのだ」

「難しいことは俺にはわからん。だが、これだけは、はっきりしている。集団に手を教えるために新しい型を作ったりすれば、いずれ手の本質は失われていく」

憲通が困ったような顔でまた考え込んだ。

朝基は、「おや」と思った。憲通と議論するのは珍しいことではない。お互いに気心が知れているので、言いたいことが言い合える。

憲通は、聡明《そうめい》で冷静な男だから、議論をすればたいていは朝基が言い負かされる。口ではとうてい憲通にはかなわない。いつもそう思っていた。

だが、今日の憲通はちょっと様子がおかしい。

「何かあったのか？」

「おう。実は、師範学校で唐手を教えてくれと頼まれた」

合点がいった。

「なるほど、そういうことだったのか……」

「花城さんが第一中学で教えることになっている。俺は、師範学校で体育と兵式の教官になってくれと言われている。おまえは、どうやら学校で唐手を教えることには反対のようだな」

朝基は、慌てた。

「いや、別に反対というわけではない。頼まれているなら、ぜひ受けるといい」

「おまえが言ったことは、当然俺も考えた。唐手の本質が失われるようなことがあってはならない。だが、唐手を広く世に知らしめることも大切だ」

学校で教えてくれと言われているのなら、先にそれを言ってほしかった。朝基は、自分の生き方を他人に押しつけるつもりなど毛頭なかったのだ。

「わかっている。おまえは郷土の英雄だ。体育や兵式の教官というのは、おまえにうってつけじゃないか」

「俺も糸洲先生からピンアンは習っている。だが、実際に学校でご指導されているところは拝見したことがない。師範学校で何を教えたらいいか、実は迷っていたんだ」

「ならば、見に行けばいい」

憲通は、きょとんとした顔で朝基を見た。

「何を驚いているんだ？　実際に糸洲先生がどういう指導をされているか見学して、参考にさせてもらえばいいじゃないか」

「驚いているわけではない。今までどうしてそれを思いつかなかったのか、不思議に思っていたのだ」

「人間、悩んでいる時というのはそういうものだ。周りが見えなくなるんだ」

「ほう……」

憲通はいっそう目を丸くした。「おまえも、一人前のことを言うようになったな」

「ふん」

朝基は照れ隠しに、ふてくされたような態度を取った。「誰だって人生経験を積むんだ」

「じゃあ、今度の糸洲先生のご指導の日に、第一中学校を訪ねてみよう」

「俺も行こう」

「なんだ、集団で唐手をやることを批判していたくせに、やはり興味があるのか?」

「実際にどんなことになっているのかを知らずに批判することもできまい」

憲通は笑った。

「こと唐手に関しては、どんなことでも興味を持つんだな」

「俺にはそれしかないからな」

朝基は軽い気持ちでそう言ったのだが、それを聞いた憲通は、妙に神妙な顔つきになった。

「おまえのようなやつがいてくれなければ、本当に沖縄の唐手はすたれてしまうかもしれない」

「買いかぶるな」

朝基は言った。「俺はただ修行を続けたいだけだ」

「足元を見つめて地道に唐手の修行を続ける。そういう姿勢が、今後ますます重要になるかもしれない」

そんなものかな……。

朝基はそのとき、ただそう思っただけだった。

2

県立第一中学校は、尚温王《しょうおんおう》が設立した国学が前身だ。

「海邦養秀《かいほうようしゅう》（海に囲まれた国から優秀な人材を輩出する）」を謳《うた》い「一中」の呼び名で親しまれている。

首里城のすぐ近くに建っている。

朝基と憲通が正門をくぐると、ちょっとした大事になっていた。生徒たちが運動場に集合して気をつけをしている。

朝基と憲通は思わず立ち尽くしてしまった。

「これは、いったいどういうことだ？」

朝基は憲通に言った。「何かの行事でもあるのか？」

「さあ、知らん。この日のこの時間に来いと、糸洲先生に言われたので、それに従っただけだ」

整列する生徒の向こう側に、糸洲安恒と教師らしい男が立っていた。

糸洲は、朝基と憲通に笑顔を向けていた。その笑顔を見て、朝基はほっとした。朝基と憲通は、ともかく生徒たちの前を通り過ぎて、糸洲のもとに近づいた。

「やあ、よく来たな」

にこやかに言う糸洲に、憲通が尋ねた。

「どうして、生徒たちが整列しているのですか？」

「天下の『屋部軍曹』と『本《もと》部猿《ぶザールー》』がやってくるのだ。整列してお出迎えするのが当然だろう」

「そんな大げさな……」

「いや、実は、学校の人におまえたちが来ると言ったら、こんなことになってしまったのだ。まあ、おまえたちがそれだけ大物になったということだ」

たしかに憲通は大物になった。だが、自分は決してそうではない。

朝基はそう思っていた。

社会的な立場が違う。憲通は立派な軍人だが、自分はただ手が強いだけだ。

「さて、唐手の稽古が見たいのだそうだな」

糸洲が憲通と朝基に言った。憲通が返事をする。

「はい。ぜひ、先生のご指導を拝見したいと思いまして……」

「話は聞いている。師範学校で唐手を教えることになっているのだろう？」

「まだ、引き受けるかどうか決めてはいないのですが……」

「ぜひやりなさい。これからは、唐手は士族だけのものではなくなる。広く万人が親しめる武道になるのだ」

万人が親しめる武道。

その言葉に、朝基は違和感を覚えた。

「さて、それでは始めようか」

糸洲が合図をすると、生徒の一人が駆けてきて、正面にある台の上に上がった。その生徒が号令をかける。

生徒たちが一斉に動きはじめた。号令に合わせて型を演じているのだ。

ピンアン初段と糸洲が名付けた型だ。続けて、ピンアン二段を演ずる。

それが終わると、号令をかけていた生徒が台から降りて列に戻った。よく練習された動きだ。

糸洲は満足げに生徒たちを眺めている。穏和な笑顔だ。

憲通は糸洲に言った。

「よく訓練されています」

「唐手の型は、集団で行動することを学ぶにも役に立つ」

「兵式訓練にも充分に役立つと思います」

「そうだな……」

糸洲はふと淋《さび》しそうな顔になった。「沖縄の武術が戦争のために利用されることには、ちょっと複雑な思いがあるが、まあ、そういう世の中なのだから仕方がない」

先生は何を言っているのだろう。

朝基は思った。

もともと手は、沖縄武士の武芸だ。つまり、戦のための技術ではないか。戦いのために利用されるのは当たり前のことだ。

ただ、青少年を兵士として徴用するために利用されるという点が問題なのだ。

だが、朝基は、その思いを口に出しはしなかった。

それから糸洲と憲通は、手の指導について、あれこれと話し合っていた。

糸洲は、まずピンアンの型を教え、その中から特に稽古が進んだ者には、バッサイやクーシャンクーも教えるのだと言った。

また、若者たちが覚えやすいように、バッサイやクーシャンクーを短くした型や、鍛錬のためにナイファンチの二段、三段を工夫しているということだった。

糸洲ほどの武士《ブサー》になれば、型を作ることもできる。よもや手の本質を忘れることもあるまい。糸洲が工夫するというのだから、信頼していればいい。

だが、朝基は、ふと不安を覚えた。

バッサイやクーシャンクーは、そのまま伝えればいい。覚えやすいように型を短くする必要などない。

そのうちに、本当の手が失伝してしまうかもしれない。そんな気がしたのだ。

憲通と朝基は、糸洲と学校関係者に丁寧に礼を言って、第一中学校を後にした。帰り道、憲通はまた考え込んでいた。

朝基も何も言わずに歩いた。

やがて、憲通がおそるおそるという様子で朝基に尋ねた。

「どう思った？」

朝基は、思ったとおりにこたえることにした。

「あれは手ではない。体操だ」

「そうだな……」

「武芸ですらない。号令に合わせて一糸乱れずに動く練習をしているだけだ。型を号令に合わせてやるなんて、ほとんど意味がない。型は、体と技を練るためにやるものだ。人に見せるためにやるものではない」

「おまえの言うとおりだ。だが、今後一中と師範学校では唐手の授業が正課となるらしい。そうなれば、ああいう練習をするしかない。集団で一斉に動く練習が、やがて一般的になっていくのだろう」

「だから言っている。それではもはや、手ではない」

「糸洲先生が直接ご指導をされている間はいい。先生は、唐手の本質をよくご存じだ。だが……」

そこで、憲通は、言葉を切った。朝基はうなずいた。

「そうだ。唐手をよく知っている者の眼の届かないところで、ああいう練習が行われるのだ。やがては、あれが唐手だと勘違いする者が大勢出てくる」

それから、憲通はまたしばらく無言で何事か考えていた。

「師範学校の唐手の授業を引き受けようと思う」

「やはり、ピンアンを教えるのか？」

「いや」

憲通はきっぱりと言った。「俺は、ナイファンチしか教えないことに決めた。集団で一斉に型をやることは仕方がない。だが、新しい型をやる必要はないと思う。ナイファンチは基本の型であり、同時に奥義でもある。だから、俺はナイファンチを教える」

「おう。それはいい」

朝基は、憲通の言葉に救われた思いがした。

憲通が言ったとおり、この年、県立第一中学校と師範学校で、唐手が正課となった。

このときに、「トゥディー」という沖縄風の発音から、「カラテ」というヤマト風の発音に改められた。さらに、「唐手」ではなく「空手」という表記が用いられたが、まだまだ当分は定着しそうになかった。

3

生活に追われるうちに、月日は流れていく。

四十歳を越えて、朝基はいよいよ自分の人生を考えねばならないと思っていた。米問屋の仕事は続けていたが、この先、出世ができるわけではない。

人より体力があるといっても、力仕事にはおのずと限界がある。

そんなことを思っているところに、いっしょに事業をやらないかと言ってきた者があった。米問屋に出入りしている男で、東南アジアからタイ米を輸入して、泡盛の造り酒屋に卸す事業を考えているという。

豊里《とみざと》という男で、もともとは首里の卓《たく》姓を持つ士族だったが、今は商売をやっているという。

朝基よりも三歳年上で、なかなか頼りになりそうな男だった。泊に家があり、朝基はそこに招かれて詳しい話を聞かされた。豊里の家は、朝基が住んでいる家の三倍はあった。

夕食にはごちそうが並び、朝基は、ああ、ナビーに食わせてやりたいと思っていた。豊里は間違いなく金持ちで、彼といっしょに事業をやれば、同じくらいに金持ちになれるかもしれない。何より、ナビーに楽をさせてやりたかった。

朝基は、そんな思いで、米問屋の仕事を辞め、豊里と事業を始めた。慣れない商売で戸惑うことも多かったが、朝基は夢中で働いた。事業を始めてしばらく経《た》つとそれなりに羽振りもよくなってきた。

朝基はいっそう仕事にのめり込んだが、あるとき、朝基たちの事業は壊滅的な打撃を受ける。

ちょうど、元号が大正となった頃のことだ。政府の息のかかったヤマトの大資本が入り込み、貿易の仕事から朝基たちのような地元の中小の業者が、事実上追い出される形になった。

ようやく造り酒屋からも信用を得たところだった。だが、すでに事業は立ちゆかなくなっていた。

さらに、朝基にとって衝撃だったのは、師の一人である糸洲安恒が亡くなったことだ。武士の中の武士、糸洲が亡くなったということで、盛大な葬儀が行われた。多くの門弟だけでなく、政府の関係者までが弔問《ちょうもん》に訪れた。

朝基は、時代の変化を強く感じた。明治から大正に変わったというだけではない。武士・糸洲がこの世を去るということは、手の世界でも一つの歴史が終わるということだ。幼い頃から手を教わった師がもういない。朝基はその淋しさに耐えられないほどだった。そして、手のことが心配だった。

糸洲がいるからこそ、学校でピンアンを教えていても安心できた。糸洲がいなくなったら、沖縄の手はどんどん本質を離れていくのではないか。そんな思いが頭から離れなかった。


その日も、朝基はすでに馴染《なじ》みになっていた造り酒屋から、もっと安く米を仕入れることができるようになったと言われて、取引を断られた。

いくら頭を下げてもだめだった。

打ちひしがれて帰路に就こうとすると、正面から男たちの集団が朝基のほうに向かってやってきた。

男たちは、声高に何事か話して、笑い声を上げている。日が暮れ始めたところだが、彼らはすでに酔っている様子だ。

杜氏《サンカ》か……。

杜氏たちは、皆気が荒いといわれている。朝基は、脇によけて道を空けようかと思った。いつもの朝基ならそうしただろう。

だが、今日は違っていた。商売がうまくいかずに、心がすさんでいた。長年付き合ってきた造り酒屋が、たやすく態度を変えてしまった。それに腹が立っていた。

朝基は、道の真ん中を進んだ。杜氏たちは、七人。朝基に気づいたらしく、話し声が止《や》んだ。かまわずにまっすぐ前を向いて歩き続けた。七人の杜氏たちの中に突っ込んでいく恰好《かっこう》になる。

杜氏たちも道を譲ろうとはしない。剣呑《けんのん》な雰囲気になっていた。杜氏たちの緊張が高まるのがわかる。

朝基は、そのぴりぴりした空気を楽しんでいた。

杜氏七人が目の前に来た。それでも朝基はまっすぐ進んだ。当然、すれ違いざまに肩がぶつかる。

「おい、待て」

杜氏の一人が野太い声を上げた。朝基は立ち止まった。

「ぶつかっておいて、挨拶《あいさつ》もなしかい？」

朝基は振り返ると言った。

「徒党を組んで、道を我が物顔で歩いていたのはそっちだろう」

「何《ヌウ》！」

一番血の気の多そうなやつが、一歩歩み出た。

その男は、左手を顔面のところまで掲げ、右手を腰に引いた。手の真似事《まねごと》をやっているようだ。

朝基は心の中でせせら笑っていた。

手は恰好だけ真似てもだめなのだ。

朝基は、七人に背を向けてすたすたと歩き出した。

一人が追ってきて、後ろから朝基の肩に手を掛けた。朝基は、相撲《すもう》の四股《しこ》のように足を踏ん張り、肘《ひじ》を後ろに突き出した。

「待て、この野郎」

相手の鳩尾《みぞおち》をえぐる。

ぐえっという声にならない悲鳴を上げて、相手が崩れ落ちるのがわかった。

まず一人……。

朝基が手を出したことで、残りの杜氏たちはいきり立った。

ふん、全員まとめて相手をしてやろう。

道の両脇に石垣がある。朝基は、その石垣を背にした。後ろに回り込まれたくなかったのだ。

朝基の戦い方はいつも変わらない。相手が攻撃してこようとした瞬間に、前に出て合わせ技を決めるのだ。後ろにさがることはない。だから、壁を背にしても何の問題もないのだ。

六人の杜氏が朝基を扇形に取り囲んだ。

「ばかなやつだ」

一人の男が言った。「自分から退路を断つとは、喧嘩《けんか》を知らないな」

朝基はこたえた。

「たしかに喧嘩は知らない」

二人が同時につかみかかってきた。朝基の両腕を捕まえて身動きを取れなくしておいて、袋だたきにしようというのだろう。

朝基は、右足を踏み出して半身になった。同時に、右手を封じようとしていた男のあばらに肘を叩《たた》き込んだ。

その一撃でまた一人倒れた。あばらにひびくらいは入っただろう。

左手を握られていた。朝基は、左手はそのままにしておいて、軽く金的を蹴《け》り上げてやった。相手は、体をくの字に折って崩れ落ちた。

「こいつ、唐手をやるぞ……」

誰かが言った。

残るは、四人。多人数が相手だとしても、それがまったく同時にかかってくることはない。そこが狙《ねら》い目だった。

殴りかかってくる者、あるいはつかみかかってくる者を、落ち着いて倒していけばいい。朝基の攻撃には、距離はいらない。密着したような接近戦でも、充分に打撃の威力を出すことができる。

筋骨《チンクチ》を極限まで合理的に使うように工夫し、鍛錬《ナンヂ》によって筋力をたくわえているからだ。

いわゆる五寸打ちと言われる、短い間合いから繰り出す突きで相手を倒すことができるのだ。

「なら、俺に任せろ」

先ほど、唐手の真似事をして構えた男が出てきた。

また右手を腰に構える。

こういう間違いが、いつしか人々の間に伝わっていく。

朝基は思った。

どこかで武士の稽古でも盗み見たのかもしれない。あるいは、それほど修行を積んでいない手小《ティーグワー》から基本の手ほどきを受けたのかもしれない。

相手を打つのに、拳を腰まで引いて構える必要はない。夫婦手《メオトディー》が一番合理的なのだ。見よう見まねで手をやると、この男のように勘違いをしてしまう。

朝基は、怒りを覚えた。手を冒瀆《ぼうとく》されたように感じたのだ。

相手は、じりじりと間合いを詰めてくる。朝基は、再び石垣を背にした。両手を下げたままだ。

突然、相手は鋭い気合いを発して一歩踏み出してきた。右の拳を顔面に飛ばしてくる。朝基はかまわず右足を踏み出した。左の拳を右肘のあたりに添えて、右拳を突き出す。

相手の突きが朝基の左腕に沿って外にはじかれる。同時に、朝基の拳が相手の顔面に打ち込まれた。

相手はそのまま声も出さずにのけぞり、仰向けに倒れた。たった一撃で気を失っていた。

どうだ。これが本当の手の威力だ。

朝基は、心の中で誇らしげにそう言っていた。

あと三人。

一人が、素手《すで》ではかなわないと思ったのか、近くに立てかけてあった棒きれを手にした。それほど太い棒ではないし、雨風にさらされてかなり傷んでいた。

よし、と朝基は思った。

相手は棒を振りかぶり、襲いかかってきた。朝基は、わずかに入り身になると、棒の中央のあたりを前腕部で打ち上げた。上げ受けの要領だ。

棒が真っ二つに折れた。

狙いどおりだった。

通常なら、棒をかわしていた。脆《もろ》い棒であってもどんな怪我《けが》をするかわからない。そういう危険は極力避けなければならない。

だが、複数の敵を相手にするときには、はったりも必要だ。朝基は、拳だけでなく小手や脛《すね》、足指のつけ根なども充分に鍛えている。それを見せつけてやるつもりだった。

折れた棒を持った杜氏の一人は、啞然《あぜん》として朝基を見つめた。

別の男が言った。

「あ、本部猿……」

さらに別の男が言う。

「なに、本部……。掛け試し《カキダミシー》で負け知らずという、あの本部か？」

「間違いない」

「本部ならば……」

棒きれを手にした男が言った。「俺たちが働いている造り酒屋に米を納めている業者ではないか」

別の男が言う。

「そうだ。それが、杜氏の俺たちに喧嘩を売るとはどういうことだ？」

相手には、もう戦う気がないのは明らかだ。本部猿の勇名と今目の当たりにした手の実力にすっかり怯《おび》えているのだ。

朝基は、急に気分が沈んできた。

「あんたたちが働いている店は、もう俺たちから米を買ってくれない」

「それと俺たちと何の関係がある？」

たしかに相手の言うとおりだ。

朝基は、つまらないことをしてしまったと思い、黙って頭を下げた。

それから、彼らに背を向けて、足早にその場を去った。

「おい、待て。話はまだ済んでないぞ」

その声を背中で聞いていた。やはり誰も追ってこようとしない。

すっかり日が暮れていた。戦いの興奮が冷めるにつれて、胸の中に苦い思いがじわじわとわき上がってきた。

俺は何ということをしてしまったのだ。

相手は武士ではない。素人《しろうと》だ。つまり、あの戦いは手の修行などではなかった。私闘なのだ。

これまで、朝基は掛け試しも手の修行のうちと割り切って考えていた。だから、相手は武士たちだった。あるいは、自分よりはるかに体格が勝る相撲取りや、武器を持った者たちだ。

だが、今回は違った。気が荒いことで有名な杜氏たちだが、それでも武士ではなかった。

朝基は自分を責めていた。これでは、ただの乱暴者だ。杜氏たちは徒党を組んで道をふさぐように歩いてきた。だが、朝基が道を空ければ済むことだった。

心がすさんでいたのだ。

掛け試しではない、ただの喧嘩というのが、これほど後味の悪いものとは思わなかった。朝基は、たった一度の私闘で、これまでの修行がすべて穢《けが》されてしまったように感じていた。

翌日、仕事に出ると、昨日の喧嘩のことがもう噂《うわさ》になっていた。

豊里が青い顔をして朝基に言った。

「おい、杜氏を痛めつけたというのは本当なのか？」

朝基は下を向いたままこたえた。

「行きがかり上、仕方なく……」

これは嘘《うそ》だった。避けようと思えば避けられる喧嘩だった。

「困ったことになったぞ。どこの造り酒屋でも俺たちとの取引を断る理由を探していたんだ。仕事がますますやりにくくなった」

「すまん」

朝基は頭を下げた。

豊里は、溜《た》め息《いき》をついた。

「まあ、潮時《しおどき》かもしれない」

「潮時……？」

「これ以上、事業を続けられない。仕事をすればするほど借金が嵩《かさ》んでいく」

「仕事をたたむのか？」

「それしかあるまいな……」

「俺のせいだ。俺は取り返しのつかないことをしてしまったのだな……」

豊里は力なく言った。

「そうじゃない。もう限界だったんだ。これで俺も踏ん切りがついた」

朝基は、何も言い返せなかった。豊里は朝基を責めずにいてくれる。その気づかいが
さらに朝基を苦しめていた。

「事業の後始末のことは俺に任せてくれ」

豊里が言った。「あんたは、また新しい仕事を見つけなければならないな……」

「それは何とかする」

「沖縄で仕事を見つけるのは、どんどん難しくなってきている」

豊里の言うとおりだった。廃藩置県当時は、建築や土木の仕事がたくさんあった。このところ、そういう仕事も減っている。加えて年齢の問題があった。

朝基は、すでに五十歳を越えていた。この年では力仕事というわけにもいかない。何とかするとは言ったものの、仕事の当てはまったくなかった。

困り果てていると、豊里が言った。

「ヤマトへ出かせぎに行かないか？」

朝基は顔を上げた。

「ヤマトへ……？」

「そうだ。最近、大阪に移り住む者も増えてきた。紡績会社で働いている知り合いがいる。手紙を書いてやるが……」

故郷を離れることには抵抗があった。この沖縄で、ずっと手の修行を続けていきたかった。

だが、今の朝基に別の選択肢はなさそうだった。豊里に頭を下げるしかない。

「何から何まで世話になって、すまない」

「退職金も出せないからな。せめてそれくらいはさせてもらう」

朝基は、もう一度頭を下げていた。

自宅に戻ると、憲通が待っていた。

「おい、杜氏相手に大立ち回りをやったという噂、本当なのか？」

「大立ち回りというのは大げさだな。ちょっと相手をしてやっただけだ」

「相手は七人もいて、それをちぎっては投げちぎっては投げだったという噂だ」

「噂には尾ひれが付く」

朝基は、さらに暗い気分になった。「あれは私闘だった。やらなければよかったと、つくづく思う」

「相手が一人だったというのなら問題だが、七人もいたのだろう。それをやっつけたのだ。たいしたものだ。杜氏は気が荒い。かつて、糸洲先生も辻《つじ》で絡まれたことがあるという。そう気に病むことはない」

「俺が喧嘩をしたせいで、仕事をたたむことになった」

「何だって……？」

朝基は、豊里の話をかいつまんで伝えた。憲通は、心配そうに言った。

「それは困ったことになった。だが、豊里という男が言うとおり、事業は失敗だったのだ。おまえのせいじゃない。廃藩置県後、元士族が起こした事業の多くは失敗しているんだ」

「俺も五十を過ぎた。体力には自信があるものの、できることは限られている」

「師範学校の唐手《からて》指導を手伝ってくれないか？」

憲通が言った。「ちょうど、助手がほしいと思っていたところだ。おまえなら、頼りになる」

「気持ちはうれしいが、それは無理だろう」

「なぜだ？」

「学校や県庁が、俺の起用を許すはずがない。おまえは、陸軍での功績がある。だが、俺は世間の噂ではただの乱暴者だ」

「俺が何とかする」

「いや、俺は、ヤマトへ行こうと思う」

「ヤマトへ……？」

「豊里が、大阪の紡績会社で働いている知り合いに手紙を書いてくれるという」

「何も出かせぎに行かなくても……」

「いや、実は、ちょっと思うところがある」

「何だ？」

「まあ、この先は、飲みながら話そう」

朝基は、憲通をいつもの縁側に誘った。

落ち込んでばかりもいられない。沖縄で仕事を見つけるのが難しかったら、ヤマトへ行くしかないのだ。

沖縄を離れたくはないが、仕方のないことだ。ならば、これを好機と考えるべきだ。

帰りの道すがら、朝基はずっとそう考えていたのだ。

「糸洲先生は生前、手が士族だけのものではなくなると言われた」

朝基は話しだした。「広く世間に普及させなければならないとお考えだったのだろう」

「そうだな」

憲通は言った。「俺もその点には賛成だ。唐手を沖縄だけの武術にとどめておくのは、なんとも惜しいとは思う」

「俺は、沖縄の士族たちに誇りを取り戻してほしくて掛け試しを続けた。沖縄の手は、どこの誰にも負けないということを証明しようとしてきたのだ。だが、もうそういう時代ではない。侍はどこにもいない」

「だが、沖縄の侍の心が失われたわけではないぞ」

「わかっている。だが、一中でピンアンを習い、あれが手だと思って、よそで教えはじめる者がいるそうだ。もし本土で誰かがそういうことをやったら、手が間違った形で伝わることになる」

「それでいいと言う者もいる」

憲通は、意味ありげな口調で言った。朝基は驚いた。

「それはどういうことだ?」

「沖縄の唐手の真髄を本土に流出させてはいけないと言っている唐手家たちがいる」

「何と狭量な……。それでは、糸洲先生の意に反するじゃないか」

「型は伝えてもいい。だが、その用法は伝えてはならない。それが、その唐手家たちの言い分だ」

朝基は、憤っていた。

「使えない型を伝えて何になる。俺は、それを恐れていたのだ。思うところがあると言ったのは、そのことだ。俺は、大阪に行ったら、本物の手を伝えたい。そうでなければ、手を世間に広める意味がない」

憲通はうなずいた。

「俺もそう思う。たしかに兵式教練などに唐手を利用することはできる。だが、それで唐手の本質が伝わるわけではない」

朝基は身を乗り出した。

「おまえは、昔ここでこう言ったことがある。『沖縄の士族階級だけの武芸だった唐手が、日本中に、いや世界に広まるかもしれないのだ』……。俺は、その言葉を危惧《きぐ》する一方で、何か夢のようなものを感じた」

「夢……?」

「そうだ。沖縄の武士の誇りが世界に広まるのだ。それは、大きな夢だ」

「たしかにそうだな」

「だが、世界に広めるのは本物の手でなくてはならない。俺は大阪でその第一歩を踏み出したいと思っている」

憲通は、朝基が大阪に行くと知って淋しそうにしていたが、話を聞くうちに眼を輝かせはじめた。

「おまえなら、きっとやってくれるだろう。大阪は遠いが、できることがあれば、俺も協力しよう」

長く辛い時期が続いていた。ようやく、行く手にほのかな光が見えたような気がした。大阪での暮らしもおそらく楽ではないだろう。そして、手を本土に広めるというのも、簡単なことではないはずだ。

それでも、生きていく目標ができたと感じていた。

遅い時間に憲通が帰宅すると、朝基は妻のナビーに言った。

「豊里が仕事をたたむと言っている。俺は、ヤマトに行こうと思う」

ナビーは静かにうなずいた。

「あなたが行かれるところなら、どこへでもついて参りますよ」

ナビーは、おとなしいが芯《しん》の強い女だった。しかも、子宝に恵まれ、すっかり母親らしくなっていた。朝基とは年が離れているが、長年連れ添ったので、朝基はすっかりナビーを頼りにしていた。

「そう言ってもらうと、助かる。大阪に住むことになると思う」

「では、さっそく引っ越しの準備に取りかかりませんと……」

「引っ越しと言っても、たいした荷物なんぞありゃしないじゃないか」

朝基は笑った。「余分なものは全部捨てていけ。大阪では新しい生活が始まるのだ」

4

朝基がナビーと子供たちを伴って大阪に出たのは、大正十年（一九二一年）のことだった。

明治十七年（一八八四年）に、那覇から鹿児島、大阪への定期航路が開設され、大阪への移住者も少なくなかった。

大阪の泉南郡貝塚町《いずなみぐんかいづかちょう》には、移住した沖縄県人たちの集落があった。朝基が引っ越したのは、その沖縄県人の集落だった。

同郷の人たちは結束が固く、あれこれと世話を焼いてくれた。朝基が本部御殿の出身だと知ると、涙を流しはじめる老人までいた。

世が世ならば、本部御殿の縁者が内地に出かせぎにくることなど考えられなかったというのだ。さすがに朝基は苦笑した。

「ヤマトの家というのは、沖縄とはずいぶん違うものですね」

ナビーが言った。

我如古の家は小さいながらも一軒家だったが、貝塚で住むことになった家は、二階建ての長屋のような造りだ。一つの家屋に何世帯かが住んでいる。

「どんなところだろうと、家は家だ」

朝基は言った。「住むところがあるだけありがたいと思わなければ……」

本部御殿を出てすでに三十年近く経《た》つ。どんなあばら屋でも平気だった。ただ、手の稽古ができる場所を早く見つけなければならない。

沖縄にいる頃には、巻藁《まきわら》を立てる庭もあった。だが、長屋では無理だ。近くに手頃な空き地があればそこを使わせてもらおうと思っていた。

豊里の手紙を持って、紡績会社に行くと、すぐに守衛として雇ってもらえた。紡績会社は、おおいに栄えており、工員が交替して一日中休みなく稼働している。

守衛も大勢必要だ。仕事は沖縄の頃に比べればずっと楽だ。そして、紡績会社は羽振りがいいので、けっこうな給金をもらえた。

当番の日は、徹夜で見回りをするが、それ以外は、定時で自宅に帰ることもできるし、休日もある。

本部猿の名は、すぐに集落中に広まった。なにせ、若い頃の武勇伝は沖縄中に知れ渡っていたのだ。移住してきた人々も、本部朝基の名を知っていたのだ。

それでも、朝基は手の伝統を守っていた。つまり、他人に稽古をしているのを見られまいと、夜にこっそりと近くの空き地に出かけていった。

沖縄県人の集落での暮らしは、思ったよりずっと楽だった。会話も沖縄弁《ウチナーグチ》で通せたし、食べ物も故郷とそれほど変わらないものが手に入った。

だが、最初の冬はさすがに閉口した。

朝基は、ヤマトの冬の寒さを初めて経験した。沖縄でも冬は寒いと思っていた。だが、そんなものではなかった。

甕にくんであった水に氷が張っているのを見て驚いた。

長年手をやっていたおかげで、風邪で寝込むようなことはなかったが、寒さのせいですっかり気分が滅入《めい》ってしまった。

ある休日の午後、長屋の前の通りを歩いていると、朝基を呼ぶ者があった。

近所の知り合いだった。長屋の二階から顔を出している。二階の窓は、欄干《らんかん》が少し張り出しており、その知り合いは窓を開けてそこに腰かけているのだ。

「今、一杯やっているんだが、寄っていかないか？」

「おう、付き合おう」

朝基はそういうと、脇のゴミ箱に足をかけた。そして、ひょいと飛んで二階の張り出しに手をかけると、あだ名の猿《サールー》のようにするすると二階に登ってしまった。

声をかけてきた男が、目を丸くした。

「驚いたな。玄関から入って来ればいいものを……」

「面倒だ。このほうが早いだろう」

「おそろしく身軽だな……。あんた、幾つになるんだ？」

「五十を越えた。最近、足腰が弱ってきた。やはり年には勝てない」

「それで、足腰が弱っているというのかい。あきれたもんだ」

実際、二十代の頃なら、二階の出っ張りに飛び乗れたかもしれないと、朝基は思った。

こうして、どんなに鍛えていても肉体は衰えていく。

だが、だからといって諦《あきら》めてはいけない。鍛錬を続けていれば、衰える割合や速度を減らすことができるだろう。つまり、普通の老人よりも壮健でいられるということだ。そして、正しい型を続けて、正しい変手を工夫すれば、幾つになっても強くいられるはずだ。

俺は、その道を極め、そして内地でそれを広めなければならない。

朝基は、そう心に決めていた。

第七章　飛び入り試合

1

大阪・貝塚町の生活にも慣れてきた。

紡績会社の守衛の給料は、贅沢《ぜいたく》をしなければ充分に暮らしていけるもので、朝基には心の余裕も出てきた。

そうなると、やはり頭に浮かぶのは手《ティー》のことだ。

今では、「手」と呼ぶ者も少なくなり、ヤマト風に「カラテ」と発音する者が増えていた。

貝塚町の沖縄《ウチナー》出身者の集落でも、年配者は、相変わらず「手」あるいは、「唐手《トウディー》」と呼んでいるが、若い者は「カラテ」と言う者が多くなっていた。

朝基は、大阪に来てからも手の鍛錬《たんれん》を続けていたが、昔ながらに人目を避けて、夜中に一人で稽古《けいこ》をするやり方だった。

だが、本部猿《もとぶザールー》の名はすでに知れ渡っており、いくらこっそりと稽古していても、必ず人に知られるものだ。

また、もともと手の心得のある者もいて、いつしか、朝基のもとに、手を教えてほしいと人々が訪れるようになった。自分の子供に手ほどきしてくれという者もいる。

そうして、朝基は手の指導を始めるようになった。昔ながらのやり方で、師と弟子が一対一で稽古をするやり方を守っていた。

手というのは、そういうものだと、固く信じていた。

沖縄の第一中学で見たような集団の稽古では、手の本質は伝わらない。兵式教練のように集団で稽古をしているうちに、手は別ものになってしまう。そう危惧《きぐ》していたのだ。

当然、教えられる人数は限られてくる。それは弟子を選ぶということにもなる。

手は健康法という意味では誰にでもできる。体が弱かった武士《ブサー》が達人になったという話をよく聞かされたものだ。

だが、本当に強くなる者は限られている。その素質を見抜かなければならない。そして、いくら強くなる素質があるからといって、粗暴な性格の者に手を教えるわけにはいかない。

手は君子の武技だと、師の糸洲にも言われた。

君子面《づら》をしていて戦いに勝てるかと、若い頃には思っていたものだが、いざ自分が若者を指導する立場になると、やはり弟子の性格というものを考えないわけにはいかない。

戦いを好む者は、早く強くはなるだろうが、どうしても技が粗くなるし、手を喧嘩《けんか》に使ったりする心配がある。

一方で、温厚な性格の者は師の言うことをよく聞くが、戦いを嫌い、なかなか強くなることができない。

いい人材というのは、簡単には見つからないものだ。朝基は、手の指導を始めてから、それを痛感していた。

朝基の元に通ってくる者の中で、かなり手の経験を積んでおり、稽古の態度も真面目な大嶺健用《おおみねけんよう》という者がいた。

今は、「おおみね」とヤマト風に名乗っているが、もともとは「うふみね」と発音した。彼は浦添に住んでいたことがあり、なんと、伊良波長春に棒の手も習ったことがあるという。沖縄は小さな島なので、往々にしてこういうことがある。残念なことに、伊良波はすでにこの世を去ったそうだ。肺病だったという。

健用は三十代の半ばで、ものの道理もよく心得ているようなので、朝基は、いつしか心を許していた。

朝基は、仕事を終えて食事を済ませ、夜が更けるのを待って、いつも稽古をしている空き地に向かう。

稽古をしているうちに、健用がやってきて、指導を始める。健用は飲み込みが早かった。泊のバッサイを習っていたようだが、ナイファンチを教えると、すぐに共通点に気づいた。

こういう目端の利く弟子は得難いものだ。健用も朝基のことを慕ってくれる。稽古が終わっても、まるで親類縁者のような気分で、つい話し込んでしまうこともある。

ある夜のこと、朝基は健用にこう語った。

「せっかくヤマトに出てきたのだから、ヤマトに手を広めたいと思う」

健用は、驚いた様子で言った。

「ヤマトンチュに唐手を教えるということですか？」

「手は、沖縄が世界に誇る武技だ。狭い沖縄だけに眠らせておくのは惜しい」

これは、屋部憲通とも話し合ったことだ。健用もすぐに理解してくれるものと思っていた。

健用は何も言わず地面を見ている。月明かりで、唇を噛《か》んでいるのがわかった。

「どうした？」

朝基は尋ねた。「俺《ワン》が気に障ることでも言ったか？」

健用は慌てた様子で言った。

「いえ、とんでもありません。先生のお気持ちはわからないではありません。ですが……」

「だが、何だ?」

「ヤマトンチュに沖縄の秘術である唐手を教えるのは賛成できません。手は沖縄人《ウチナンチュ》だけが伝えていけばいいのです」

この言葉に、少なからず朝基は驚いた。

憲通と話す前は、朝基も健用と同じように感じていたはずだ。手が若者たちの育成におおいに役立つと語る憲通に対して、手の本質にこだわっていたのは、むしろ朝基のほうだったのだ。

だが、今は少しばかり考えが変わった。

沖縄の手は、世界にも通用するのだということを証明したかった。

「俺はな、手のすばらしさを内地の人にも知ってもらいたい。いや、いずれは世界の人に知ってもらいたいのだ」

健用は、何事か言いたそうにしていた。反論を試みようとしているのだろう。だが、結局それを諦《あきら》めたように言った。

「先生がそうお考えなら、私は何も申し上げることはありません」

その日、健用はそのまま帰って行った。

いずれはわかってくれる。

朝基は思った。

健用だけでなく、ヤマトに出てきた沖縄人は、島にいたときよりもかたくなになる傾向がある。差別を受けるからだ。

差別に理由はない。異文化が地元に入り込んで来ただけで差別は起きる。言葉が通じないというだけで、劣った民と見られてしまうこともある。

ヤマトンチュの中には、沖縄人を明らかに異国人と見ている者たちがいた。言葉が違い、食べ物が違い、歌が違い、祭が違うだけで、異人扱いするのだ。

差別は、沖縄にもあった。特に薩摩が支配していた時代はひどかった。士族階級もいわゆる「沖縄いじめ」にあったのだ。

だからこそ、戦うのだ。

我々は劣ってなどいないということを、実力で知らしめればいい。ばかにしているのなら、目に物見せてやればいい。

翌日、仕事が終わり、自宅に戻った朝基のもとを、一人の老人が訪ねてきた。

「大嶺健成《けんせい》と申します」

老人は言った。そのたたずまいを見て、すぐに士族だとわかった。それもかなり身分の高い士族だったに違いない。

「大嶺さん……。では、健用君の……？」

「父親でございます」

何事だろう。健用に何かあったのだろうか。

「さ、むさくるしいところですが、どうぞお上がりください」

「失礼します」

御殿《ウドゥン》に住んでいるときは、客は客間に案内するのが常識だった。今は、一間に台所だけという住まいだ。

長屋の造りはどこでも同じようなものだから、大嶺健成の自宅もそうだろう。それはわかっているのだが、朝基はなんだか気恥ずかしかった。

健成は、朝基の前で正座をして背筋を伸ばしていた。その態度を見て、何か抗議しに来たのだということに気づいた。

朝基は、相手が話しだすまで待っていることにした。

やがて、健成は言った。

「朝基様のご高名は、沖縄におる頃からうかがっておりました。息子にご指導いただけることは、まことに恐悦至極に存じます」

「いえ……」

朝基はこたえた。「健用君はまことに立派な武士です。いっしょに修行できることは、私にとってもありがたいことです」

朝基は、健成に礼儀正しく接していた。士族の身分からいえば、本部御殿の朝基のほうが上に違いない。健成の態度でそれがわかる。

だが、中国の影響を強く受けており、なおかつ長寿県である沖縄では、長幼の序が、人々の心に染みついている。朝基はその習慣に従っていた。

「本部様は、内地人に手をお教えになりたいのだとか……。息子からそう聞きました」

「はい」

朝基は落ち着いてこたえた。「手は、どこに出しても恥ずかしくない武技です。私は、堂々と内地で手を広めたいと思っております」

健成は溜《た》め息《いき》をついた。

「お聞き及びかと思いますが、糸洲安恒や安里安恒に唐手を習った富名腰《ふなこし》という者が、東京で唐手を披露するのだそうです」

「富名腰……？」

朝基は首を捻《ひね》った。「いや、知りませんね。そんな話があるのですか？」

「体育博覧会なるものが開かれるので、そこで唐手の紹介をするというのです。そのときに、心ある者が集まって、富名腰に釘を刺したのです」

「釘を刺した……？　何のことです？」

「型を見せるのはいい。だが、決して手の本質を見せてはいけない、と……」

朝基は、驚いた。

「なぜそんなことを……」

「唐手は沖縄独自の武術です。もともとは王府に伝わる秘伝と言ってもいい。それを、ヤマトの者たちに知られるわけにはいきません」

「狭量な……。では、その富名腰という男は何をしに東京まで行くのです？」

「唐手の歴史を紹介することが主な目的となるでしょうね。いくつか型を見せるかもしれませんが、なに、唐手の型は見ただけでわかるものではありません」

「どうせ見せるなら、ヤマトンチュの度肝を抜くようなものを見せよう。どうして、そうは考えないのですか？」

「沖縄人は、多くのものをヤマトンチュに奪われてきました。唐手まで奪われてしまうわけにはいきません」

「お気持ちはわからないではありません。しかし、中途半端なものを見せたら、沖縄の文化がヤマトの人間になめられてしまうのではありませんか？」

「そう思わせておけばいいのです。ヤマトの人間は、はなから沖縄人が自分たちより劣っていると思っています」

「しかし、見る者が見れば、型の中の理合いに気づくでしょう」

「富名腰は、糸洲君の補助として、学校で教えていた経験があります。おそらく、博覧会で披露するのも、そうした類《たぐい》の訓練としての型でしょう」

「つまり、骨抜きになった手を見せるのだとおっしゃりたいのですね？」

「少なくとも本質は伝わらないでしょう」

「それはいけない」

朝基は、思わず膝を叩《たた》いた。「本質を見せなければ、嘘《うそ》の手が伝わってしまう」

「それでいいと申し上げているのです。富名腰の型を見た者の中には、唐手に興味を持つ者も出てくるかもしれません。しかし、それは、あくまでヤマトの唐手であって、沖縄の唐手とは別物になっていくでしょう」

「それを、唐手と呼ばせていいのですか？　唐手が誤解されたままで広まっていくことに、憤りを感じないのですか？」

「勝手にやらせておけばいいのです。本物の唐手は、本部様のような方が、ひそかに守り伝えてくださればいい……」

「そんなことをしているうちに、沖縄の手は、いつしか失伝してしまいますよ」

「ヤマトンチュに盗まれるくらいなら、失われてしまったほうがいいと思います」

「沖縄の文化が失われる。それこそが敗北ではないですか。ヤマトにも堂々と沖縄の手を広めればいい」

「だから、型を見せるだけならいいと申しておるのです。ヤマトンチュが勝手に解釈するなら、それはそれでいいではないですか」

「いや、それではだめなのです。広めるなら、本物を広めなければ……。沖縄の手は、どこの誰にも負けない。それを広く知らしめなければならない。私はそのために修行を続けてきたのです」

「それでは、沖縄が丸裸にされてしまいます」

この人は、恐れているのだ。

朝基は悟った。長い間の琉球支配、そして琉球処分。

沖縄が沖縄でなくなっていく恐怖を肌で実感してきたに違いない。そして、ヤマトにやってくれば容赦ない差別が待っていた。

「だからこそ、本当の手を見せてやるのです。本物の手がどれほどのものか、ヤマトの人間に教えてやらなければなりません。沖縄人が、ばかにされないためにも……」

「ヤマトンチュは、沖縄人を理解しようとはしません。ましてや、尊敬など決してしないでしょう。内地人が、沖縄人に何かを本気で学ぼうとすることなど決してないのです」

「理解させればいい。尊敬させればいい」

「どうやって……」

「戦って勝つ。手の強さを証明するには、それしかない」

「一度負けてしまえば、それで終わりですよ」

「私は負けません」

健成は、しばらく朝基を見つめていた。朝基も負けじと見返していた。やがて、健成のほうから眼をそらした。

「そこまでおっしゃるなら、私どもはもう何も申しません」

息子と同じような言い方をする。

朝基はそう思った。

ヤマトに住む沖縄人は、萎縮《いしゅく》してしまっている。明るい未来を見いだせずにいる。沖縄にいる士族よりも深刻な状況だ。

ならば、彼らに希望を見いだしてもらうためにも、朝基は本物の手を本土に根づかせなければならない。そう思った。

健成は、丁寧に挨拶《あいさつ》をして帰って行った。礼儀正しいことに変わりはないが、来たときとは違ってどこかよそよそしさを感じた。

翌日から、誰も稽古に来なくなった。

朝基は、あまり気にしなかった。そのうちまた来るだろう。自分の稽古に専念できて、かえってありがたい。そんなふうに思っていた。

だが、一週間経《た》っても誰もやってこない。さすがにおかしいと思った。通りで、健用を見つけたので声をかけた。

「最近は稽古に来ないな」

健用は、人目をはばかるような態度を取った。

「どうした？　俺と話をするところを、他人に見られたくないのか？」

「申し訳ありません」

健用は言った。「古老たちが、先生は沖縄をヤマトンチュに売るつもりだと話し合っておりました……」

「沖縄をヤマトンチュに売る……？」

「唐手の秘伝をヤマトで公開するのだろうと……」

朝基は、ぐっと言葉を飲み込んだ。

健用は、すがるような眼で朝基に言った。

「先生、どうか、ヤマトンチュに唐手の秘伝を広めるなどとおっしゃらないでください。でないと、先生はこの町にいられなくなります」

「言っておくがな……」

朝基は、悲しかった。「手に秘伝などないのだ。ひたすら鍛錬をして、実際に技を試し、力をつけていく。それしか強くなる方法はない」

「私自身は理解しているつもりです。しかし、古老の中にはそうではなく、大切な秘伝があると信じている者もいるのです」

「そんなことを言う連中に限って、たいして強くはないのだ」

「わかっております。ですが……」

健用は、そこまで言ってうつむいてしまった。おそらく、稽古を続けたいのだろう。だが、他人の眼が気になるのだ。

俺は、沖縄人の集落ですっかり悪者になってしまったようだな……。

「さ、行きなさい」

朝基は、健用に言った。「俺と話をしているところを、人に見られたくないのだろう？」

「すみません」

健用は、深々と頭を下げた。

「だがな、これだけは言っておく。俺は、沖縄人の誇りを取り戻すために戦ってきた。これからもそうだ。そのことだけは、忘れないでくれ」

「はい。私は忘れません」

健用は、足早に立ち去って行った。

いつもこうなる。

朝基は思った。

誇りを失った沖縄士族たちのために、誰よりも強くなろうと心に誓った。そして、修行のために掛け試し《カキダミシー》を続けた。

そうしたら、朝基の手は邪道だと言われた。

希望を失ったヤマトに住む沖縄人のために、手を広めようと思ったら、今度は沖縄をヤマトンチュに売ると言われる。

ばかばかしくもなってくる。

だが、朝基には手しかないのだ。ここで、放り出すわけにはいかない。

健成たちのこだわりは、小さな問題だ。それを、吹き飛ばすような衝撃的なやり方で、手を世に知らしめる方法はないものか……。

朝基は、本気で考えはじめた。

2

十一月にしては、妙に暖かい日だった。朝基は、所用があり京都まで出かけた。用を済ませての帰り道、何か大がかりな興行をやっているのに気づいた。会場の正面玄関には、「ボクシング対柔道」という看板が掲げられていた。

ほう、ボクシングとは、拳闘のことだな。朝基は思った。いわば、西洋の手のようなものだろう。

それが、日本の柔道と戦うというのだ。興味を引かれないわけがない。

さっそく朝基は木戸銭を払って見物することにした。会場内は混み合っていて、興行の人気の高さを感じさせた。

観客席はほぼ満員だ。会場中央に四角い布張りの台があり、ロープを張り巡らせている。それがリングというものであることは知っていたが、実物を見るのは初めてだった。リングの上に、上半身裸の西洋人が立っている。両手に剣道の小手のようなものを着けていた。

暖かいとはいえ、十一月だ。裸は寒かろうと朝基は思った。だが、リング上の西洋人は、まったく気にしていない様子だった。皮膚が赤く火照《ほて》っており、かすかに湯気すら立っている。

リングに上がる前に、充分に準備運動をしたことを物語っている。

戦う前に準備運動をする。もう、その時点で、朝基の考えとは違っている。戦いというのは、いきなり始まることのほうがずっと多い。いちいち準備運動などしている余裕はないのだ。

リングに、柔道着の男が上がった。黒帯を締めている。年齢は四十歳くらいか。立派な口髭《くちひげ》を生やしている。身長は、西洋人よりはるかに低い。

なるほど、柔道家が巨漢の西洋人を見事に投げるか、関節技に仕留める、という筋書きなのだろうと、朝基は思った。柔よく剛を制す、小よく大を制す、というやつだ。

それが興行の常識というものだと、朝基は思い込んでいた。

鐘が打ち鳴らされて、試合が始まった。

柔道家は、じりじりと間合いをはかる。巨漢の西洋人は、両方の拳を胸のあたりに構えて、しきりに動かしている。足は小刻みに跳躍を繰り返している。

なんとせわしない動きだ。あれで拍子をはかっているのだろうか……。

左手を前に構えている。その左手が、鋭く繰り出される。柔道家は前に出て相手を捕まえようとするが、その左手の連打に阻《はば》まれてなかなか前に出られない。

西洋人の左手の打撃はそれほど強くはなさそうだ。

なるほど、ああして打ちながら相手との間合いや呼吸をはかるのだな……。

朝基は、じっと西洋人拳闘家を観察していた。最初は、その巨体に圧倒される思いだったが、見慣れてくると、それほど筋肉が発達しているわけではないと気づいた。

あれは、たいした鍛錬をしているわけではないな……。

朝基は、そう見て取った。

沖縄の手の達人の中には、目の前の西洋人よりはるかに鍛錬を積んで筋骨がたくましい者がいた。

プロボクサーというのは、拳闘を生業《なりわい》にしている選手のことを言うのだろうが、それにしては鍛錬が足りない。一時期は鍛えたことがあるに違いない。だが、その白い肌の下の筋肉には明らかに衰えが見えた。

おそらく、一流選手ではないのだろう。多少ボクシングの心得のある外国人を連れてきてリングに乗せているのだ。たしかに、体が大きく腕力もありそうだが、本格的な技量を持っている選手ではないと、朝基は判断した。

それならば、柔道家が勝っても不思議はない。

八百長《やおちょう》というより必然だと、朝基は思った。

講道館や大日本武徳会の柔道はなかなか実戦的だと聞いている。しっかりした技を身につけていれば、相手が巨漢だろうと、そうそう負けるものではないだろう。

柔道家は、西洋人拳闘家の左の拳に難渋しているようだ。

何をやっているんだ。

朝基は苛立《いらだ》った。拳闘家は腰が高い。柔道には脚を両手で刈る技があったはずだ。飛び込んで、両脚にしがみつき、倒してしまえばいい。

柔道家は、なんとか相手の腕をつかもうとしているようだ。だが、さすがに拳闘の心得があるので、西洋人の手の動きは素速い。つかもうとすると、大きな小手のようなもので顔面を殴られてしまう。

やがて、柔道家は鼻血を流しはじめた。軽い打撃でも、繰り返し顔面に受けていると、意識が朦朧《もうろう》としてくることがある。

柔道家はそういう状態だったのかもしれない。ふらふらと後退した。

危ない……。

朝基は反射的に拳を握っていた。

拳闘家が初めて右の拳を振るった。脇が開いたまま勢いをつけて打ち込んだ。大振りの攻撃だが、怯《ひる》んで後退した柔道家は、それをかわすことができなかった。

顔面に右の小手が炸裂《さくれつ》する。

そのまま柔道家は仰向けに倒れた。審判らしい男が英語で数をかぞえ始めた。十までかぞえたところで、鐘が打ち鳴らされた。

朝基は、茫然《ぼうぜん》とリング上を見つめていた。

この興行に筋書きなどないのかもしれない。いや、ボクシングというものを普及させるために、柔道家が負けるという筋書きがあったのだろうか。でなければ、ボクシングというものが、思ったより手強《てごわ》いということだ。

それにしても、もっと戦いようがあっただろうに、と朝基は思った。

柔道家も玉石混淆《ぎょくせきこんこう》だ。考えてみれば、柔道の達人が、こうした興行に参加するとも思えない。

次の試合も、似たような内容だった。巨漢の西洋人に、柔道家は歯が立たない。たちまち打ち倒されてしまった。

朝基は、腕組みをして考え込んだ。

戦いにおいては、体格差というのは重要な要素だ。手足が長く、体重が多いほうが圧倒的に有利なのは間違いない。

だが、それを払拭《ふっしょく》するために、柔道という武技があるのではないのか。

西洋人ボクサーは、いずれも見栄えのする大きな体格の者ばかりだ。だが、やはり一流の格闘家の体格ではない。それでも、柔道家たちはことごとく打ち倒されてしまったのだ。

これでは、日本の武術の名折れではないか。いくらボクシングを普及させるための興行とはいえ、こうまでいいようにやられることはない。

朝基は、自分ならどう戦うかを真剣に考えていた。ボクシングの技術はたしかにあなどれない。だが、欠点もある。

まず、一つ一つの動きが大きいことだ。たしかに、左手の小刻みな打撃はやっかいだ。

だが、とどめを刺そうと繰り出す打撃は、いずれも大振りだった。簡単に受け外すか、よけられそうに思えた。

さらに、殴り合いにしてはボクシングの間合いは近い。まるで組み合いの間合いだ。手の間合いのほうが遠い。間合いの攻防で左の拳にはなんとか対処できそうだ。

すべての対戦が終わったようだ。だが、観客たちは席を立とうとしない。やはり、日本の柔道家たちがことごとく負けてしまったことが不満なのだ。

リングに興行の関係者らしい男が上がり、観客席に向かって告げた。

「さて、我こそはと思わん方がおられたら、ボクシングと戦ってみてはいかがだろう。私たちは飛び入りを歓迎します」

観客席がざわめいた。

なるほど、このままでは引っ込みがつかなくなった興行主は、飛び入り参加でお茶を濁そうというのだろう。

血が熱くなった。

この機会を逃す手はない。

ここで見事に戦えば、人々は沖縄の手の真価を認めてくれるだろう。柔道家たちの歯が立たなかったボクサーを倒せば、大阪に住む沖縄の古老たちも喜んでくれるに違いない。

手の圧倒的な強さを見せつければいいのだ。そうすれば、彼らは、自分たちのこだわりがいかに些細《ささい》なことか気づいてくれるかもしれない。

朝基は立ち上がり、リングの脇に歩み寄った。

「飛び入りの試合をやりたい」

リング上の男は、まず歓喜の顔で朝基を見た。血気にはやる挑戦者を期待していたのだろう。その笑顔がとたんに消えていった。

「おい、あんたのようなじいさんの出る幕じゃない」

「じじいといわれるほどの年ではないと思うが……」

「相手は、ボクサーなんだ。悪いことは言わない。やめときな」

「飛び入りは誰でも歓迎なのだろう?」

「それはそうだが……」

すると、周囲にいた観客たちがはやし立てた。

「やらせろ、やらせろ」

「面白いじゃないか。そのオヤジがどこまでやれるか、見てやろうじゃないか」

「もしかしたら、ボクサーに勝っちまうかもしれんぞ」

その声に会場がどっとわいた。

興行の関係者は、困り果てた顔で言った。

「本気でやるのかね？」

「もちろん、本気だ」

「柔道家たちでも太刀打《たちう》ちできないんだぞ。怪我《けが》をしてもしらんぞ」

朝基は平然とこたえた。

「もとより承知の上だ」

「わかった」

関係者が折れた。「じゃあ、用意をしてくれ」

「俺はこのままで構わない」

「着物を着たままじゃ戦えないだろう。せめて、柔道着を着てくれ」

「いいだろう」

別にどんな恰好《かっこう》でもかまわなかった。朝基は楽屋で柔道着を渡された。着替えを始めると、周囲の空気が変わったのを感じた。

楽屋には、柔道家や興行の主催者側の連中がいたが、彼らが目を丸くしている。

柔道家の一人が言った。

「すごい体をしていますね。何をおやりで……？」

それは、朝基が見た最初の試合に出た、口髭を生やした男だった。鼻に丸めたちり紙が押し込んである。

「別に何も……」

朝基はこたえた。沖縄の手だと言って、それは何だと尋ねられたら、説明が面倒だと思ったのだ。

興行を仕切っている連中の一人が言った。

「ただのじいさんじゃないようだ。だがね、ボクシングは手強いよ」

朝基は、こたえた。

「何事も、やってみなければわからない」

リング上で名前を読み上げるから書くように言われた。朝基は、筆で名前を書いて渡した。

すぐに試合が始まった。

司会の男が、朝基の名を読み上げた。

「もとべ・あさもと」

ヤマト風の読み方で、腹が立ったが訂正しようとも思わなかった。

相手のボクサーは、ロシア人とのことだった。本当の名前は、セルゲイとかいうようだが、なぜかジョージという名のイギリス人ということになっていた。

そのほうが一般人にわかりやすいと、興行主が判断したのだろう。

ジョージと呼ばれているロシア人は、朝基よりもちょうど頭一つほど大きかった。やはり少しばかり腹のあたりがたるんではいるものの、腕は太くいかにも力がありそうだ。

小手のようなものは、グローブというのだと、興行の関係者に教わった。素手《すで》だと相手を殺しかねないので、グローブをつけているのだと言われた。

試合に先立ち、禁じ手の説明があった。素手で戦うのなら、拳で打つのは禁止だということだった。肘《ひじ》で打つのも、蹴《け》りも禁止だ。

これでは、手のほとんどの技が使えないことになる。

だが、朝基はその条件を呑んだ。別に拳や蹴りを使わなくても戦いようはある。

リング上でロシア人と向かい合うと、会場内で失笑が洩《も》れるのがわかった。

野次が飛んだ。

「おーい、もとべ、殺される前に逃げろよ」

「ジョージ相手に、どれくらい立ってられるかな？」

朝基は、まったく意に介さなかった。

これは、掛け試しだ。

手がどこの誰にも負けないということを証明するための戦いだ。

鐘が打ち鳴らされた。

ロシア人は、まったく警戒していない様子だ。両方のグローブを胸のあたりに構えて、さかんに動かしている。

小刻みに跳躍を繰り返す。

朝基は、やや遠目に間合いを取り、右前の半身で立っていた。

ロシア人ボクサーの左が矢継ぎ早に飛んでくる。だが、間合いが遠いので朝基まで届かない。朝基は、ぎりぎりのところで間合いを外していた。

追い込まれたら回り込み、間合いを保つ。そのまま相手の動きを観察していた。

ボクサーの動きは、他のボクサーと同じで、まず左で牽制《けんせい》しておいて自分の間合いと呼吸を整え、強力な右を打ち込もうとしている。

肘を曲げたまま拳を振り回してくる。

手にも鉤突《かぎつ》きや振り打ちといった似たような技法があるが、体の使い方がまったく違った。

手の鉤突きや振り打ちは、まっすぐに立てた体軸を中心にして打ち込む。だが、ボクシングの場合は、勢いをつけて拳を振り出してくるのだ。

そして、やはりボクシングの振り打ちのような打撃は、間合いが近い。遠間の朝基まで届かないのだ。

ボクサーは、苛立ってきた様子だ。

技法を観察して思った。おそらくボクサー同士というのは、居着いたような近距離でひたすら手数を出し合うのだろう。

打撃の速さと強さ、そして手数で圧倒したほうが勝つのだ。西洋人らしい発想だと、朝基は感じた。力の論理なのだ。

「おい、オヤジ、逃げてばかりじゃ試合にならないぞ」

そんな声が会場から聞こえてくる。

朝基はかまわず間合いを取りつづけた。ボクシングというのは未知の敵だ。慎重になっていたということもあるが、この機会にボクシングの技術をじっくりと見ておきたいという思いもあった。

やがて、鐘が鳴った。

ロシア人ボクサーは、構えを解いた。

そういえば、三分間ごとに戦いが区切られるのだと言われていた。今になってそれを思い出した。

張り巡らされたロープの隅に戻るようにと、審判に言われた。そこに行くと、審判がやってきて言った。

「おい、あれじゃいつまで経っても勝負がつかないぞ。いつまで逃げ回っているつもりだ？　逃げ回るために飛び入りしたのか？」

朝基はこたえた。

「心配ない。次の回で倒す」

審判は、疑わしげに朝基を見て離れていった。

この会場内で、誰一人、朝基が勝つと思っている者はいないだろう。だが、朝基は勝たねばならない。

ただ勝つだけではだめなのだ。沖縄の手を強く印象づけなければ意味がない。

そのための準備は、最初の回で整っていた。朝基は、相手の間合いと呼吸をすでに見切っているという自信があった。

鐘が鳴り、再び戦いが始まった。

朝基は、ロシア人ボクサーに歩み寄った。相手のように跳躍をしたわけではない。ただ、散歩をするように歩み寄ったのだ。

相手は、あっけにとられたような顔をした。反射的に左のグローブを出してくる。

それと交差するように右手を振り上げた。

最短距離で相手のこめかみを狙《ねら》っていた。朝基の右手は、相手の左グローブを擦《す》り上げるようにして相手の側頭部をしたたかに打っていた。

その一撃で、ボクサーの動きが止まった。

ゆらゆらと上体が揺れたと思ったら、そのまま前のめりに倒れてしまった。

審判が数をかぞえようとしたが、すぐに腕を交差して言った。

「担架《たんか》だ。担架を持ってこい」

その瞬間に、鐘が何度も打ち鳴らされていた。

予告通り、朝基はボクサーを倒した。それもたった一撃だった。

相手が出てこようとした瞬間に決まったので、朝基の技の威力が増していた。それで、相手は昏倒《こんとう》してしまったのだ。

少々やり過ぎたか……。

朝基は思った。拳や蹴りを自由に使えたら、もっと相手の痛手は少なかったかもしれない。腹を打って立ち上がれなくするだけで済んだかもしれない。

てのひらしか使えないと思ったので、顔面や頭部を攻撃するしかなかった。

審判があっけにとられたように朝基を見ていた。やがて、彼は自分の役割を思い出した様子で、朝基の勝ちを宣した。

会場内がざわめいていた。

半信半疑の様子の者が多い。勝負は一瞬で決まってしまったので、何が起きたのかわからなかったのだ。

そのとき、リングの脇で観戦していた口髭の柔道家が言った。

「あ、唐手《からて》ですね」

朝基は、そちらを向いてうなずいた。

「いかにも。沖縄の唐手です」

その言葉に、観客が呼応した。「からて」というざわめきが広がっていった。

朝基は、戦いの結果に満足してリングを降りた。楽屋に行くと、口髭の柔道家が再び近づいてきて朝基に話しかけた。

「驚きました。沖縄の唐手があれほどすごいものとは……」

朝基はこの反応にも満足だった。人々を驚かせる必要があったのだ。そのために、一回戦を費やして相手の動きの特徴を頭に叩き込んだのだ。

構えらしい構えを取らない朝基に、相手は腹を立てていたかもしれない。ばかにされたように感じていたに違いない。そして、二回戦が始まったとたんに、朝基はすたすたと歩いて近づいていった。

こんな無防備な相手に出会ったことがなかったのだろう。ロシア人ボクサーは、無造作に左の拳を出してきた。

これはすべて朝基の計算だった。相手を攪乱《かくらん》して、意表をつく。そうでなければ、あれだけの体格差を埋めることはできない。

てのひらでこめかみを打つのは、実は拳で顔面を打つよりも相手を眠らせる確率が高い。朝基は、幾多の掛け試しの経験からそれを知っていた。

「柔道だって、本気になればボクサーを倒せるはずです」

「お恥ずかしい……。我々は他流試合をやったことがありません。相手の動きに翻弄《ほんろう》されてしまいました。それにしても、あなたの唐手はすごい。あの大男をたった一撃で倒すとは……。正直に言って私は唐手の価値がよくわかっていませんでした」

「どこかで、唐手をご覧になったことがあるのですか？」

「大正五年のことでしたか……。武徳殿で唐手の演武が行われたことがあります。私はそれを見学しました」

「ほう、そんなことがありましたか。誰が演武をやったのです？」

「富名腰義珍《ぎちん》先生です」

この名前を聞くのは二度目だ。沖縄ではまったく知らない人物だったが、内地に唐手を広める志を持っているのかもしれない。

「どんな演武でした？」

「独演型をいくつかやられましたね。当て身に関してはずいぶん工夫された武術だと感じましたが、型を見るだけでは、本当の威力はわかりませんでした。今日は、よいものを見せていただきました」

なるほど、やはり型を見せただけか。沖縄の武士たちの忠告に素直に従ったということなのだろう。

「唐手の技は、機に応じて自在に変化し、どんな相手とでも戦うことができます」

「ずいぶんと鍛錬を積まれているようですね。失礼ですが、今おいくつになられますか？」

「五十二歳です」

　相手は、さらに驚いた様子になった。

「そのお年であの戦いぶりですか……」

「唐手というのは、そういうものです」

「どこかで唐手をご指導されているのですか？」

「近所の者たちに請われていっしょに稽古しておりますが……」

　沖縄の秘伝を内地で公開する裏切り者だと言われていることを思い出して、つい言葉を濁してしまった。

「ぜひ本格的に指導をされるべきです。今日の試合はきっと話題になって、唐手への関心が高まるに違いありません」

「そうだといいのですが……」

「正式には何という流派なのですか？」

「特に名前はありません。私は単に手と呼んでおります」

「てぃー？」

「沖縄では昔からそうでした」

「内地で広めるためには、正式に名称を考えたほうがいいかもしれません」

「名称ですか?」

「そう。たとえば、講道館柔道のような……。日本の武道には皆、流派名がありますから。内地の人間は、名前もついていない武道というものに違和感を覚えるかもしれません」

「なるほど……」

朝基は、今までそんなことを考えたこともなかった。だが、言われてみるとそのとおりかもしれない。

「そうですね。考えてみましょう」

名前をつけるということは、自分がその流派の創始者となることを意味している。朝基は、その資格があるだろうかと自分に問うていた。

3

朝基の飛び入り試合のことが、翌日新聞でさっそく報じられた。

すると、近所の住人たちの態度が一変した。

「新聞を読みました」

「いやあ、胸がすっとする思いでした」

「さすがに、噂《うわさ》の本部様です」

すれ違う者たちが、口々に声をかけてくる。

現金なものだな。

そう思いながらも、悪い気分ではなかった。

ある日、また大嶺健成が自宅を訪ねてきた。

「先日は、まことに失礼なことを申しまして、こうしてお詫《わ》びに参った次第です」

そう言うと健成は深々と頭を下げた。

「どうか、お顔をお上げください」

「本部様の、高い志を理解できずに、余計なことを申しました」

「わかっていただければ、それでいいのです」

「それにしても、西洋人の拳闘家を一撃で仕留められるとは……。沖縄の武技を広く世間に広めると仰せでしたが、いったいどのような方法でそれをなさるのかと案じておりました。正直に申せば、そんなことがおできになるはずがないと、失礼ながら愚考しておりました。まさか、このようなやり方をなさるとは思ってもおりませんでした」

「いや、お恥ずかしい」

朝基は本気で照れていた。「たまたま見ていた試合で、飛び入り歓迎とあったので、矢も楯《たて》もたまらず参加したのです」

「本部様の快挙に、内地に住む多くの沖縄人が勇気を得ることでしょう」

「それが何よりだと思います」

健成は、ふと表情を曇らせ、声を落とした。

「ただ……」

そう言ったきり、思案顔で眼を伏せた。

「ただ、何です？」

「沖縄に住む武士たちの中には、今回の新聞記事のようなことを喜ばない者もおるかもしれません」

「ほう……」

「なにせ、年を取るとだんだん頑固になるものです。いや、この私も例外ではありません。それ故《ゆえ》に先日、あのようなことを申し上げたわけでして……」

健成の懸念が理解できるような気がした。朝基にも、思い当たることがないわけではない。さかんに掛け試しをしていた頃には、邪道だの不心得者だのと言われたのだ。衆目の前でボクシングと試合するなど、言語道断と考えている武士は、きっと少なくないだろう。

「批判は覚悟の上です」

朝基は言った。「沖縄の文化を守り伝えようとする気持ちはわかります。ですが、それに固執するあまり、萎縮してしまってはいけない。私は、沖縄の手は、世界に誇れる武技だと、心から信じているのです」

健成はうなずいた。

「そして、本部様はそれを実際に証明された」

「いや、実は相手は一流のボクサーではなかったようです。たしかにボクシングの経験はあるようですが、最近は訓練を怠っているような体つきをしていました」

「それでも、柔道家たちはかなわなかったのでしょう。それを一撃で倒されたのです」

「運がよかったのかもしれません」

「謙虚でいらっしゃる」

健成は、感じ入ったように言った。「掛け試しで負けなしというお噂を耳にしたときには、もっと恐ろしげなお方かと想像しておりましたが……」

「私は手の稽古が好きなだけです。そして、やるからには、誰にも負けたくない。そう思っているのです」

「健用がまた唐手を教えていただきたいと申しております」

「いつでも来るようにとお伝えください」

飛び入り試合の新聞記事がきっかけとなり、それまで、ほとんど知られていなかった唐手が、内地でも話題になりはじめた。

沖縄人の集落の住民だけでなく、ヤマトの人間も唐手を習いたいと言ってくるようになった。その人数が徐々に増えていき、朝基は「唐手術普及会」という組織を作ることにした。

さらに、その翌年の春のことだ。

噂を聞きつけた兵庫の御影《みかげ》師範学校と御影警察から、唐手を教えてほしいという申し入れがあった。

こうなると、いよいよ自分の武技を「手」とだけ称しているわけにはいかない。考えた末に、朝基は自分の手のことを「日本傳流兵法本部拳法《にほんでんりゅうへいほうもとぶけんぽう》」と名付けた。名前に「唐手」という言葉を使わなかったのは、自分には、「唐手」の流派の始祖を名乗る資格がないと思ったからだ。朝基にとって手とはそれくらいに大切なものだった。

御影師範学校と御影警察では、まず演武を行い、手の基本技とその応用を披露した。そして、「日本傳流兵法本部拳法」の師範として通いはじめた。

朝基は、充実した日々を送っていた。

沖縄の人々は差別に怯《おび》えていた。ヤマトンチュが沖縄人に何かの教えを請うことなどあり得ないと、信じ込んでいた。

朝基は、そうではないことを実際に証明した。伝えるなら、本物を伝えることだ。そうすれば、必ずこういう結果になる。

朝基はそう思った。

あるとき、自宅に通っている若者が、朝基にこう告げた。

「先生、東京のほうでも唐手を学ぶ者が増えているそうです。何でも、体育博覧会で唐手を披露した先生がそのまま東京に残り、大学を中心に普及活動をされているとか……。講道館柔道の嘉納治五郎《かのうじごろう》も、唐手に関心を持ち、その先生は講道館でも演武をしたということです」

「その先生というのは、富名腰という男のことだな？」

「はい。そう聞いております」

朝基は、ふと不安を感じた。

富名腰義珍は、沖縄の武士たちから、唐手の本質は伝えるなと釘を刺されているのだという。そのため、もっぱら型のみを伝えているということだ。

では、東京ではどのように唐手が普及しているのだろう。本質が隠されたまま、形骸《けいがい》化《か》した型のみが伝えられていくのではないだろうか。

大学を中心に唐手が広まっているという点も気になる。血気盛んな若者たちにとって、唐手は魅力的に違いない。だが、本質が伝えられていないとしたら、ボクシングのように筋肉の力に頼った武技に変化してしまうのではないだろうか。

これは、一度、東京に行ってみる必要があるかもしれない。
朝基は真剣にそう考えはじめていた。

第八章　傷

1

大正十四年（一九二五年）は、朝基にとって画期的な年となった。

京都の飛び入り試合で、外国人ボクサーを倒したことが、有名な雑誌『キング』に載ったのだ。これで、沖縄の唐手《からて》と朝基の名が全国に知れ渡ることになった。

もっとも、記事の挿絵は朝基とは似ても似つかぬ人物を描いたものだった。さらに、その人物はリングの上でピンアン四段の第一挙動で構えていた。朝基はリング上で構えたりはしなかった。

おそらく、挿絵家は唐手に関する何かの書物を参考にしたのだろうと朝基は思った。

そして、それはもしかしたら富名腰義珍という男の書物なのではないかと考えていた。

富名腰は、東京でさかんに唐手普及の活動をしているようだ。大阪・貝塚町の沖縄人街にもその噂《うわさ》は流れてくる。

もう一つの大きな出来事は、三男が生まれたことだった。五十五歳になってできた子供だ。朝正《ちょうせい》と名付けた。

孫ほども年の差があるからか、子供ができるのがこんなにうれしいものなのかとあらためて思った。

朝基はその幸福感に戸惑うほどだった。

紡績会社の守衛の仕事の合間を見て、自宅では「唐手術普及会」として指導をし、御影師範学校や御影警察へも「日本傳流兵法本部拳法」の師範として出かけていた。

急に忙しくなったが、充実した毎日だった。武術家としての名声も高まったし、生活の心配もなくなった。しばらくは、家族との生活を満喫した。

順風満帆のはずだった。だが、朝基はあらたな悩みを抱えていた。

東京のことがますます気になっていた。このまま大阪に住んで、「日本傳流兵法本部拳法」を指導していれば、それなりに安泰だ。朝基の指導を受けて、沖縄の手《ティー》の真髄を会得し、それを継いでくれる者も出てくるかもしれない。

もともと、沖縄を半ば追われるようにして出かせぎにやってきたのだ。これ以上を望むのは贅沢《ぜいたく》かもしれない。

それは承知しているのだが、東京でどんな唐手が広まりつつあるのか、気がかりで仕方がなかった。

ヤマトに手を普及させるのなら、本物を広めなければならない。まがい物が唐手として認められたあとに、それを正そうとしても手遅れだろう。

別に富名腰という人物を信用していないわけではない。体育博覧会で上京したまま、一人で東京に残り唐手の指導を続けていると聞いた。唐手普及に対する熱意を感じる。

だが、大嶺健成が言ったことがやはり気にかかる。

もしかしたら、富名腰は、沖縄の有名な武士《ブサー》たちの言いつけどおり、手の本質を隠したまま型だけを伝えようとしているのではないだろうか。糸洲安恒の助手として尋常小学校や第一中学でピンアンの型を指導していたというから、そうした集団練習用の型だけを指導するつもりかもしれない。

それを思うと心配でならなかった。『キング』に朝基の記事が掲載されて以来、東京でも唐手への関心が高まっているという。唐手を習おうという者も増えるだろう。

そういう連中に集団練習用の型を教えることは欺瞞《ぎまん》ではないだろうか。朝基のように強くなることを望んで習いに来て、体操を教えられるのだ。

身体は頑強になるし集団行動も身につくだろう。だが、手の本質とは程遠いと朝基は考えていた。

そんなことを思うにつけ、東京に行ってみたいと切実に思うのだ。だが、仕事のこと、御影師範学校での指導のことなどを考えるとなかなか踏ん切りがつかない。

さらに、朝正が生まれたことで、大阪を離れるのはますます難しくなった。生まれたばかりの赤ん坊を連れて、東京に出るわけにはいかない。

大阪の沖縄人街にいれば安心だが、東京では何の生活の保障もない。路頭に迷うかもしれないのだ。

子供が生まれたことはうれしい。だが、それが武士としての足かせになっている。正直なところ、そんなことを感じていた。


何人かを同時に教えるときも、朝基のやり方は昔と変わらなかった。自ら動くことはない。弟子たちの動きをじっと見ているだけだ。うまくできていないと感じるときは、もう一度やらせる。ただそれだけだ。

決して手取り足取り教えるわけではない。弟子が質問してこない限り、朝基のほうから口頭で教えることは滅多になかった。

弟子の稽古《けいこ》が終わると、ようやく自分の稽古を始める。

熱心な弟子は、帰ったふりをしてこっそりと朝基の稽古を見学しているようだ。師の技を盗むことも修行のうちだ。そう思い、朝基は放っておいた。

当然ながら、朝基の稽古は深夜にやることになる。人のいない空き地なので、月のない夜などはかなり暗い。

巻藁《まきわら》を打ち、チーシーや持ち石で筋力を鍛える。

仕上げにナイファンチをやった。横に右足を踏み出したとたん、足裏に疼痛《とうつう》を感じた。

「む……」

板きれに刺さって飛び出していた釘を踏んだのだった。幸いそれほど長い釘ではなく、たいした傷ではなさそうだ。

板きれを持って引き抜いた。鋭い痛みがあり、思わずうめいた。

朝基は、そっと周囲を見回した。弟子たちに情けない声を上げたところを見られたくなかった。今日は誰も隠れていない様子だ。

釘にふれてみると、表面はざらざらとしている。錆《さ》びているようだ。

刺さったのは、足の第二指のつけ根だ。蹴《け》りで使うところで、分厚いタコができている。釘はそのタコを突き破っていた。

昔から、釘を足に刺したらそこを金槌《かなづち》で叩《たた》けと言われている。だが、稽古場にしている空き地に金槌などない。

仕方なく拳を握り、小指側で足裏を叩いた。それほどの痛みもなく、出血もない。稽古を続けてもだいじょうぶそうだが、さすがに裸足《はだし》はまずいかもしれないと思い、その夜は切り上げることにした。

下駄をはいて自宅に戻り、いつものとおり足を洗った。

眠っている子供たちの顔を見に行くと、ナビーが言った。

「起こしてはいけませんよ」

「わかっている」

だが、触れずにいられない。指で朝正の頬をつつくと、眠ったまま身じろぎをした。

思わず笑みがこぼれた。

しばし幸福な気分にひたり、眠りについた。


朝基は、草むらにいた。

ざわざわと風になびいている。

妙な胸騒ぎがしていた。不安で、背筋がぞくぞくする。

突然、足に異常な痛みを感じた。

ハブだ。

咄嗟《とっさ》にそう思った。

いかにもハブがいそうな草むらだった。

朝基は大声を上げていた。

そこで目が覚めた。

「どうしました……？」

ナビーの声がした。

朝基は、横たわったまま天井を見つめていた。

夢か……。

寝汗をびっしょりとかいていた。起き上がろうとしたときに、足がずきんと痛んだ。

何だ……。

あぐらをかくようにして右足を見た。タコを押し上げるようにぽっこりと腫《は》れ上がっている。昨夜、釘を踏んだところだ。

ハブに噛《か》まれる夢を見たのはこの傷のせいだったのだ。

しまった、と朝基は思った。

昨夜のうちにちゃんと手当てしておけばよかった。錆びた釘というのはあなどれないものだと初めて知った。

おそらく、金槌で叩けという昔からの教えは、毒素を叩くことで出してしまうという意味合いがあったのだろう。

立ち上がってみた。ひどく痛む。足指のつけ根は歩くときに体重がかかる場所だ。そこが腫れているので、たいへんに不自由だった。

だが、足の傷ごときで仕事を休むわけにはいかない。

「足をどうなさったのです？」

心配そうなナビーの声がした。

「昨夜、稽古中に古釘を踏んだ。たいしたことはない」

「でも、ずいぶん痛そうじゃないですか？」

「歩くと当たる場所なんでな。ちょっと難儀するが、なに仕事には差し支えない」

朝基は紡績会社に出かけて、いつもの守衛の仕事についた。ナビーにはああ言ったが、実はまともに歩けないような状態だった。

足を地面につくだけで痛みが走る。

たかが釘で、こんなことになってしまうとは……。

その日はなんとか仕事を終えて帰宅したが、翌日には、さらにひどくなり、触れるだけで激しい痛みを感じるようになった。

蹴りダコの下がぐじゅぐじゅと膿《う》んでいるようだ。とても手の稽古どころではない。

小さな傷がもとで、毎日かかさなかった手の稽古ができなくなってしまった。

今夜も、稽古場にしている空き地には、弟子たちが集まってくるだろう。

指導だけならできるだろう。そう思い、出かけようとする朝基に向かって、ナビーが言った。

「無理をするとよけいにひどくなりますよ。今日くらいはお休みになってはいかがです」

「なに、みんなの稽古を見るだけだ。心配はいらん」

朝基は、下駄をひっかけて自宅を出たが、右足の先を下ろすことができない。踵《かかと》だけをつくことになるので、いつもならどうということのない広場までの距離がひどく遠く感じられた。

弟子が集まってきて、朝基は立ったままその稽古の様子を見ていた。弟子たちが稽古を終えても朝基がいつまでも自分の稽古を始めようとしないので、一人の弟子が不審そうに言った。

「先生、何かありましたか？」

相手が弟子であっても、弱点を教えたくはない。朝基は言った。

「何でもない」

ちょうど大嶺健用が稽古に来ており、言った。

「先生、足をどうかされましたね？」

何かと気がつく健用のことだ。歩き方がおかしいのを見て取ったに違いない。

朝基は言った。

「おとといの夜、稽古中に古釘を踏んだ。武士としてまことに不覚だ」

「見たところ、かなりひどそうですね」

「どうやら膿んでしまったようだ。難儀をしている」

「うちの近所に、治療術の心得がある者がおります。すぐに行ってみましょう」

「医者は好かんのだがな……。法外な金を取られることもある」

「医者ではありません。与那覇朝昌《よなはちょうしょう》というオジーなのですが、手の先生に治療術も教わったそうです」

与那覇の姓で名乗頭《なのりがしら》に朝の字がつくということは、北谷王子家の分家に違いない。本部御殿《もとぶウドゥン》に独特の手が伝わっていたように、北谷御殿にも武技が伝わっていてもおかしくはない。その中に治療術が含まれていたということだろうか。

「行ってみよう」

朝基は即座に応じた。このままでは不自由でしょうがない。少しでも楽にしてもらいたかった。

そして、与那覇朝昌という人物が心得ている治療術に興味があった。

健用が住んでいるのも、朝基の家と変わらない長屋だ。同じ長屋に、与那覇朝昌が住んでいるという。

健用と二人で訪ねていくと、与那覇はすぐに玄関に現れた。

「夜分にすみません」

健用が言う。「こちらは、私の唐手の先生で……」

与那覇は、その先を遮《さえぎ》るようにうなずいて言った。

「本部朝基殿ですね。お噂はかねがねうかがっております」

朝基は丁寧に礼をした。与那覇は、さらにかしこまった礼を返してきた。同じ御殿と呼ばれる家柄でも朝基のほうは本家、与那覇は分家だ。本部家のほうが格上なのだ。

「まことに面目ない話なのですが、稽古中に古釘を踏んでしまいました」

朝基は言った。「その場で、拳で傷を叩いたのですが、毒素を出し切れなかったようです」

「拝見しましょう」

与那覇は、裸電球を近づけて患部を仔細《しさい》に見た。

「さすがに鍛えてらっしゃる。かなり厚いタコがありますね。その下が化膿《かのう》しています。これは痛いでしょう。膿《うみ》の行き所がなく、ぱんぱんに腫れているのです」

与那覇は、健用に言った。

「泡盛か焼酎を持ってきてくれないか。それと、カタツムリかタニシを捕まえてきてくれ」

「カタツムリかタニシですか……」

「まだ子供たちが起きている時間だ。その辺の田んぼに行けばタニシはいくらでもいるだろう。子供たちに捕りに行かせればいい」

「わかりました」

健用が出て行った。

「さて、針を刺して膿を出してしまわねばなりませんが、表面の皮がこれだけ固くて厚いと、細い針では用をなしませんな……」

「それで楽になるならやってください」

「まずは、健用が戻るのを待ちましょう」

「はあ……」

朝基は急に心細くなってきた。これまで幾多の掛け試し《カキダミシー》をしてきた。六尺棒や剣を相手にしたときは、文字通り命懸けの戦いだった。

だが、怪我《けが》はまったく別物だった。小さな釘を刺して足が腫れただけで日常の生活にも支障を来《きた》すのだ。

触れるだけで痛い患部に針を刺されると聞いただけでぞっとした。

しばらくして健用が戻ってきた。泡盛の徳利《カラカラ》とどんぶりを持っている。中にはタニシが入っているようだ。

「これでよろしいですか？」

健用の言葉に、与那覇がうなずく。

「いいだろう。殻を割って中身をすり鉢に入れてくれ。それをすりこぎでつぶすのだ」

「はい」

健用が言われたとおりの作業を始める。与那覇は、朝基に言った。

「さて、ではこちらも始めましょうか」

まず、腫れている朝基の足に健用が持ってきた泡盛をかける。与那覇は、何種類かの針の中から一本を取り出した。かなり太い針だ。

「少々痛みますよ」

「はい……」

針を腫れているところに刺す。激痛が走り、朝基は歯を食いしばった。一ヵ所では足りないらしく、さらに別な場所にもう一度刺す。朝基は声が洩《も》れそうになるのを必死にこらえた。

「膿を絞ります」

患部をぎゅっと押される。これがまた痛かった。見ていると、どろりと血膿が流れだしてきた。

与那覇は情け容赦なく血膿を絞り出す。朝基は自分の奥歯がぎりぎりと鳴るのを聞いていた。

ようやく与那覇の手が患部から離れたが、それでもしばらく痛みが続いた。

健用がすりつぶしていたタニシに、与那覇が何かを加えた。朝基は尋ねた。

「それは何です？」

「蘇鉄《そてつ》からとった油です。故郷から持ってきました」

すりつぶしたタニシと蘇鉄油を混ぜたものを患部に塗り、その上から布を当てた。そして包帯を巻く。

「これで、かなり楽になるでしょう」

「どれくらいで治りますか？」

「そう。しばらく痛むでしょう。半月は様子を見てください」

「そんなにかかりますか？」

「また膿が溜《た》まるようだったら来てください。もし、熱が出たら、これを煎《せん》じて飲んでください」

漢方薬らしい。何かの植物を干したものだ。

「ありがとうございます」

ようやく痛みが治まってきた。すると、治療を受ける前よりずっと楽になっているのに気づいた。

「助かりました」

朝基は頭を下げた。「お代はいかほどお払いすれば……」

「金などいりません。仕事ではありませんので……。これは武士のたしなみです」

「手を修行されたとうかがいましたが、先生はどなたですか？」

「私の父です。わが家に代々伝わった手を習ったに過ぎません。本部殿のように有名な先生についたわけではないのです」

「手と同時に治療術も伝えられたわけですね？」

「そうです。昔の武士は、みな治療術の心得があったといわれています。中国の武術が医術とともに発展したように、沖縄でも手とともに治療術が伝えられていたのです」

「そういえば、わが家伝来の手にも治療術があったといわれています。三男坊の私はその手を学ぶことができませんでした。本部家では、手は一子相伝なので、長男しか教えてもらえませんでした」

「それは残念ですね」

「もしよろしければ、私に治療術を教えていただけませんか？」

「ほう、この私が、天下無敵の本部殿に、ですか……？」

「どうか、お願いします」

朝基は頭を下げた。「手を修行する者に怪我はつきものです。指導者には治療術の心得が必要だと思います」

与那覇は、にっこりと笑った。

「傷の具合を診なければならないので、しばらく通っていただくことになります。そのついででよろしければ、私が習ったことをお伝えいたしましょう」

「ありがとうございます」

朝基は、さらに手の新たな世界が広がったように感じた。

2

「唐手術普及会」の活動や御影師範学校、御影警察での指導が次第に話題になり、『キング』の記事の評判もさらに広まった。すると、朝基に唐手についての本を書かないかという話が持ち上がった。

どうしたものかと考えていたが、治療術を学ぶことで、骨子が出来上がったと思った。一つの柱は、変手《ヒンディー》だ。富名腰という人物は、型しか伝えていないようだ。その型もおそらくは糸洲安恒が学校で教えるために考案した集団練習用の型だろう。そして、そならば、手の用法を詳しく解説しなければならないだろう。そのためには、変手についいて書くのが一番だ。

だが、変手のことだけを書くのでは手の本とは言えない。型のことも書かねばならない。

それでもまだ何か足りないと感じていたのだ。治療術について触れることで、全体の調和が取れるような気がした。

与那覇に治療術の教えを請うたのには、そんな理由もあった。

膿を抜いたことで、足はかなり楽になったが、まだ普通に歩ける状態には程遠かった。それでも、指導に出かけなければならない。

足を引きずるようにして、兵庫の御影師範学校に出かけた。

いつものように、指導を始める。ふと、稽古場の講堂に見知らぬ男がいるのに気づいた。師範学校の者が告げに来た。

「見学をしたいとのことなのですが……」

「それはかまわんが……」

その男のたたずまいが気になった。稽古の様子は見ずに、朝基のほうを見ている。眼が合うと、向こうから近づいてきた。

丁寧に頭を下げると、男が言った。

「『キング』の記事を拝見しました。ぜひ、御指南《ごしなん》いただければと思いまして……」

一手御指南は、道場破りの常套句《じょうとうく》だ。

これまで、戦う相手を探して苦労したことはあったが、挑戦されたことはほとんどなかった。どんな挑戦でも受ける覚悟はあった。そうでなければ、手の強さを証明することはできない。

「何かおやりですか？」

「小太刀《こだち》と柔術を少々……」

布の袋に包んだ細長いものを手にしている。おそらく小太刀だろう。

はなからやる気だったな……。

朝基は、男に言った。

「あちらの隅に行きましょう」

「はあ……」

男は戸惑った様子だった。弟子たちの稽古を止めさせて立ち合うものと思っていたのかもしれない。いちいちこんなことで、稽古を中断させたくなかった。

弟子たちに稽古を続けさせたまま、朝基は男を講堂の隅っこに連れて行った。

「お名前は……？」

「上田辰之介《うえだたつのすけ》と申します」

ずいぶん時代がかった名前だなと思った。師範学校の弟子の一人が近づいてきて、朝基に耳打ちした。

「おそらく、美作《みまさか》の竹内流《たけのうちりゆう》ですよ」

「どういうものだ？」

「小太刀をもとにした多様な技があると聞いています」

「なるほど……」

何が来ようと、自分の戦い方を守るだけだ。朝基は、上田と名乗った男に向かって言った。

「では、始めましょうか」

上田は、まだ戸惑いの表情だ。もっとものものしい雰囲気の勝負を期待していたのだろうか。

釈然としない表情のまま、細長い包みの口紐《くちひも》を解いた。中から現れたのは、小太刀の木刀だった。

本身ではないのか……。

正直言って、ほっとした。触れれば切れる剣を相手にするのは気疲れする。ちょっとした間違いが、大怪我につながるのだ。

「私は、この小太刀を使わせてもらいますが、よろしいでしょうか？」

上田が慇懃《いんぎん》な態度で言った。

「けっこうです」

朝基は言った。「さ、どうぞ」

すでに戦いが始まっていると考えていた。相手が仕掛けてこなければ、こちらから行くつもりだった。

鋭い気合いを発して、相手が小太刀を突き出してきた。

動きが大きい。朝基は軽々とそれをかわし、同時に合わせの上段突きを決めるつもりだった。

だが、いつものとおり、右足を踏み出したとたんに、痛みが走り力が抜けた。

思わず、左足だけでたたらを踏んでいた。上田は、朝基の体勢が崩れたのを見て、かすかにほほえんだ。

自分の攻撃が効果的だったと考えているのだろう。

そうではない。足さえまともなら、一撃で倒していた。

朝基は思った。だが、実際の戦いの際にそんな言い訳が通用しないことも事実だ。足が悪ければ悪いなりに戦わなければならない。でなければ、殺されるかもしれないのだ。

「いざ……」

上田は、勢いに乗って言った。

朝基は、いつものとおり右前に構えた。右足を踏み込むことになるが、今さら戦い方を変えるつもりはなかった。

一瞬だ。一瞬だけ痛みに耐えればいいだけのことだ。

朝基は自分にそう言い聞かせていた。

上田は、小太刀を上段に構えた。自信に満ちた構えだ。朝基がひるんでいると思ったのだろう。強気の構えで押してきた。

朝基はさがらなかった。わずかでもさがれば、武器を持った相手には勝てない。

上田が再び気合いを発して、打ち込んできた。まっすぐに小太刀を振り下ろしてくる。その瞬間に飛び込めば勝てるはずだった。

しかし、わずかに遅れた。

足が痛いので、無意識のうちに躊躇《ちゅうちょ》してしまったのだ。

朝基は、床に転がって小太刀の一撃をかわした。すぐさま起き上がるが、そこに第二撃が来た。

再び床を転がった。膝立ちになって相手の様子をうかがった。

上田には余裕が見られた。朝基が立ち上がるのを待っている。

本来、これほど手こずる相手ではないと思った。太刀筋も充分に見切れるほどのものだ。小さな足の傷が、大きく戦いに影響するのだ。

傷が命取りになることもある。それをいやというほど思い知った。

「ここらでやめにしてもよろしいが……」

上田は、再び上段の構えとなり、言った。

朝基は屈辱を感じていた。ここで勝負をやめるということは、朝基が負けたことを意味する。

上田は、あちらこちらで、『キング』に載った本部に勝ったと吹聴《ふいちょう》して回るだろう。

朝基はこたえた。

「いや、今しばらく……」

「では……」

上田はずいと前に出てきた。へたに動くとまた足の痛みのせいで後《おく》れを取ることになる。動かないことに決めた。

上田が小太刀で打ち込んでくる。朝基は狙いすまして小太刀を握っている右手首に自分の右前腕を叩きつけた。

小太刀が吹っ飛び、床に転がった。巻藁だけでなく木の幹などに叩きつけて鍛えている前腕だ。相手の手首にもかなりの衝撃があったに違いない。

相手は武器を失った。そこで戦いは中断するかと思った。だが、そうではなかった。

上田は、さっと朝基の背後に回ると、左腕を首に絡めてきた。絞め技だ。

体が密着する。

体が自然に動いていた。右の肘《ひじ》を背後にいる上田に向けて突き出す。腹部を深々とえしめた。

ぐる感触があった。

「ぐえ……」

首の絞めがゆるむ。朝基は身を低くして上田の腕から逃れた。

相手の動きが止まっている。鳩尾《みぞおち》を肘で突かれた衝撃で息ができなくなっているに違いない。

朝基は、この機会を見逃さなかった。

顔面を打てば相手は昏倒《こんとう》するかもしれない。だが、そこまでやる必要はない。拳を再び腹部に打ち込んだ。

声にならない悲鳴を上げて、上田は床に崩れ落ちた。体が胎児のように丸まっていく。

朝基はしばらくその様子を眺めていた。

やがて、自然に上田の呼吸が戻り、起き上がった。

「手加減しましたので、大事ないと思います」

朝基は言った。上田は目を瞬《しばたた》いていた。何を言っていいかわからない様子だ。負けを認めることができないのかもしれない。

朝基はさらに言った。

「手を使う者に密着してはいけません。私どもは拳、手刀、足、肘、膝……。これらすべてを武器のように鍛えます。そして、どんな距離でも、どんな角度からでも打ち込むことができます」

　上田はようやく口を開いた。

「いや、恐ろしい威力でした。ボクサーを一撃で倒したというのも、嘘《うそ》ではないらしい……」

「もちろん、嘘ではありません」

「私どもの流派にも、当て身はあります。しかし、一撃で相手を倒すことなどできません。当て身は、あくまで関節を決めたり投げたりするための補助でしかありません。だから、一撃でボクサーを倒したという『キング』の記事が信じられませんでした」

「そういう武技もあるのです。沖縄の手は、その一撃のために体のあらゆる部位を鍛えます」

　上田はうなずいた。

「それを、身をもって実感いたしました」

「美作の竹内流だということですが……」

　上田はふと警戒する表情を見せた。

「私は流派を名乗ってはいませんが……」

「弟子がそのように申しておりました」

　稽古を続ける弟子たちのほうをちらりと見てから、上田は言った。

「おっしゃるとおり、私は竹内流の免許皆伝です。竹内流はご存じですか？」

朝基は正直に言った。

「よく知りません」

「小太刀を中心として、捕り縄、投げ技や関節技といったやわらの技など総合的な技を習得します」

「なるほど……」

「きわめて実戦的だと自負しておったのですが……」

「私と立ち合われるのなら、木刀ではなく本身の小太刀を使われるべきでした」

上田は目を丸くした。

「それでは殺し合いになってしまう……」

「手は、もともと薩摩の示現流と戦うことを想定しております。私は実際に真剣を持った薩摩の侍《サムレー》と立ち合ったこともあります」

少々傲慢《ごうまん》な言い方かもしれないと、朝基は自覚していた。だが、言っておかねばならない。

はっきりと実力差を思い知らせておく必要があるのだ。そうすれば、二度と挑戦してくるようなこともなくなるだろうし、沖縄の手の強さを、経験談としてよそで広めてくれるかもしれない。

「身の程を知るとはこのことです」

上田は言った。「いっそう精進しなければならないことを思い知りました。今日はいい経験をさせてもらいました」

心からそう思っているかどうかはわからない。負けたことが恥ずかしくて、殊勝な態度を取っているだけかもしれなかった。

上田の実力からして、命をかけて修行をしているとは思えなかった。また、本当の実力者は、おいそれと道場破りになどやってこないものだ。

それから、上田は、自流の技について、訊《き》きもしないのにあれこれと説明をした。朝基があまり関心を示さないのを見て取ったのか、気まずそうに帰って行った。

弟子たちが稽古に集中していないのは明らかだった。師が他武術の使い手と立ち合うのだ。気になるのは当たり前だ。だが、朝基はわざわざ弟子に見せるほどのものではないと思っていた。

戦いは見るものではない。経験するものだ。

立ち合ってみてすぐにわかったが、上田の実力は、たいしたものではなかった。おそらく竹内流にも達人がいるのだろう。だが、上田はそうではなかった。辰之介という名も偽名かもしれない。

だが、その上田に手こずったのも事実だ。足の傷が原因だ。

もし、上田がかなりの使い手であり、なおかつ戦いというものをよく心得ていて、真剣でかかってきたら、今ごろ朝基は生きていなかったかもしれない。

そう思うと、ぞっとした。

怪我というのは恐ろしいものだ。特に足の傷は、すべての動きを鈍らせる。

武技をたしなむ者は、自分の頑健さを過信して、些細《ささい》な傷や病気を軽く見がちだ。だが、それではいけないということを痛感した。

無事これ名馬というが、武士は特に怪我に気をつけなければならない。朝基はそれを肝に銘じておこうと思った。

3

朝基は、手についての小冊子の執筆に取りかかっていた。

型だけを解説しても手の魅力を伝えることはできないと考え、まず変手を中心とした内容にしようと思った。

変手というのは、沖縄独特の言い方なので、「組手」という言葉を使うことにした。

朝基は、この小冊子のために、十二本の組手を考案した。すべて、ナイファンチやバッサイ、セーサンといった型の中にある技を使った。セーサンは、もともとは那覇で行われていた型だが、次第に一般的になり、首里でも行われるようになった。呼吸を重視する鍛錬《たんれん》型だ。

与那覇朝昌から習った治療術の覚え書きを作るうちに、幼い頃に父から教わった養生法や松茂良興作らに教わった骨接《ほねつ》ぎの技法などを思い出していた。それも、小冊子の中に書いておくことにした。

ふと、東京の唐手事情が気になり、執筆の手が止まる。

考え込んでいる朝基に向かって、ナビーが言った。

「何をお考えですか？」

朝基は、その声で我に返る。

「いや、文章を書くというのはなかなかたいへんなものだ。慣れないので、つい考え込んでしまう」

「そうではないでしょう」

「何だって……？」

「本を書き始める前から、何か気になっているご様子でした」

気づいていたのか……。

朝基は、妻に申し訳ないような気分になった。まだ、朝正が生まれたばかりだ。今、東京に引っ越すわけにはいかないだろう。

「いや、何でもないんだ」

「何か思い悩んでいることがあるなら、お話しください」

朝基は、筆を置いた。腕組みをしてしばらく考える。

大阪に出てきて生活も安定した。「日本傳流兵法本部拳法」という団体も作り、弟子もできつつある。

沖縄にいた頃のことを考えれば、今は恵まれている。これ以上何を望むことがあるだろうか。

そう思う一方で、ヤマトでの唐手のあり方が気にかかって仕方がないのだ。このところ、朝基も、周囲のみんなにならって「手」というより「唐手《からて》」ということのほうが多くなりつつあった。

唐手において一番重要なのは型であることは間違いない。

だが、型だけを覚えても仕方がない。型を使えることが大切なのだ。

さらに、唐手独特の威力を生み出すためには、正しい身体の使い方が必要だが、それは古来の正しい型を練ることによってしか身につかない。

朝基は、間違った唐手がヤマトに広まることを危惧《きぐ》しているのだ。

京都ではボクシング普及のための興行をやっていた。ヤマトの人々は、ボクシングと唐手の区別がつくだろうか。

同じ拳での打ち合いだ。唐手をボクシングと同様の武技と誤解する人が出てきても不思議はない。

実際に立ち合ってみて実感したのだが、唐手とボクシングの理屈はまるで違う。体の使い方も違えば、力の出し方も違うのだ。

だが、形骸化《けいがいか》した型だけを伝えているうちに、ヤマトの唐手はボクシングのように筋力だけに頼るものに変化していくのではないだろうか。

朝基は、膝をずらしてナビーのほうに体を向けた。

「唐手のことが気になる」

「唐手のこと……?」

「沖縄から出てきて、東京で唐手を広めている人物がいるそうだ」

「それはよいことではありませんか」

「そう。たしかによいことだ。だが、心配なこともある」

「どんな心配ですか?」

「その人物が東京に行くときに、唐手の先輩たちが言ったそうだ。ヤマトンチュには、型は教えても手は教えるな、と……」

「それはどういう意味なのですか?」

「型というのは、見ただけでは意味がわからない。その実用を師から学ばねばならないのだ。手を教えるというのはそういうことだ」

「では、役に立たない唐手が広まるということですか？」

「考えすぎかもしれんがな……。どうも気になってしかたがない。沖縄でも、ピンアンという型を集団で稽古するように作り直して学校などで指導していた。憲通は、それでも充分に役に立つと言っていた。若者に型をやらせることで、体を頑健にし、集団行動を学ばせることができるのだと……。つまり、兵隊を育てるのに役立つということだ」

「あなたの手は、そういうものとは違うのですね？」

「違う。明らかに違う。たしかに、唐手は健康法という側面もある。だが、ただの健康法ではない。武技なのだ。沖縄が日本に、いや世界に誇る精妙な武技なのだ」

ナビーは、しばらく何事か考えている様子だった。やがて、彼女は言った。

「東京に行きたい。そうお考えなのですね？」

朝基は、しばし戸惑ったあとにうなずいた。

「様子を見に行ってみたい」

「それでは済まないでしょう」

「なに……？」

「行くからには、あなたの本当の唐手を広めなければなりません」

「いや、大阪の生活もあるし、そこまでは考えていない」

「行ってみたら、きっとそうお考えになるはずです」

朝基は腕組みした。

「おまえ《ヤー》の言うとおりかもしれない。俺《ワン》は唐手の強さを証明するために戦い続けてきた。若い頃は、沖縄武士《ウチナーブサー》の誇りを取り戻すために、と思い戦っていた。だが、今は自分自身のために戦っている。俺はこういう生き方しかできない。強くなることが、俺の生きた証《あかし》なのだ」

「行ってください」

ナビーが行った。

「ん……？」

「東京に行ってください」

「いや、しかし、朝正も生まれたばかりだし……」

「私たちは大阪に残ります。ここに住んでいれば近所の人が何かと助けてくれます。私たちのことはだいじょうぶです」

「おまえたちを残して行けと言うのか……。いや、それは……」

「ナビーは、侍の娘です。そして、武士の妻です。それくらいの覚悟はできています」

朝基は一瞬、言葉を失った。

しげしげと妻の顔を見る。ナビーもまっすぐに朝基を見つめていた。

こいつは、こんなに芯《しん》の強い女だったのか。

驚くとともに、感動していた。

「しばらく考えてみる」

心の中で、ナビーに頭を下げながら、朝基はそう言っていた。


朝基が執筆し、組手の分解写真を載せた小冊子は、『沖縄拳法・唐手術〈組手編〉』と題して、大正十五年（一九二六年）に出版された。『キング』の記事の翌年だったということもあり、京都・大阪地区でかなりの反響があった。

この出版を機に、朝基の心は固まりつつあった。

上京しよう。とにかく東京に行って、どういう形で唐手が広まりつつあるのかを、実際に見てこよう。

ナビーと子供たちを大阪に残し、東京に旅立ったのは、その翌年のことだった。

家族と離れるのは辛《つら》かった。だが、そんな朝基にナビーは言った。

「戦に行く武士が、家族の心配をしていてどうしますか」

その一言で踏ん切りがついた。

東京につてがないわけではない。沖縄の県人会があり、とりあえずの住処《すみか》を世話してくれた。

日暮里《にっぽり》にある泡盛屋の奥の六畳間だった。どんなところでも文句はなかった。これから新しい生活が始まるのだ。東京は大阪とはかなり様子が違った。特に朝基は沖縄人街に住んでいたので、東京での生活は少々不安だった。

泡盛屋の主人は沖縄の人で、沖縄弁《ウチナーグチ》で日常生活を送れるので気が楽だった。

初めてその泡盛屋を訪ねたとき、主人に言われた。

「あなたが、本部様ですか？」

「そうです。お世話になります」

「お顔が違いますね」

「顔……？」

「『キング』の記事ですよ。やっぱり学生さんが言ったとおりだ」

「どういうことです？」

「いえね、あの『キング』の記事の挿絵は、富名腰先生の顔にそっくりだって、学生さんが言うんです」

やはりそうだったのか。

朝基は妙に納得した。

東京では、唐手といえば富名腰なのだ。

雑誌『キング』の記事の挿絵家は、唐手の記事ということで、富名腰の写真か何かを模写したのだろう。

大阪・京都だけでなく東京でも、『キング』の記事が話題になっていたことにも驚いていた。

「その富名腰さんは、どこで教えておいでですか？」

「慶應大学などいくつかの大学に教えに行かれているようですね。普段は、剣道の中山《なかやま》博道《はくどう》先生の道場を借りて教えているらしいですよ」

朝基は、さっそく大学の唐手の様子を見て来ようと思った。

東京の街並は、何もかもが新しく近代的に感じられる。

最初に訪ねたのは、慶應大学だった。富名腰が直接指導していると聞いたからだ。しばらく構内をうろうろした後に、ようやく唐手の稽古をしている武道場にたどりついた。

都合よく出入り口が開けっ放しになっている。朝基はそこから稽古を覗《のぞ》き見た。幼い頃、兄の朝勇の手の稽古を盗み見ていた頃のことを思い出した。

富名腰らしい人物はいない。学生だけの稽古日のようだ。

集団で型をやっている。ピンアンだ。それを見て、朝基は思わずうなっていた。

沖縄の第一中学で、ピンアンの型は見ていた。そのときも、古来の型とは趣きが違うと感じた。だが、今目の前で見る型は、さらに印象が違っていた。

中学生と大学生の体格差もあるだろう。とにかく、勇猛さが感じられる。型の味わいよりも、身体能力の養成に重点が置かれているのが一目でわかった。

第一中学のときよりも、足幅が広くなっており、下半身に必要以上に負荷がかかっているのがわかる。動きも力強いが直線的だ。

どたんばたんと、床を踏みつけるのが気になる。

やはり懸念していたとおりだったか……。

学生の何人かが、朝基に気づいた様子だ。もの問いたげにこちらを見ている。朝基は、武道場を離れた。

帰り道、腕組みして考え込んでしまった。

なるほど、大学生に集団練習用の型を教えると、ああいうことになってしまうのか……。

想像はしていたが、目の当たりにすると衝撃を受けた。

たしかに、学生の運動のためにはいいだろう。筋力は増し、身体能力も身につく。だが、あれはボクシングのような西洋的な動きだ。

唐手の筋骨《チンクチ》や鍛錬《ナンヂ》とは違う。

もしかしたら、中山道場で富名腰が直接指導する稽古は、また違ったものなのかもしれない。そうであってほしい。一度、富名腰の道場を訪ねてみよう。

朝基は、そう思った。

思い立ったらすぐにでも実行しないと気が済まないたちだ。

翌日には、中山道場を訪ねていた。富名腰は、剣道の稽古の空き時間を借りて唐手を教えているということだった。

この道場でも、大学生らしい若者が多かった。どうやら、東京では大学生の間でさかんに唐手が行われているようだ。

やはりピンアンの型をやっている。しばらくその稽古を眺めていた。

若者たちを中心に、慶應大学の稽古と同様、足を広げて、どったんばったんと型をやっている。どの顔も真剣そのものだ。

その生真面目な表情と、大げさな動作が不釣り合いで、朝基はつい笑い出してしまった。

幾人かの富名腰の弟子がその朝基の態度に反応した。一人の男が朝基に近づいてきて言った。

「何がおかしいのです?」

朝基はどうこたえていいのかわからなかった。

「いや、悪気はなかったのです。申し訳ありません」

だが、朝基の沖縄弁が通じなかったようだ。相手の男は、ばかにされたと思ったのか、ますます腹を立てた様子だった。

「沖縄人か。ならば唐手をやるのだな？　道場破りというわけか」

とんだ誤解だ。

だが、これはいい機会かもしれない。集団練習用の型をやっている者が、実戦でどれだけ使えるのか試してみたくなった。

朝基は道場に上がり、顔を赤くしている相手に言った。

「一手、やってみるかい？」

右足を前に出して、やや半身になった。

戦闘態勢と見て取った相手は、さっと両手を胸の前に掲げて構えた。

固いな。朝基はそう感じた。

朝基がわずかに間を詰めてやると、即座に相手は反応して、打ちかかってきた。右の拳を顔面に飛ばしてくる。

朝基はいつものように、すいと入り身になり、夫婦手《メオトディー》で右の拳を突き出した。顔面はまずいと思ったので、相手の胸を打った。

こちらの右拳のほうが先に相手を打った。打ちかかってくる途中だった相手は、もんどり打って床に転がった。

相手は、驚いた表情のまま跳ね起きると、再び構えた。

床を蹴ってかかってくる。朝基の対応は同じだ。まったく同じことが起きた。相手はまたひっくり返っていた。ぽかんとした顔で朝基を見上げている。何をされたのかわかっていない様子だ。

そのとき、戸口で大声がした。

「何をしている」

朝基は振り返った。

背の低い丸顔の男が立っていた。着物姿だった。その顔に見覚えがあった。『キング』の挿絵の顔だ。

「富名腰さんですね」

富名腰義珍は、驚いた様子で言った。

「あなたは、本部御殿の……」

「猿《サールー》です」

朝基はにっこりと笑った。

第九章　講道館柔道

1

富名腰義珍は、しきりに恐縮した様子で、朝基を自宅に案内した。朝基は、道場破りまがいの訪問者だ。追い返されても不思議はない。

だが、富名腰は、丁寧に接してくれた。やはり、家柄のことを気にしているのだろうと、朝基は思った。

富名腰も旧士族の家柄だが、本部御殿《もとぶウドウン》とは比べるべくもない。廃藩置県が行われた明治は過ぎ去り、大正も終わり、今は昭和の世の中だ。だが、沖縄《ウチナー》士族の身分の違いはまだ強く残っている。

朝基は、もともと身分の差などあまり気にしないほうだ。だが、それは自分が上の立場だったからだと気づいた。

そして、もし沖縄の元士族たちからこの意識が失われたとしたら、その時こそ沖縄の王府が完全に消え去るのだ。つまり、沖縄士族の心の拠り所《よりどころ》がなくなるということだ。

もしかしたら、日本の旧士族よりも沖縄の旧士族のほうがかつての家柄を大切にしているのかもしれないと、朝基は思っていた。

富名腰の自宅は、朝基が住んでいる泡盛屋の奥の部屋よりもずっと立派だった。

「むさ苦しいところで、ろくなおもてなしもできませんが」

下座に座った富名腰が言った。

「どうぞお構いなく……」

朝基は、さきほどから少しばかり感心していた。

この小柄で物腰の柔らかい男が、単身東京に乗り込んで唐手《からて》を広めようとしているとは、とても信じられなかった。

学生たちの型は、荒々しかった。その型を指導した男なのだから、もっと勇猛な人物かと、勝手に想像していたのだ。

「いや、驚きました。本部殿が東京においでとは知りませんでした」

「その、本部殿というのはやめにしていただけませんか。私のほうが二つ年下のはずです」

「いえ、とんでもない……」

富名腰は、目を丸くした。そうするとなかなか愛嬌《あいきよう》のある顔になると、朝基は思った。

「それに、東京で唐手をやるに当たっても先輩ではないですか。本部とか朝基とか呼び捨てにでもしてください」

朝基は、本気でそう思っていたが、富名腰はますます緊張を露《あら》わにした。

「そうは参りません」

「だが、本部殿というのは、あまりに堅苦しい」

「では、せめて本部さんと呼ばせていただきます」

「わかりました。では、こちらも富名腰さんでよろしいですね」

呼び方などどうでもいいことだ。朝基はそう思ったが、それはやはり立場が上だから言えることなのだ。下の者からすれば、それだけでも一大事なのかもしれない。

「『キング』の記事を拝見しました。たいへんな評判ですね」

「いや……。あれも掛け試し《カキダミシー》と同じで、唐手修行の一環です」

朝基はそう言いながら、富名腰の反応を観察していた。

『キング』の記事を快く思っていない唐手家は少なくないはずだ。売名行為だと感じている者もいるだろうし、唐手を私闘に使ったと非難している者もいるに違いない。

富名腰がどう考えているか知りたかった。

「お噂《うわさ》は、沖縄にいるときからよくうかがっておりました」

朝基は笑った。

「どうせろくな噂じゃないでしょう」

富名腰は否定も肯定もしなかった。つまり、朝基が言ったとおりだということだ。乱暴者の猿《サール》ーという噂を聞いていたに違いない。

「それにしても、外国人のボクサーをたったの一撃とはすごい」

「いや、たまたまです……」

「掌底《しょうてい》を人中《じんちゅう》のツボに打ち込まれたのだとか……」

掌底というのは、てのひらの根本の部分だ。人中は、鼻と唇の間にある急所だ。

朝基はしかめ面《づら》になった。

「『キング』の記事は正確ではありません。ボクサーの名前も違っていたし、実際にはそれほど強くはありませんでした。多少ボクシングの心得がある程度だったと思います。私は、相手の人中など打ってはおりません。こめかみをてのひらで打ったのです」

「こめかみですか……」

富名腰は、また驚いた顔になった。「それはまた物騒な……」

「拳で打ったら面倒なことになったかもしれません。でも、拳で打つことも蹴《け》ることも禁止だったのです。それがかえってよかったかもしれない」

「かえってよかった……？」

「頭部などは、拳で殴るよりも平手で打ったほうが効くことがあるのです」

「ははあ……」

富名腰はぽかんとした顔になった。

「酔っぱらいなどは、顔面や頭を拳で殴ってもなかなか倒れてくれません。でも、平手で頭部を打つと、ふらふらと倒れてしまうことが多いのです」

「そういうものですか……」

この男は知らぬ振りをしているだけなのだろうか。ふと朝基はそう思った。

いやしくも唐手をやるというのだから、戦ったことはあるのだろう。ならば、それくらいのことは知っていてもおかしくはない。

「富名腰さんも、経験したことはおありでしょう？」

「いいえ、私は酔っぱらいと喧嘩《けんか》したことはありません。ただ、糸洲先生と辻《つじ》にごいっしょしたときに、酔漢に絡まれたことがあります。そのとき、糸洲先生は一言、『月を背に』と言われました。さすがだと思いました」

「それで、そのときはどうなりました？」

「酔っぱらいたちの一人が、糸洲先生に気づいて、それで終わりです」

朝基は拍子抜けした。

もし、それが朝基だったら、身分を隠してでも酔漢たちと戦っただろう。

もしかしたら、富名腰は実際の戦いをほとんど知らないのではないかと、朝基は思った。武士《ブサー》の中にはそういう連中がたくさんいる。

「一つ、うかがってよろしいですか？」

朝基が言うと、富名腰はわずかに不安げになってこたえた。

「何なりと……」

「沖縄を出るときに、唐手の先輩たちから、ヤマトの人間に唐手の本質を教えてはいけないと言われたそうですが、それは本当ですか？」

「ううん」

富名腰は、困った顔になった。

「どうなのです？」

「たしかに、そのようなことを言われましたが、私はあまり気にしておりません」

「では、型だけではなくその用法も教えるということですか？」

「いや、私が、安里先生や糸洲先生に習ったままに、型を教えています」

「両先生からは、型だけを教わったのですか？」

「もちろん口伝はありました」

「変手《ヒンディー》はやらなかったのですか？」

「ほとんどやりませんでしたね。唐手は型がすべてだと、今でも信じております」

たしかに、糸洲は本部御殿に来て指導するときも、型稽古《げいこ》が中心だった。だから、朝基は辻に掛け試しに出かけたのであり、屋部憲通も独自に変手の工夫をしていた。

憲通も変手を稽古するために、道場破りのようなことまでやっていたのだ。

昔の武士たちは、さかんに掛け試しをやったということだ。だが、どうやら富名腰は、そういう稽古をしていないようだ。

「富名腰さんは、主に安里安恒先生に師事されたのでしたね？」

「はい。最初に唐手の手ほどきをしてくださったのが、安里先生でした。ナイファンチ、バッサイ、チントウ、クーシャンクーなどの型を教わりました」

「安里先生の稽古もやはり型が中心だったのですか？」

「そうです」

「ナイファンチやバッサイの用法についてはいかがです？」

「ナイファンチは主に足腰の鍛錬《たんれん》のためと心得ております。バッサイは実戦的な型だと教わりました。もちろん、口伝もいただきました。安里先生は、相手の拳は剣だと思えとおっしゃっていました」

ナイファンチは、たしかに唐手の入門の型だ。初心者の足腰の鍛錬に適している。だが、それだけではない。朝基は、長年の修行を通じて、ナイファンチこそが唐手の奥義なのだと悟っていた。

　そして、実際に戦いに使ってみれば、ナイファンチとバッサイの共通点がわかる。

　だが、富名腰はナイファンチとバッサイがまったく別物と感じている様子だ。

「昨日、慶應大学に行って、稽古を見学してまいりました」

「ほう、そうですか」

「学生たちが型の稽古をしていました。あれは、ピンアンですね？」

「はい。今は学生たちに、主にピンアンを教えています。糸洲先生直伝の型ですからね。修行が進んだ者には他の型も教えます」

「沖縄で見る型とは、ずいぶん趣きが違うように感じましたが……」

　ふと、富名腰は難しい表情になった。

「そこが内地での唐手指導の難しいところなのです」

「どういうことです？」

「沖縄では、子供の頃から唐手に慣れ親しんでいる者が多い。ですから、唐手がどういうものかみんなある程度知っているわけです。だが、内地ではそうはいきません」

「まあ、それはそうでしょうね」

「そして、東京では大学生が中心になって唐手を学んでいます。若くて体力があるだけでなく、頭がよくて研究熱心です。彼らなりに唐手のことを解釈しようとするのです」

「はい。他の闘技と比較してどういう特徴があるのか、どういう稽古をすれば、合理的に利点を伸ばすことができるか……。彼らは、常にそういうことを考えます。そして、他のさまざまな闘技と比較して、よい点を唐手に取り入れようとするのです」

「他の闘技の要素を唐手に取り入れようとする……。それでは唐手ではなくなってしまいます」

「大学生は、たいていは三年ほどしか唐手の修行をしません。中には、卒業後も稽古を続ける者もおりますが、それは少数派です」

「大学にいる間だけ、唐手をやるということですか？」

ちょっと驚いた。朝基の感覚からすれば、唐手は、習いはじめたら一生修行を続けるものだ。それが、沖縄武士《ウチナーブサー》の常識だ。だが、ヤマトの学生は、そうは考えないようだ。

「そうです」

富名腰はこたえた。「その三年間にできるだけ多くのことを身につけようと必死なのです。ご存じのとおり、沖縄では、一つの型にじっくりと時間をかけます。私もナイファンチだけを三年も稽古しました。だが、そういうやり方では、内地の大学生たちは納得しないのです。合理的な稽古をすれば、もっと早く強くなることができると考えるわけです」

「解釈……？」

富名腰の表情は、ますます渋くなる。

「私も、沖縄でやるとおりに唐手を教えたいと思います。でも、教わる側が別のものを要求しているのです」

学生たちの、大きく足を広げて、どったんばったんと、勢いに任せてやる型の理由が、ようやくわかったような気がした。

若い彼らは、力というものを勘違いしている。大学生というのは、多くは西洋流の学問をやる。だから、体の動きや力の出し方も、西洋の体育の理論だけで考えようとするのではないか。

理屈をつけようとすれば、当然そうなる。唐手に限らず、武道の動きというのは、理屈で教えられるものではない。師の動きを真似《まね》ることでしか学べないのだ。

富名腰も苦労をしているのだろう。それはわかるが、富名腰の言うことを受け容《い》れたくはなかった。

「だからといって、教えるほうが教わるほうに合わせることはないでしょう」

「もちろん、私は、本来の沖縄の型を教えようとしました。だが、学生たちはどうしても力強い大きな動きを好むのです」

もしかしたら、沖縄人《ウチナンチュ》に対する差別意識もあるのではないだろうか。

朝基はふとそんなことを思った。

「大学生というのは、日本全国から集まってくる選ばれた人々ですね。自尊心や矜持《きようじ》も強いでしょう。そういう人たちは、沖縄の古い教えなど、心の中ではばかにしているのかもしれません。自分たちが学んでいる西洋の体育の理論のほうが正しいと信じているのでしょう」

富名腰は、渋い表情のままこたえた。

「あるいは、そうかもしれません。学生だけではなく、柔道や柔術をやる者が、余技で唐手を学ぼうとすることがあります」

「余技で……？」

「あるいは、自分たちの武技の参考にしようとするのです。講道館の嘉納治五郎さんは、まことに立派な人だが、唐手を講道館の一部門にしようとしたので、指導するのをやめることにしました」

これも、朝基にとっては意外な事実だった。沖縄武士にとって、武技というのは唐手でしかない。唐手が唯一の武芸なのだ。

他の武術の余技でやるとか、唐手を他の武術の参考にするという発想が理解できなかった。

朝基が腕組みして考え込んでいると、富名腰が言った。

「道場であなたのお相手をしていた小西《こにし》も、柔術や剣術をやっております」

「小西……?」

「小西康裕《やすひろ》といいます。高松商業学校にいた頃に、竹内流や無双流《むそうりゆう》柔術、そして、直《じき》心影流《しんかげりゆう》、鏡新明智流《きようしんめいちりゆう》、小野派一刀流《おのはいつとうりゆう》などの剣術を学んだそうです。中山博道先生のところで、神道無念流《しんとうむねんりゆう》剣術もやっていました。一年ほど前からうちの道場に来て唐手を習っています」

「そんなにいろいろなことをやって、唐手が身につくものかな……」

「この小西の先輩に当たる男で、大塚《おおつか》というのがおるのですが、これも柔術をやっております。神道揚心流《ようしんりゆう》柔術の免許皆伝だそうです」

「ならば、その柔術をやっておればいいものを……」

「ふたりとも、以前から唐手に興味を持っており、習う機会を探していたそうです」

「まあ、そういうことなら、学生たちとは心構えも違うのでしょう」

「大塚は、二年前、宮内省の道場で唐手の演武をやることになり、そのときに、柔術の技などを取り入れた組手の型を作りました。今は、ひそかに小西らと、その組手の型を研究しているようです」

なるほど、富名腰にとっては面白くない話かもしれない。

だが、二人の弟子の気持ちも理解できるような気がした。朝基自身、型稽古だけに飽きたらず、憲通と変手の工夫をしたり、掛け試しをやったりしたのだ。

しかし、柔術を取り入れた組手型となると、やはり唐手とは別のものになってしまうのではないだろうか。そんな懸念をぬぐい去れない。

富名腰は、よく頑張っている。それは理解できる。だが、唐手の本質をちゃんと伝えているかといえば、やはり疑問が残った。

いや、伝えてはいるのかもしれない。問題は教わる側なのだ。

見たところ、富名腰は謙虚な人柄のようだ。朝基に対して何かと遠慮しているようなところがあるのは、単に家柄を気にしているからではなさそうだ。

誰に対してもそうなのかもしれない。それは美徳だが、ヤマトの大学生を相手に指導するときには、もっと強硬に主張をしたほうがいいのかもしれない。

朝基はそんなことを思っていた。

「私も、東京で唐手の指導をしたいと考えております」

「それは心強く思います」

これは本心だろうか。

つい、そんなことを思ってしまった。東京では、富名腰は唐手普及の先駆者だ。その立場に固執するかもしれないと考えたのだ。

だが、どうやら富名腰というのはそういう男ではなさそうだ。素直に喜んでくれているらしい。

「私の教え方は、富名腰さんとは少々違うかもしれません」

富名腰はうなずいた。

「人それぞれですから」

「誤解をされると困るので、言っておきます。私は、あくまでも唐手の修行のために掛け試しをやったのです。東京で指導をするのも、乱暴な実戦本位の組手などではありません。唐手の本質を伝えるつもりです」

富名腰はにっこりと笑った。

「それを聞いて、ますます心強いと感じました」

2

「本部先生、お客さんですよ」

カメと呼ばれている泡盛屋の女店員が朝基を呼びにきた。

東京に出てきて間もない朝基を訪ねてくる者など思いつかない。はて、誰だろうと思って店に出てみると、小西康裕が立っていた。小西には連れがいた。若く、たくましい男だった。

「先日は、失礼をいたしました」

小西は深々と礼をした。

「わざわざ詫《わ》びに来たのかね?」

「はい」

朝基は、小西の隣に立っている男に眼をやった。小西よりも一回り体が大きい。

小西は、朝基の視線に気づいた様子で言った。

「こちらは、村上《むらかみ》君です。東洋大学の学生なのですが、長年講道館柔道をやっており、本部先生の話をしたところ、ぜひお会いしたいと申すので、連れてまいりました」

なるほど、と朝基は思った。

ただ詫びに来ただけではないようだ。

村上と紹介された若者は、ぺこりと礼をしてから言った。

「突然に失礼とは存じましたが、以前から唐手に興味を持っておりまして、ぜひお話がうかがえればと思いまして……」

「まあ、狭いところですが、上がってください」

朝基は二人を、寝起きしている店の奥の六畳間に案内した。

カメが茶を入れてくれた。

ふたりの訪問者は、女店員に恐縮した様子で礼を言った。朝基の身内と勘違いしたのかもしれない。

楽にしろと言ったが、二人とも膝を崩そうとしない。朝基はあぐらをかいて二人の相手をすることにした。

「『キング』の記事を読みました」

村上がやや興奮した面持ちで言った。

また、そのことか。

朝基は思った。会う人ごとに、その話をされるので、正直に言って少々うんざりしてきていた。

「一撃で、外国人ボクサーを倒されたそうですね」

「ええ、まあ……」

「唐手というのは、すごいものですね。『キング』の記事を読むと、柔道家はボクサーに苦戦していたらしいですね」

「ええ、そのとおりです」

「それを、唐手は一撃で倒したと……」

「はい」

村上の口調は丁寧だ。だが、眼は挑戦的だった。体格もよく、いかにも体力がありそうだ。講道館柔道に自信を持っているのだろう。

『キング』の記事がでっち上げではないかと思っているのかもしれない。ならば、どれだけ唐手のことを説明しても無駄だ。

「武技というのは、あれこれ口で言っても始まりません。やってみなければ、わからないものです」

村上がにわかに気色《けしき》ばむのがわかった。

小西がその場をとりなすような調子で言った。

「先生の強さは、私がよくわかっております。まったく手も足も出ませんでしたから……」

「だから、やってみなければわからないと言っているのです」

「わかりました」

村上が言った。「私も、唐手の凄《すご》さを味わってみたいと思います」

朝基はうなずいた。

「いつでもお相手しますよ」

ヤマトに出てきてから、対戦相手には不自由しなかった。もはや、修行のために掛け試しをやるようなことはなかったが、それでも、戦う機会があれば、必ずそれに応じることにしていた。

沖縄にいる頃は、朝基の名前が広まりすぎて、すでに対戦相手を探すのは難しくなっていた。

だが、ヤマトではそうではない。ヤマトの武術家たちは、沖縄の唐手などより、自分たちの武術のほうがずっと優れていると思っているのかもしれない。

それをことごとく打ち砕いてやるつもりだった。素手《すで》の闘技では、沖縄の唐手に勝るものはない。朝基はそう信じていた。

「では……」

村上は言った。「これからでは、いかがですか？」

「いつでもかまいません」

「大学の道場までご足労願えますか？」

「どこへでも参りましょう」

小西は、村上をいさめようとはしなかった。二人のやり取りを黙って聞いているだけだった。

村上は、最初からやる気だったのだ。そして、小西はそれを承知で連れてきたというわけだ。

講道館柔道は有名だが、朝基はまだ相手をした経験がなかった。一度は、戦ってみたいと思っていた。渡りに船とはこのことだ。

朝基は、部屋を出て、小西と村上の案内で東洋大学に向かった。

柔道場では、数人の部員が稽古をしていた。朝基は、村上に言った。

「講道館柔道の稽古を拝見するのは初めてです。しばらく見学させていただいていいですか?」

「もちろんです」

朝基は、少しでも戦う相手のことを知っておこうと思った。

部員たちは、自由に技を掛け合っている。古流の柔術のような型稽古ではない。相撲《すもう》のように動き回り、互いに技をかける隙《すき》をうかがい、またそれを必死で防ごうとしている。

なるほど、これが噂に聞いた、講道館の乱取《らんど》りというやつか。

嘉納治五郎は、古流柔術の稽古法に飽きたらず、こうして自在に技を掛け合う稽古法を確立したのだという。これが、講道館柔道躍進の一因となった。

部員たちの動きは素速い。そして、力強かった。

相手を巻き込んだと思ったら、たちまち畳に叩《たた》きつけていた。驚くべき速さだった。

攻防はきわめて機敏だ。

これは組み合ったら、面倒なことになるな。

朝基はそう思っていた。

朝基も足腰は充分に鍛錬している。相撲の米須マギーと組み合ってみた経験から、全身の筋力も鍛えている。そう簡単に投げられない自信はある。

だが、講道館柔道が相手となると話は別だ。唐手家が当て技の専門家なら、柔道家は投げ技の専門家なのだ。

学生たちの稽古を目の当たりにして、あらためて講道館柔道は決してあなどれないと感じていた。

稽古が一段落ついたところで、村上が、部員たちに朝基を紹介した。

「これから、本部先生が、唐手の模範試合を見せてくださるそうだ。私がお相手をする」

部員たちの眼が好奇に輝いた。おそらく彼らも『キング』の記事を読んでいるのだろう。そして、唐手よりも講道館柔道のほうが優れていると信じて疑わないに違いない。

小西は、部員たちと並んで座って成り行きを眺めている。

村上がやって来て言った。

「柔道着に着替えて参ります。先生はどうなさいますか？　柔道着ならお貸しできますが……」

「このままでけっこうです」

朝基は、羽織袴《はおりはかま》の正装だった。出かけるときは必ずそうすることにしている。羽織だけ脱いだ。

「本当によろしいのですか？」

「はい」

辻で掛け試しをしたときも、普段着のままだった。実際の戦いの折に服装を選んではいられない。

「わかりました。では羽織をお預かりします」

村上が着替えるまで待たされた。朝基は、ぽつねんと道場の真ん中に立っていた。

柔道部員たちの眼差《まなざ》しはそれぞれだった。挑戦的な眼をした者もいれば、こんな老いぼれに何ができると、嘲《あざけ》るような顔をした者もいる。

ようやく着替え終わって道場に戻ってきたと思ったら、村上は足を屈伸《くっしん》したり手足を回したりと準備運動を始めた。

ああ、これでもう勝負は決まった。

朝基はそう思った。

ボクシングのときも同様のことを感じた。戦いというのは、突然始まるものだ。敵は準備運動が終わるまで待ってはくれない。

「では、お願いします」

村上が朝基に向かって礼をした。朝基も礼を返した。

村上は威嚇的《いかくてき》な声を上げて、両手を突き出してきた。

朝基の着物なり腕なりをつかまえて投げようというのだ。つかみ合いの間合いは、唐手の間合いに比べてずいぶんと近い。

唐手の間合いを知らない村上はどうしても無造作に見える。一撃で倒せそうな気がした。だが、それでは芸がないと、朝基は思った。

相手は、講道館柔道の優位を信じて疑わないのだ。ただ、倒すだけではだめだ。相手を屈服させなければならない。

とはいえ、おいそれと摑《つか》まれるわけにはいかない。講道館柔道が実戦的なのは稽古を見ていてよくわかった。摑まれると、おおいに不利になるのは明らかだ。

朝基は、村上の腕を手刀で払った。

びくりと、村上が下がった。驚いた顔になった。唐手の払いは、そのまま攻撃にもなる。つまり、相手の攻撃を受け外すだけでなく、その腕を痛めてしまうほど強力なのだ。

村上は慎重になった。やや遠目に間合いを取り、朝基の出方を待っている。攻撃を誘っているのかもしれない。

相手が出てくるところをつかまえて投げようと、方針を変えたのかもしれない。

そんなあからさまな誘いに乗る朝基ではない。

「どうしました。離れていては柔道の技は使えないのではありませんか？」

朝基は言った。

この言葉を挑発と受け取ったのかもしれない。村上の顔に朱がさした。

再び、吠《ほ》えるような声を上げた。村上は勢いよく突っ込んできた。そのまま、巻き込むように投げるつもりだろう。

朝基は、左の拳を一閃《いっせん》させた。小指側の部分を相手の耳の下に打ち込んだ。鉄槌打《てっついう》ちだ。

朝基を背負うような動作の途中で、村上の動きが止まった。朝基は、相手の手ごたえが消えるのを感じていた。

村上は、その場に崩れ落ちてしまった。そのまま起き上がろうとしない。気を失ってしまったのだ。

道場の中は凍り付いたように静まりかえった。

「いかん……」

そう言ったのは、小西だった。「活《かつ》を入れなければ……」

だが、黒帯とはいえ、柔道部員で活を入れる心得がある者はいない様子だ。

「案ずることはありません」

朝基は小西に言った。

倒れている村上を仰向けにさせて、さらに上半身を起こさせた。右手を顎《あご》に添え、気合いを入れながら、左手で村上の背を叩いた。同時に右手でぐいと顎を持ち上げて、首をのけぞらせてやる。

村上がぱっちりと目を開けた。ぽかんとした顔をしている。

何が起きたのかわからないのだ。

ぼんやりと朝基のほうを見ている。

「手加減したので、大事ないと思います」

朝基は、村上に言った。

村上は、まだ夢を見ているような顔をしている。

小西が近づいてきて村上に言った。

「君は、本部先生に背負い投げをかけようとした。そのとたんに、一撃を食らったというわけだ」

ようやく記憶が戻ってきたらしい。村上の顔に見る見る驚きが広がっていった。

「そうだ……」

村上は言った。「自分は、得意の背負い投げを決めたと思っていた。その瞬間から、何も覚えていない……」

小西が言った。

「本部先生は、ゲンコツで君の首筋を打ったのだ。たった一撃だった」

村上が朝基のほうを見た。

「まったく手が出ませんでした。最初に手をはじかれたとき、しびれるくらいに痛いので驚きました」

「唐手の受けとはそういうものです」

「実は、これまで唐手には負けたことがないのです」

村上は言った。「慶應の学生などと、こっそりと何度か他流試合をやりました。最初の一発さえしのげば、あとはつかまえて投げることができました。唐手の学生たちは、足払いにも簡単にひっくり返りました」

「ほう、足払い……」

「はい。柔道では、投げる前に相手の体勢を崩すことが重要なのです。そのための小技がたくさんあります」

「見せていただけますか？」

村上は、部員の一人を呼んで、出足払いなどいくつかの足払いを見せてくれた。相手は、簡単にひっくり返る。

朝基は言った。

「私にかけてみてください」

「先生にですか？」

「ぜひお願いします」

「では、失礼します」

朝基は村上と組み合った。そして、ナイファンチ立ちとなった。

村上がさまざまな方向から足払いをかけてくる。だが、朝基の下半身はびくともしなかった。

手を放した村上は驚いた顔になって言った。

「まるで大木に足払いをかけているようです……」

朝基は言った。

「さきほどは、あなたが大技をかけてきたので助かりました。私を背負うように後ろを見せたので、その瞬間にまったく無防備な首が見えたのです。唐手では、相手を気絶させたければ、耳の下を打てと言われています。こうして、小技を連続して出されたら、私の体勢も崩れていたかもしれません」

村上はしばらく何事か考えている様子だった。

これでもう用はないはずだ。そろそろおいとましようか。

朝基がそう思ったときだ。突然、村上が畳の上で土下座をした。

「度重《たびかさ》なる非礼をお許しください」

朝基は、きょとんとして村上を見下ろしていた。

「いや、別に私は唐手を見せてくれというから来ただけのことです」

村上は顔を上げた。

「ぜひ、私たちに唐手を教えてください」

朝基はあまりに突然のことなので戸惑った。

「私たちというのは……？」

「まずは、この柔道部で指導をしていただくというのはどうでしょう。そのうちに、私が人を集め、正式に先生の唐手の部を作ります」

「おお、それはいい」

小西が言った。「それについては、私も手を貸そう」

戸惑っている場合ではないな。

朝基は思った。本当の唐手を広めるために東京にやってきたのだ。これは、またとない好機だ。断る理由は何一つない。

朝基は言った。

「私でよろしければ、ぜひ……」

「話は決まった」

小西は言った。「では、場所を移して、詳しい話をしましょう」

3

朝基は、小西の行きつけの小料理屋に連れて行かれた。村上も同行している。

そこでビールを初めて飲んだ。そのうまさに驚き、たちまち気に入ってしまった。

「先日、私が先生と立ち合った話を村上にしたのですが、まったく信じてくれないのです」

小西が言った。

朝基は、ほほえんだ。

「それで、彼をけしかけたわけですね？」

小西はとたんに慌てた様子になった。

「いや、けしかけたなど、とんでもない……。私は、先生の実力を村上にも知ってもらいたかったのです」

村上は、朝基の部屋を訪ねてきたときとは打って変わって、すっかりおとなしくなっていた。

一方、小西は雄弁になっていた。

「村上が、慶應の学生と試合をして負けたことがないというのは本当のことです。唐手はなかなか興味深い武術ですが、やはり他の柔術などと同じで、実戦的な講道館柔道にはかなわないのかと思っておりました。しかし、私は考え違いをしておりました。先生と立ち合ってみてそれがはっきりわかったのです」

村上がようやく口を開いた。

「今だから申しますが、実は『キング』の記事は眉唾《まゆつば》ではないかと思っておりました。先生のお年を考えると、いくらなんでも一撃はないだろうと……。その自分が、一撃で倒されてしまったのです」

二人があまりに朝基を持ち上げるので、どうしていいかわからなくなってきた。

「私はいろいろな戦いを経験してきた。それだけのことです。今後、その経験を活《い》かした指導ができればいいと思っております」

小西が大きくうなずいて言った。

「まずは、東洋大から始めましょう。私はいずれ、先生の後援会を組織するつもりです。ゆくゆくは先生に道場を構えていただきたい。そのために尽力いたします」

「東京に道場を……」

夢のような話だ。だが、本当の唐手を日本に広めるという目的を達成するためには必要なことだろう。

まずは、東京での唐手の実情を見てみようと思っていた。その先のことは何も考えていなかった。

話がとんとん拍子に進むので、なんだか恐ろしいような気さえした。いい気になったところで、梯子《はしご》を外されるのではないかという不安がある。

もう、そんなことは言っていられないんだ。

朝基は、自分にそう言い聞かせた。

今さら尻込みするわけにはいかない。大阪で留守を守っているナビーのためにも、朝基の唐手を内地に広めなくてはならない。

朝基は、小西と村上に頭を下げた。

「よろしくお願いします」

二人は、慌てた様子で背筋をぴんと伸ばし、礼を返してきた。

「こちらこそ、よろしくお願いします」

東洋大学では、当初柔道部の部員たちに唐手を教えていたが、やがて村上が言ったとおり、唐手研究会として柔道部から枝分かれし、独立した活動を始めた。

唐手研究会の部員は、講道館柔道の経験者が多かったため、この時期に朝基は柔道対策を研究した。摑まれたらどうするかを考え、いろいろな工夫をこらした。

部員も増え、まとまった月謝が入ってくるようになった。

大学でも、朝基は古来の教え方を守り通した。集団稽古はしない。それぞれに型をやらせる。それをじっと見守るだけだ。

余計な講釈はしない。ただ、ひたすら体に覚え込ませるのだ。沖縄で重視されている、鍛錬《ナンヂ》、筋骨《チンクチ》、餅身《ムチミ》を大切にした。

西洋の体育理論に基づいて稽古するよりも、そのほうがずっと早道だと思った。武術の動きというのは、体育の動きとは違う。

筋力や敏捷性《びんしょうせい》が高まったからといって、武術的な動きができるわけではない。西洋からやってきたさまざまな運動には、それに適した筋肉が必要だ。

それと同じことで、武術にも独特の鍛錬法がある。

学生たちは、研究熱心で時折質問に来る。そういうときは、丁寧に説明をした。朝基の沖縄弁《ウチナーグチ》は、ときには伝わりにくいこともあったが、それでも学生たちは、真剣に耳を傾けてくれた。

東洋大学の稽古には、小西が顔を出すこともあった。あるとき、ちょっと気になって小西に尋ねた。

「私のところに稽古に来ることについて、富名腰さんは何も言わないのか？」

「本部先生は、本物の武術家だから、いい機会なのでしっかり習って来るようにと言われています」

昔の沖縄のようだ。かつては、名人達人といわれた武士でも、型を一つか二つしか知らないということがよくあったそうだ。

一つの型に熟達すれば、充分に手の達人になれるという証《あかし》だ。だから、弟子に対して「どこどこの何某《なにがし》は、バッサイの名手だから、そこに行って習ってこい」などということがよくあったらしい。

朝基自身も、糸洲安恒だけでなく、松茂良興作などに手を習ったのだ。

唐手が近代化して、先生が道場を構えるようになり、そういうこともだんだんとなくなっていった。富名腰は、朝基同様に安里安恒と糸洲安恒という二人の武士に師事している。

彼もその時代のことをよく覚えているのだろう。

慶應大学や中山博道の道場で、富名腰の弟子たちの型を見たとき、正直に言ってこれでは唐手が変わってしまうと思った。

富名腰は、もしかしたら、ヤマトの人間に劣等感を持っているのではないだろうか。大学生というのは日本中から選ばれた優秀な人材だ。富名腰は、その劣等感ゆえに、大学生が言うことに異を唱えることができないのかもしれない。

あるいは、大学生たちが気にいるように、積極的に唐手を近代化させようと考えているのではないだろうか。

朝基は、そんなことさえ考えたことがあった。

だが、次第にそうではないことがわかってきた。富名腰は、本当の型を伝えようとしているのだ。やはり、習う側の問題なのだ。富名腰も悩んでいるに違いない。

東洋大学の学生も、ともすれば、勢いに任せて動こうとする。朝基は、それを厳しく戒めた。

勢いを利用する動きは、若いうちはいいが、年を取ると衰える。武術に本当に必要なのはそういう力ではない。

稽古中はあまり説明をしない朝基だが、その点については詳しく説明した。これは、本物の唐手を身につけるためにたいへん大切な要素だからだ。


「先生、これをお読みになりましたか？」

久しぶりに、大阪に残してきたナビーと子供たちに会いに行こうと旅支度をしていた。いつも手紙のやり取りはしているが、やはり家族のことは気になる。そこに、小西がやってきて言った。

手に小冊子を持っている。受け取ってみると、表題に『慶應義塾唐手研究会』とあった。

「記念誌か。これがどうかしたか？」

「富名腰先生の文章が載っているのですが、そこで、カラテの文字を唐の手から、空《くう》の手に改めると書いておられるのです」

「ほう……」

何でも、富名腰は、般若心経《はんにやしんぎよう》の「色即是空《しきそくぜくう》」からその文字を取ったのだという。ざっと読んでみたが、朝基は興味を感じなかった。

「これをどう思われますか？」

小西が尋ねる。

「いや、どうと言われても……」

「まるで、唐手の先生が富名腰先生お一人のような振る舞いではないですか。先生方が協議されてお決めになったのならいざ知らず、富名腰先生が独断でカラテの表記を決めるなど……」

「別にいいではないか」

「しかし、本部先生には何の相談もなかったのでしょう？」

「この空の手と書く空手の表記は、何も富名腰さんの発明じゃないよ」

「は……？」

「明治三十八年のことだったか、沖縄の第一中学と師範学校で唐手が正課として採用された。そのときに、トゥディーという言い方も、ヤマト風にカラテになり、表記も空の手と書くと定められたんだ。沖縄の役所や学校などは、廃藩置県後、なんでもヤマト風に改められてしまった」

「そうなんですか……」

「それに、私はいまだにカラテという言い方はぴんとこなくてね。昔は手《ティー》といっていたからな」

「先生がそうおっしゃるなら……」

小西は、入ってきたときの勢いをすっかり失っていた。

「そんなことを知らせにわざわざ来たのか？」

「あ、そうだ。もう一つ用事があったのです。先生が、大阪からお帰りになったら、ぜひとも紹介したい男がいるのです」

「何者だ？」

「これも富名腰先生のところで唐手を習っている者ですが、神道揚心流柔術の免許皆伝です。大塚博紀《ひろのり》というのですが……」

「その人のことなら、富名腰さんから聞いている。一度会ってみよう」

小西はうなずいた。

「大阪からのお帰りをお待ちしております」

ナビーも子供たちも元気で暮らしていた。朝正が驚くほど大きくなっていた。子供の成長は早い。他の子供たちは、いっしょに暮らした時期が長かった。だが朝正が物心つくころ、朝基は東京に住んでいた。いっしょに暮らしていないので、朝正は照れているのか、あまりそばに来ようとしない。それが気になったが、男の子は元気ならそれでいいと思うことにした。

朝基は、ナビーに東京でのことを話してきかせた。

富名腰に会ったことや、東洋大学で唐手を教えはじめた話を、ナビーはうれしそうに聞いた。

大阪時代の唐手の仲間などに会っているうちに、慌ただしく日々が過ぎた。

もっとゆっくりと大阪で過ごしたかったが、そうもいかなかった。東京では弟子たちが待っている。

東京に戻ると、すぐに小西が大塚博紀を連れてやってきた。大塚は、顔立ちのととのった男だった。小西より一つ年上だという。

「ぜひとも先生にご教授いただきたいと思っています」

大塚は、見かけも端正なら言葉遣いや所作も上品だった。

「習いたいというなら、教えるが、柔術の傍らにやるつもりならやめておいたほうがいい」

「私は、今後、唐手を専門にやるつもりです」

大塚の眼差しは真剣だった。朝基は、その眼を見て、大塚に指導してもいいだろうと思った。

「君は、組手型を考えたそうだね？」

「はい。もともとは演武用に考えたものですが、それに工夫を加えて、練習で使えるようにしました」

「そういう工夫は大切だと思う。唐手も型だけでは不足だ。鍛錬もやらなければいけないし、組手も必要だ」

大塚は眼を輝かせた。

「先生ならそうおっしゃると思っておりました」

小西が言った。

「私は、この大塚とともに先生の後援会の活動を進めたいと思っております。いずれ、道場を見つけるつもりです」

本当にこの俺《ワン》が東京に道場など持てるのだろうか。朝基は、まだ半信半疑だった。

「ありがたい話だが、この沖縄の田舎者にどうしてそこまでしてくれるのだ？」

その問いに、大塚がこたえた。

「私たちは、唐手の指導者を渇望していたのです。唐手は強力で魅力に満ちた武術です。

しかし、本土ではそれを指導してくれる先生がなかなか見つかりません」

「まあ、そうだろうな」

「富名腰先生は、とても貴重な存在だったのです。富名腰先生は、初心者なら五年、武道の経験のある者なら二年でたいていの型は覚えられるとおっしゃいました。私は、夢中で先生のもとに通い、一年半ほどで、富名腰先生が知っておられる型のほとんどを覚えたのです」

朝基は、この言葉に驚いた。

「初心者なら五年、武道経験者なら二年……。富名腰さんが本当にそんなことを言ったのか？」

「はい」

「唐手の修行はそんなに簡単なものではないよ。型は覚えただけでは何の意味もない。型で体を練るのだ」

「富名腰先生は、大学生を中心に考えておられるようですね」

大塚の言うとおりだろう。富名腰も言っていた。大学生は、三年ほどしか稽古をしない。その間に何らかの結果を出してやらねばならない、と。

初心者で五年、武道経験者で二年とは、おそらくようやく唐手の何たるかがおぼろげに見えてくる時期のことを言ったのだろう。柔道で言う黒帯の段階に違いない。本当の修行はそこから始まるのだ。

だが、この富名腰の言葉を聞いた若者の中には勘違いをした者がいるに違いないと、朝基は思った。

五年もやれば、免許皆伝なのかと、唐手を軽く見る者が出てくるはずだ。

今後、そういう者に出会ったら、その勘違いを正していかねばならない。だが、それがヤマトの若者に理解してもらえるだろうか。大学生たちにしてみれば、富名腰の物言いのほうが受け容れやすいにちがいない。

朝基はそれが気がかりだった。

第十章　チャンピオン

1

　ある日、読売新聞社の社員が訪ねて来て、朝基を驚かせた。

「新聞社が、私のような者にどのようなご用でしょう」

　相手は言った。

「私どもは、文化事業の一環として、尚武の気風を高めようと、さまざまな武術の演武会を催しております。ついては、ご高名な本部先生にも演武をお願いできないものかと存じまして……」

　世の中がだんだんきな臭くなっていることは、肌で感じられた。大陸でもめごとが続いていたし、国内では軍部の発言力がますます強まっていた。文化事業などと言っているが、おそらくは軍部の意向を慮《おもんぱか》ってのことだろうと、朝基は思った。

新聞社の思惑はどうあれ、演武となれば断る理由はない。本当の沖縄《ウチナー》の唐手《トウディー》がどのようなものか、世に知らしめるいい機会だ。

「わかりました。私でよろしければ、やらせていただきましょう」

新聞社の者は、ほっとした表情で言った。

「引き受けてくださいますか。ありがとうございます」

日時や場所の打ち合わせをして、その男は帰って行った。場所は、読売新聞社の講堂だということだった。

この年、朝基は還暦を迎えていた。

この新聞社の男のように、すでに朝基を名人・達人と思っている人たちがいる。弟子もたくさんできて、周りの人々も「先生、先生」と持ち上げてくれる。

たしかに、日本の武術の先生は、六十歳にもなれば、武道家然とした貫禄《かんろく》もあり、自分では稽古《けいこ》もせずにふんぞり返っている者もいるようだ。

冗談ではないと、朝基は思った。

強くなるには、まだまだ修行が必要だ。そして、自分はさらに強くなれるという自信があった。

東洋大学で教えるようになってからも、自分自身の鍛錬《ナンチ》は欠かさなかった。

唐手は湯のようなものだと言った者がいるそうだ。絶えず熱を加えなければ、元の水に戻ってしまうということだ。

これは言い得て妙だと思った。

たしかに、技は鍛錬《たんれん》しなければ衰えていく。武力《ぶちから》という言葉がある。武術に必要な力のことだが、足腰の力や膂力《りよりよく》は武術に必要不可欠だ。

そういう力の鍛錬は、一生続けていかなければならない。

その一方で、術はすでに完成の域に達しているという思いがあった。術は技とは違う。水泳は、一度覚えれば一生忘れない。それと同じようなものだ。

相手の呼吸に合わせることや、入り身の拍子などは、一度身につければ衰えることはない。

型は、技の鍛錬に役立つ。そして、型の分解組手や変手《ヒンディー》は、術を学ぶのに役立つ。

また、朝基はこのところ棒の手を研究していた。かつて、沖縄の武士《ブサー》たちは、棒をやって一人前といわれたそうだ。

たしかに棒の手は、唐手をより深く理解する上で役に立つ。

唐手で突くとき、もう一方の手を腰や胸の脇に引き付ける。あれは、突きの本当の形ではない。

唐手の突きや当ては、もっと短い距離から出すものだ。ほとんど拳が触れるくらいの近間から打ち込むのが本当だ。

では、あの一般的に見られる突きの形は何かというと、棒で打ち込んだときの両手の形なのだ。それをちゃんと理解していないと、唐手の突きは腰から突くのだと勘違いしてしまう。

また、棒を扱うには、両手をうまく連動させなければならない。この動きは夫婦手《メオトデイー》のためのいい練習になる。

沖縄の先人はそういうことをよく理解していたのだ。

だからこそ、棒をやらなければ唐手は半人前と言われていたのだ。

沖縄には、佐久川の棍《こん》や徳嶺の棍など、棒の手の型がたくさんある。残念ながら、朝基はそれらの型を学んだことがなかった。

だから今のところは独自に研究するしかなかった。自室の柱に上下二ヵ所穴を開けて、それを突く練習をした。

朝基は、決まった時間に決まった量の稽古をするわけではない。いつでも思いついたときに、型をやったり鍛錬をしたりする。棒についても同じだった。

ちょっとあいた時間があれば、柱の穴に向かって棒を突き出す。立ってやることもあったし、座ったままやることもあった。

こうして型や棒の手を繰り返しやっていると、どうしてももっと深く唐手のことを知りたくなるのだった。

型ももっと知りたい。棒の型も覚えたい。

朝基の向上心に終わりはなかった。


読売新聞社の講堂は、満員だった。観客を見て、朝基は思わず言った。

「ほう……。みんな唐手に関心が高いようだな」

随行していた小西が言った。

「先生だからですよ。みんな、『キング』に載った先生の技を見たいと思っているのです」

「よかろう。存分に見せてやろう」

朝基は、まず型を披露した。ナイファンチとバッサイだ。両方とも朝基が得意とする型だ。

どちらの型にも、実戦的でしかも応用がきく技が豊富に含まれている。

特に、ナイファンチは、首里や泊に伝わったさまざまな型の要素を凝縮した型だといってもいい。

横に一歩動くだけの単純で短い型だから、見る眼のない者にはつまらない型に思えるだろう。

朝基はそう思っていたが、ナイファンチをやり終えると、一瞬会場内が静まりかえった。ややあって、拍手がわき起こる。思った以上に手ごたえがあった。

　バッサイはさらに好評だった。

　控えの場所に戻ると、小西が言った。

「お見事でした」

「観客は、唐手の型を理解しているようだね」

「武術関係者も多く来ているようですから、先生の迫力が充分に伝わるのでしょう」

「では、次は型の応用組手をやってみせよう。まず、君が相手をしてくれ」

「はい」

　小西が立ち上がった。

　朝基は、会場の中央で小西と向かい合うと、まず、腹を拳で突いてくるように言った。

　小西が鋭い気合いを上げて打ち込んでくる。朝基はそれを左の前腕で受け外すと同時に、右の拳で小西の腹を軽く打った。

　本気で当てると、演武にならない。

　これは、ナイファンチの中にある両手突きの動きを応用したものだ。

「同じく……」

　朝基は小西に言った。

　小西は再び、朝基の腹を狙《ねら》って突いてくる。今度は入り身になると同時に左の拳を右《みぎ》肘《ひじ》に添え、右の拳で顎《あご》を突き上げる形を取った。

これも、ナイファンチの応用だ。肘に拳を添えて正面を突くときの動きだ。

「同じく腹を……」

今度は、突いてきた小西の手首を軽く引き付け、右の裏拳を顔面に決める。

もちろん、実際には当てていない。

会場内は、一手ごとに、ほうっという吐息が洩《も》れる。

「今度は顔面を突いてきなさい」

小西は、勢いよく顔面に拳を打ち込んでくる。朝基は、それを左の前腕で撥ね上げながら、右の拳を小西の腹に決めた。

「次は、好きに突いてきなさい」

小西が、一瞬躊躇《ちゆうちよ》する。

「参ります……」

構え直すと、まず、左手で顔面を突いてきた。朝基は、それを受け外す。小西は続いて右の拳を出そうとしていたが、すでに朝基がてのひらでそれを押さえていたので、受けられた左手を手刀に変化させようとした。

朝基は、すかさずその左手首をつかみ、引き付けて、腹に左の肘を決めた。

一瞬の間に、三手ほどの技の攻防が行われた。

「同じく……」

今度は、小西は一歩踏み込んで、右の拳を顔面に飛ばしてきた。実戦では、顔面への攻撃が効果的だという教えをちゃんと守っている。

朝基は、左の前腕で打ち上げながら入り身になった。右の肘を小西のあばらに決めようとする。

小西がそれを左の腕で防いだ。朝基は、左手で小西の右手首をつかんで引き付け、右の肘打ちを裏拳に変化させて、小西の顔面の直前でぴたりと止めた。

会場から、感嘆の声が上がる。

小西との組演武はそれで終わりにした。他に二人、弟子を連れてきている。一人は、東洋大の村上だ。もう一人は、仲田次郎《なかたじろう》という男で、彼は柔道四段だった。

朝基は、まず村上と仲田に柔道の乱取《らんど》りをやらせた。彼らの柔道の実力を観客にわからせたのだ。

その後、仲田を呼んで、柔道を相手にしたときの組演武を披露した。

仲田に背負い投げをかけさせる。

背中を見せた瞬間に、左の鉄槌《てっつい》を打ち込んで倒した。これは、東洋大学で、村上を相手にしたときに咄嗟《とっさ》に使った技だ。

朝基は、すでにその技を我がものにしていた。

さらに、足払いをかけさせる。村上と立ち合ったときに、足払いがなかなかやっかいだと感じていた。その後、いろいろと研究をした。

仲田が足払いをかけようとした瞬間に、踏み込んで深々と腰を落とした。それだけで足払いを封じることができた。同時に、肘打ちを仲田の腹に決めていた。

さまざまな角度から足払いをかけさせたが、深く踏み込むことで、ことごとく防いでみせた。

すべての演武を終えると、観客席から盛大な拍手が聞こえてきた。

だが、朝基はそれだけでは満足しなかった。

村上に耳打ちして、観客席に向かってこう言うように命じた。

「柔道、ボクシング、その他何でも腕に覚えのある方で、飛び入り勝負のご希望があれば、お申し出ください。本部師範自らお相手いたします。ただし、生命は絶対に保障します」

朝基は本気だった。

小西によれば、会場には武術関係者も大勢やってきているということだった。ならば、飛び入り試合を希望する者もいるだろうと思った。

ぎりぎりの戦いになれば、生命の危険もあるだろう。向こうも本気、こちらも本気ということになるからだ。

だが、朝基にはそうならない自信があった。唐手を絶対的に信頼していた。

村上が、朝基に言われたとおりに館内に呼びかけた。会場は、ざわついた。

さあ、柔道でも柔術でもボクシングでもいい。誰か、戦いを希望する者はいないのか。

だが、ついに一人の申し出もないまま、主催者側が「そろそろ時間だ」と言ってきた。

「残念ですね」

朝基は言った。「誰かが名乗り出れば、本当の本部の唐手が見られたのですが……」

主催者の読売新聞社の連中は、目を丸くしていた。

2

家主である泡盛屋の主人が、奥の部屋にやってきて告げた。

「先生、お客様です」

主人はどこか不安げな表情だ。

朝基は、店内に立っている客を一目見て、その理由がわかった。髪を短く刈った着流しの男が、慇懃《いんぎん》に頭を下げた。やくざ者だ。

「私にご用ですか？」

やくざ者は、頭を下げたまま言った。

「私どもの主人が、ぜひ先生をご招待したいと申しております。ご迷惑かとは存じますが、ぜひおいでいただきたいのですが……」

泡盛屋の主人や使用人のカメたちが、怯《おび》えたような眼で朝基を見ている。相手が何者であろうが、朝基は気にしない。

「どこまでうかがえばよろしいのでしょう」

「主人の家は、横浜です。横浜までご足労いただきたいのです」

「わかりました。うかがいましょう」

使いのやくざ者はほっとした様子で言った。

「ありがとうございます。主人も喜ぶことと存じます」

横浜はまだ行ったことがなかった。東京よりも異国情緒があって、なかなか面白いところだと聞いていた。

列車に乗って横浜駅まで行くと、車が待っていた。

車窓から、白いペンキ塗りの洋館やレンガ造りの建物が見える。

西洋人の姿も目立つ。なるほど、本当に異国のようだと、朝基は思った。

連れて行かれたのは、立派な日本風の屋敷だった。ふと、昔住んでいた本部《もとぶ》御殿《ウドウン》を思い出した。

六十歳ほどの背の低い男が、にこやかに朝基を迎えた。頭が薄く、赤ら顔だ。体格はよくないが妙な迫力を感じさせる。眼差《まなざ》しが鋭い。音山《おとやま》とだけ名乗った。

　これだけの屋敷を構えるのだから、かなりの大親分なのだろう。朝基は知らないが、名の知れた俠客《きようかく》に違いない。

　客間に通された。すぐに若い衆が茶を持ってきた。音山には、常に何人かの若い衆が付き従っている。

　上座の朝基に、音山が言った。

「前々から先生の評判はうかがっておりました。つい先日も、読売新聞社の講堂で演武をやられたそうで……。そのときの話を知り合いから聞きまして、これはもう、どうしても一度お会いしてみたいと思いまして……」

「それは、恐縮です」

「飛び入りの勝負を受けるとおっしゃったそうですね」

「そのつもりでした」

「柔道、ボクシング、何でも構わないと言われたとか……」

「はい」

　音山の眼が妙な輝き方をした。子供がおもちゃを見つけたときのような眼だ。

「実は、私はボクシングの道場を持っていましてね……。もし、よろしければ、その道場生と立ち合ってみていただけませんか？」

なるほど、そういうことか。

朝基は招かれた理由を理解した。音山は、朝基の実力に興味を持ちつつ、半ば本気にしてはいないのだ。

どんな挑戦でも受ける。そう決めている朝基だ。音山に向かって言った。

「いつでも、けっこうです」

「そうですか」

音山はますますうれしそうな顔になった。「では、さっそくボクシング道場にご案内します」

ロープを張った四角い闘技場がある。リングだ。その周辺で、何人かの若者が稽古をしていた。

天井から吊《つる》した大きな革袋を叩《たた》いている者がいた。重そうな革袋だ。あれは、なかなか実戦的な鍛錬になるな。朝基は、そう思いながら、その様子を眺めていた。

音山が、一人の若者に命じた。

「おい、おまえ、本部先生のお相手をしろ」

若者に怯んだ様子はなかった。ボクシングの技術に自信を持っているようだ。しかも、相手は老いぼれだ。負ける気がしないに違いない。

朝基は、音山に言った。

「あの革の小手のようなものを着けると、唐手の技が使えません。私は素手《すで》でやりますが、いいですか？」

「小手……？　ああ、グローブのことですか。ええ、先生のよろしいように……」

「その代わり、相手をする人も、素手でもかまいません」

音山が若者に尋ねた。

「どうする？」

しばらく考えていたが、結局相手はグローブを着けたままやることになった。

二人でリングに上がる。朝基は、袴姿《はかますがた》のままだ。

「さあ、どうぞ」

朝基が言うと、相手の若者は余裕の表情で、小刻みに跳躍を繰り返して、間合いを詰めてきた。

朝基は呼吸を合わせていた。

左の短い打撃が飛んでくる。

京都で飛び入り試合をやっていたので、すでにボクシングの手の内は知っていた。

左を打ち出しておいて、間合いや拍子をはかり、右の強い打撃を見舞ってくるはずだ。

右を出させるつもりはなかった。

朝基は、相手の左を右の平手で叩くと同時に、左の掌底《しょうてい》で顎を突き上げてやった。

その一撃で、相手は仰向けに倒れてしまった。

なんとも手ごたえのない……。

朝基は思った。西洋かぶれの連中は、ボクシングをありがたがって見物したり稽古したりする。

だが、朝基にとっては、唐手のほうがずっと実戦的だった。

リングの下で、音山が目を丸くしているのが見えた。よほど驚いたらしい。

「おい、おまえ」

音山が別の者に言った。「今度は、おまえがお相手しろ」

その男は、さきほどの若者よりは、多少年上のようだった。体格が一回り大きく、筋肉もよく発達している。かなり格上と見て取った。

その男がリングに上がる。

朝基は構えた。右手、右足が前になる。右肘に左の拳を添えていた。

この男も、先ほどの若者同様に、小さな跳躍を繰り返す。

これは、そこそこ楽しめるかもしれない。朝基は、そんなことを思っていた。

やはり、相手は左を何度か出してきた。さきほどの若者よりも、拳が速い。だが、それだけのことだった。

左の打撃に右の攻撃を織り交ぜるのがうまい。唐手の鉤突《かぎつ》きのような攻撃もなかなか鋭い。

朝基は、自分の間合いを守りながら、相手のすべての攻撃を受け外した。

「どうした」

音山の声が聞こえた。「本気で行かなきゃ、先生に失礼だろう」

この男は、充分に本気なのだ。

朝基は、心の中で音山にこたえてやった。

案の定、相手の手がそれ以上に速くなることはなかった。逆に打撃が大振りになってきた。

男は全身に汗を光らせている。朝基はほとんど汗をかいていなかった。

そろそろ終わりにするか。

朝基がそう思った瞬間だった。相手が、大振りの右拳を打ち込んできた。

朝基は、つっと前になっている右足を前方に滑らせた。入り身になると、そのまま相手の腹を打った。

相手の攻撃は途中で止まっていた。かっと宙を見据えている。やがて、男はその場に崩れ落ちた。

朝基は、すたすたとリングの端に戻った。

リングの下で、音山がぽかんと口を開けて立ち尽くしている。

朝基は声をかけた。

「まだやりますか？」

音山が、はっと夢から覚めたような様子で言った。

「いえ、もう充分です。さすがに名高い本部先生だ。感服しました」

それから、席を移して宴会となった。

音山は、次から次へと料理を出してきた。朝基は、遠慮なく好きなビールを飲み、料理をごちそうになった。

酒を酌《く》み交わしながら、音山はしきりに朝基のことを持ち上げた。彼も上機嫌だった。

「本当に、こんなに強い人を見たのは初めてです。世の中には恐ろしい人もいたもんだ……」

「いえ、私はまだまだ強くなるつもりです」

「これはまた驚いた。失礼だが、先生はもう還暦を過ぎていらっしゃるのでしょう。それなのに、まだ強くなれるとおっしゃるのですか？」

朝基は、ほほえんだ。

「それが、沖縄の唐手です」

東洋大での指導や読売新聞社講堂の演武が話題になり、やがて鉄道省でも唐手の指導をするようになっていた。

3

昭和十四年（一九三九年）のことだ。富名腰義珍が、雑司ケ谷《ぞうしがや》に道場を作ったと知らせてきた。「松濤館《しょうとうかん》」と名付けたという。

松濤というのは、富名腰が漢詩を作ったりするときの雅号だそうだ。

なんとも富名腰さんらしい命名だな。

朝基はそんなことを感じていた。富名腰には、風雅な趣味がある。

松濤館の設立で、慌てたわけでもあるまいが、小西たちが朝基の道場の目処《めど》がついたと言ってきたのは、その直後のことだ。

場所は、本郷《ほんごう》の餌差町《えさしちょう》だった。

どんなところだろうと文句はなかったので、すぐに借りることにした。家賃が十円ということだった。小西たちと相談して、入門料を二円、月謝三円とした。

泡盛屋を出て、道場兼自宅に引っ越した。富名腰が道場に名前をつけたのにならって、朝基も「大道館《だいどうかん》」と名付けた。

看板には、こう書いた。

「拳法指南本部・大道館」

前半の部分は、表札の代わりだ。

だが、これが変な誤解を呼んだことがあった。朝基がしばらく大道館を留守にしたときのことだ。

アメリカからボクサーが十人ほど訪ねてきたというのだ。ジャパンタイムズのモーガンという女性記者が連れてきたそうだ。

帝国ホテルの通訳が、大道館の看板に「拳法指南本部」とあるのを誤解して、「ほんぶ」と読み、唐手の組織の本部と思い込んで紹介したらしい。

このときは、大野、堀という二名の弟子が相手をして、アメリカ人ボクサーを打ち倒したという。その後、弟子が帝国ホテルに滞在しているボクサーたちに、一ヵ月間ほどの訪問指導をした。


このとき、朝基は、ちょうど沖縄に行っていた。

さらに、型を研究したかったし、棒の型も覚えたいと思っていた。

沖縄の型も時代とともに変容しているという。

ヤマト世《ユー》になってずいぶんと経《た》った。学校でも、沖縄弁《ウチナーグチ》を使うことを禁止しているために、老人が話している内容を理解できない若者が増えているという。

言葉に対する弾圧は、文化に対する弾圧だ。首里王府は、記憶の彼方《かなた》にかすかに残っているだけで、皇民化した沖縄人《ウチナンチュ》が増えていく。

文化が廃《すた》れるということは、民族が廃れるということだ。唐手も当然、その影響を受ける。

唐手は、学校などで正課として取り入れられたというが、それが本来の唐手の姿でないことは明らかだ。今しかないと、朝基は考えていた。

今のうちに、古老を訪ね歩いて古いままの唐手を学んでおかなければ、唐手も死に絶えてしまう。

朝基は、このところ特にその思いを強くしていた。東京に道場を持ったことで、いちおうの目的を果たせたと考えた朝基は、沖縄に行くことを決心したのだった。

大阪まで汽車で行き、ナビーと子供たちを伴って船で那覇に渡った。このときの帰郷は実り多いものだった。

まず、昭和三年に亡くなった長兄・朝勇の墓参りをした。朝勇は、沖縄唐手研究クラブを設立するなどの活動をしていたことを、朝基は後になって知った。朝勇もまた、「本部御前《ウメー》の蹴り《キリチ》」と讃《たた》えられる武士だった。

また、伊良波長春の墓参りも済ませた。

屋部憲通が、ロサンゼルスやハワイで唐手の演武をやったというのは聞いていた。その後は自宅で指導をしているということだった。

訪ねてみて驚いた。憲通は、肺結核を患《わずら》っていた。

頑強だった憲通がまるで別人のようにやつれていた。

病床の憲通は、朝基が訪ねてきたことをおおいに喜び、しばらく唐手談義をした。

やはり朝基が恐れていたとおりで、昔ながらの修行をしている武士は冷遇され、政府の、もっと有り体に言えば軍部の顔色をうかがう唐手家が優遇されているのだという。

朝基は、憲通に誰を訪ねればいいか教えてもらい、首里手《シュリディー》、那覇手《ナハディー》、泊手《トマリディー》の区別なく、古い型を知っている古老の教えを請うた。

その結果、自分が考えていたことは間違いなかったという確信を朝基は得た。

首里手、泊手のすべての型の技は、ナイファンチが基本になっている。

那覇手はまったく系統が違うが、体を練るために練習する基本型は、やはりナイファンチに通じるものがあった。

自信を深めて、再び東京に戻った。

ナビーと子供たちも東京に呼ぼうと思ったが、すでにナビーは大阪に生活の拠点を築いており、子供たちとともに大阪に残ると言った。

家族とまた離ればなれになるのは淋《さび》しかったが、朝基は東京で、今最も充実した日々を過ごしている。

朝基の唐手を心底から学びたいという若者たちが集まり、大道館は活気にあふれていた。また、大道館には、武道経験者も多く訪れた。

朝基は、そういう人々にも丁寧に唐手のことを解説した。他流や他武術の連中に、そこまで教えることはないだろうと、弟子があきれるくらいに詳しく話してきかせた。

心配する弟子には、こう言ってやった。

「唐手は、話を聞いたくらいで、おいそれと真似《まね》ができるものではないよ」

憲通が亡くなったという知らせが来たのは、朝基が東京に戻って間もなくのことだった。

朝基にとって、先輩であり、かけがえのない親友でもあった。

そうか。先に逝《い》ったか……。

さまざまな思い出が去来し、しばし茫然《ぼうぜん》としたが、意外にもそれほど悲しくはなかった。沖縄で憲通に会って、ある程度は覚悟をしていた。死ぬ前に会えてよかったと思った。

お互いに好きな唐手のために生きた。おそらく憲通は満足して死んでいっただろうと思った。

俺《ワン》も死ぬときはそうありたい。

朝基は、沖縄の方角を確かめて、そちらに向かって合掌した。

大道館ができてからは、いつでも弟子が稽古できるように、朝から夜遅くまで道場を開いていた。

東洋大学や鉄道省への出張稽古もある。演武を頼まれることも多くなっていた。

忙しいと、月日があっという間に過ぎていく。いつしか、弟子の数も増えて、餌差町の道場は、ずいぶんと手狭になっていた。

唐手の稽古はどんな場所でもできる。半畳ほどの広さがあればいい。だが、それは、一人で稽古する場合や、一対一で指導を受ける場合に限られる。

道場稽古というとそうも言っていられない。型も教えなければならないし、対人稽古も必要だ。

門弟は学生が多いので、おいそれと掛け試し《カキダミシー》を勧めるわけにもいかない。実際に技を試すのも道場の中で、ということになる。

弟子たちも、狭いと感じていたらしく、何やら相談していたと思うと、栗原《くりはら》という弟子が市谷《いちがや》の柳町《やなぎちょう》に新しい道場を見つけてきた。

こちらの家賃は十五円だということだったが、弟子も増えて充分に支払えると思ったので、すぐに移ることにした。

年のことなど気にしたことはなかったが、柳町に大道館を移したとき、朝基は六十八歳になっていた。

普通なら足腰も弱る年齢だ。だが、朝基は自分の体が衰えていくということを認めるのは嫌だった。

たしかに年を取れば肉体は衰えていく。だが、鍛錬がそれを補ってくれるし、術は幾つになっても衰えないはずだと信じていた。

柳町に道場を移した後も、武術の経験者や師範などが訪ねてきて、その中には立ち合いを求める者もいた。

もちろん、朝基は一度も断らなかった。

あるとき、銃剣術の有段者が試合を申し込んできた。その者には防具を着けさせた。

朝基はいつもの着流しだ。このときは、棒で相手をした。いずれも、相手が突いてこようとした瞬間に棒を突き出した。

防具を着けているとはいえ、樫《かし》の棒で突くと大怪我《おおけが》をする恐れがある。防具の直前で止めた。相手はあっさりと負けを認めた。

そういうことがしばしばあったので、成川《なるかわ》という弟子が、一人の若者を連れてきたときも、別に特別のこととは思わなかった。成川というのは、武術や格闘技の世界に顔が広い男で、本人も唐手の他に何かやっているようだった。

道場で稽古していた門弟たちの何人かが、成川といっしょにいる若者を見て、目を丸くした。

朝基は、何事かと思った。

「先生」

成川が言った。「こちらは、ボクシングの堀口恒男《ほりぐちつねお》君です」

朝基は、その名を聞いて門弟たちの反応に合点がいった。ボクシングなどの西洋の格闘技にはまったく興味はないが、ピストン堀口の名前はさすがに知っていた。

東洋フェザー級のチャンピオンだ。相手を追い詰めると、休みなく左右の連打を繰り出し、それがピストンと異名を取る所以《ゆえん》だった。

成川が言った。

「堀口君は、実戦的な先生の唐手にたいへん興味を持っていて、一度、ぜひ見学したいと言うので、連れて参りました」

堀口は、礼儀正しく頭を下げた。

朝基は、さすがにこれまで対戦したボクサーとは違うと感じた。全身から精気がほとばしるようだ。服を着ていても、鍛え上げられた体格がよくわかる。

その筋肉はただ発達しているだけでなく、よく引き締まっていた。

「自分はかつて栃木県で柔道をやっていました。中学校の先輩の、渡辺勇次郎《わたなべゆうじろう》が、故郷でボクシングの模範試合をやったときに、飛び入りで試合をやりました。二ラウンドだけ戦いました」

堀口は、どこかはにかんだように言った。

ボクシングの飛び入り試合か。俺と似たようなことをするものだと、朝基は思った。

おそらく、堀口も『キング』の記事を読んだに違いない。ボクサーを一撃で倒した唐手がどういうものか、興味を引かれたに違いない。

いや、興味以上の思いだろう。唐手がどれほどのものか、と考えているに違いない。

たしかに、朝基が戦った相手は、一流選手とは言えなかった。以前、横浜で相手をした二人のボクサーも、それほど経験を積んでいたとは思えない。

一方、堀口はチャンピオンだ。それなりの自負もあるだろう。若さと体力にも自信を持っているはずだ。

「この本部は、ご覧のとおりの年寄りです。東洋チャンピオンが、この年寄りから何を学ぶというのです？」

堀口は、あくまでも礼儀正しく言った。

「自分は、ほとんど独学でボクシングを学びました。若いうちは、体力に任せて勝ち続けることができました。しかし、ボクシングも変わりつつあります。ハワイに巡業に行ったときのことです。自分の戦い方は、ボクシングではないと、現地の新聞で酷評されたのです」

「チャンピオンなのでしょう？　なのに批判されるのですか？」

「チャンピオンといっても自分は、世界のタイトルを持っているわけではありません。世界にはまだまだ強い選手がたくさんいます。自分の戦い方は、いわば捨て身の戦法です。守ることを考えず、ひたすら相手を叩く。しかし、ボクシングの世界も進化して、フットワークやディフェンスを重視するようになりました。自分のスタイルは時代遅れなのです」

「時代遅れというならば、私のほうがずっと時代遅れのはずですが……」

「新しいボクシングというのは、攻防一体となったものです。ならば、むしろ日本の武道に学ぶべきものがあるはずだと、自分は考えたのです」

どうも、堀口が話しているボクシングの専門用語が理解できなかった。しかし攻防一体ということならば、たしかに堀口の言うとおり唐手の技術そのものだ。

「唐手では、夫婦手と言いまして、左右の手を必ず連動させなければなりません。守りは守り、攻撃は攻撃というふうに分けるのではなく、守りの手がそのまま攻撃に転じ、攻撃した手がまた、そのまま守りに転じたりします」

堀口の眼が輝きはじめた。

「それはボクシングでも同じだと思います。攻撃は最大の防御ともいいますし……」

「そういうことではありません。夫婦手というのは、こうして相手の攻撃を受け外したとして、そこからその手が即座に攻撃技に変化するものなのです」

朝基も、興が乗ってきて、身振り手振りを交えて話をした。

堀口が首を捻《ひね》る。

「それでは、パンチを打つ距離が取れませんね。威力のある打撃ができないと思うのですが……」

「唐手の打撃に、距離はいりません」

「距離がいらない？　どういうことですか？」

朝基は、次第にじれったくなってきた。

「おい、誰か」

門弟たちに言った。「表の看板を持ってきてくれ」

出入り口近くにいた門弟たちが、不審そうな表情で看板を外してきた。それを、道場の中に紐《ひも》でつり下げさせると、朝基は言った。

「さあ、誰かこの看板を、一寸くらい拳を離したところから、割ってみなさい」

「先生」

弟子の一人が驚いた様子で言った。「これは、道場の看板ですよ」

「なに、看板などただの板だ。割れたらまた書けばいい。さあ、やってみなさい」

何年か通っている弟子がまず、試してみた。本当に鍛錬を積んでおり、唐手の技術を理解していれば可能だと、朝基は思っていた。だが結局、三人の弟子がやってみて、誰も割ることができなかった。

堀口は、いったい何が始まったのかという顔でその様子を眺めていた。

「堀口さん。見ていてください。これが、本当の唐手の打撃です」

朝基は、看板すれすれに右の拳を置いた。下腹に呼吸を溜《た》める。少し背を丸めるようにして、腰を据えた。

下腹に溜めた息を一気に吐き出す。その瞬間に体を鞭《むち》のようにしならせる。板に当たる瞬間に拳を下に押し下げるような気持ちで打ち抜いた。

餅身《ムチミ》を使い、筋骨《チンクチ》をかけたのだ。

乾いた音が道場内に響き渡った。

看板は、ちょうど錐穴《きりあな》のあいたところで、縦に真っ二つに割れていた。

弟子たちが、驚きと賞賛の声を洩らす。

朝基は、堀口を見た。堀口もまた驚きの表情で立ち尽くしていた。朝基は言った。

「唐手の打撃に距離はいらないということを、理解していただけましたか？」

堀口は、目を丸くしたまま言った。

「いったい、どうすればそんなことができるようになるのです?」

「ただ、長年鍛錬を続けただけです。でもね、唐手というのは、見ただけではわかりません。どれ、ひとつ、やってみますか?」

堀口は、ますます驚いた様子だった。

「いや、しかし……」

こちらが老人なので、遠慮しているのだろう。朝基にも経験がある。若い頃に、浦添に住む川平のタンメーを訪ねた。

そのときに立ち合うかと言われて、相手が老人なので、どう対処しようか迷ったことを思い出していた。

そうか。あのとき、川平のタンメーも、今の俺と同じ気持ちだったのか……。

そう思うと、何やら感慨深かった。

「手加減の必要はありませんよ。どうぞ、私を打ち倒すつもりでかかってきてください」

堀口は、まだ戸惑っている様子だ。

成川が言った。

「堀口君、せっかく来たんだ。ぜひ、やってみなさい」

そう言われて、ようやく堀口はうなずいた。

「はあ、それでは、教えていただきます」

上着を脱ぎはじめた。

裸の上半身を見て、さすがだと朝基は思った。重厚でしかもしなやかな筋肉に覆われている。

朝基は、いつものように着流しのままだった。

「さあ、いつでもどうぞ」

ざわめいていた道場内が、一瞬にして静まりかえった。

門弟たちは、若いボクシングのチャンピオンと自分たちの師がどう戦うのか、興味津々なのだ。

朝基も楽しみだった。

これまで、何度かボクシングの選手とは戦ってきた。だが、チャンピオンは、そういう連中とは格が違うはずだ。

「お願いします」

堀口は、一礼してから構えた。

両拳をやや高めに掲げる。右足が前になっている。

ほう。俺と同じか。さすがに、実戦を心得ているな……。

これまで戦ったボクサーたちより間合いが少しばかり遠い。

これは、堀口が唐手を警戒してのことだろうか。板割りを見せたのだから、それも充分に考えられる。それとも、もともと堀口の間合いは遠いのだろうか。

朝基にはわからなかった。なにせ、これまで堀口の試合など一度も見たことがない。

だが、この間合いは朝基には都合がよかった。唐手の間合いに似ている。

堀口は、隙《すき》を探るようにさかんに上体を揺り動かした。

話していたときとは、眼光の鋭さがまるで違う。

ああ、これは本物だ。

朝基はうれしくなった。

自然に体が揺れる。意識しなくても、自然と体が堀口の呼吸に合わせて動くのだ。

堀口は、遠慮しているのか、なかなか手を出してこない。

「さあ、好きにかかってきてください。こちらは、本当には当てませんから……」

これを、挑発と取ったのか、堀口の動きがとたんに機敏になった。

さかんに上体を揺らし、打ち込む機会をうかがっているようだ。

朝基は、その動きに集中した。

集中しながら、くつろいでいた。まったく不思議な心境だが、本気で戦うときに、しばしばこういう状態になることがあった。

頭の中が空っぽになったようだ。

相手がこう来たら、こう動こうとか、こういう攻撃には、こう対処しようとか、そんなことはまったく考えていなかった。

弟子が見ていることすら忘れていた。

本当に何も考えていない。ただ、相手の動きと呼吸に合わせて、自然と体が動いている。

すべてから解放されたような気分だ。

ああ、俺はなんて幸せなんだろう。そのとき、朝基は本当にそう感じていた。

堀口が右の鋭い打撃を放ってきた。ボクサーが間合いや拍子をはかるためによくやる打撃だ。

堀口の右肩が動いたときには、朝基はすでに前にある右足を前方に滑らせていた。入り身になる。

右肘に左拳を添えて、右の拳を突き出す。

その拳は、堀口の額すれすれのところで、ぴたりと止まっていた。

堀口は、はっと身を引いて、また間合いを取った。

朝基は、相変わらず至福の中にいた。

堀口がさがったので、自然とそれを追うような形になった。

間合いを詰められた堀口は、今度は、右、左と続けざまに拳を振り出そうとした。その意図が手に取るようにわかる。

朝基は、まったく同じように右足を滑らせるように進めて入り身になり、右の拳を堀口の顔面に突き出していた。

当たる直前で止めている。

堀口は、また慌てて後ろにさがった。今度は、思い切って左の拳を振ってきた。

それも体の動きでわかった。

朝基は、今度もまったく同様に入り身になって右の拳を突き出した。堀口の額の直前にぴたりと突きつけられていた。

いつしか、堀口は道場の壁までさがっていた。どんと壁に背中をつくと、彼は言った。

「だめだ。とてもかなわない……」

堀口は、構えを解いた。

朝基は、にこやかに言った。

「いや、さすがです。久しぶりに本気にさせてもらいました」

「自分は、攻防一体という言葉を漠然と捉《とら》えていました。先生の動きこそ、まさに攻防一体。たいへん、勉強になりました」

この若者ならば、一度の立ち合いで多くのことを学んだに違いないと思った。

果実が熟するようなものだ。普段、必死にボクシングのことを考え、厳しい練習を続けているのだろう。それが彼自身の中に蓄積していく。それが熟し切ったときに、熟れた果実がぽとりと落ちるように、ほんの些細《ささい》な出来事が大きな悟りのきっかけになったりするのだ。

「ありがとうございました」

堀口は、深々と頭を下げた。「この経験は決して忘れません」

朝基は言った。

「興味があれば、またいつでもいらっしゃい」

「よろしいのですか?」

「もちろんです」

「ぜひ、また教えを請いに参ります」

再び、堀口は丁寧にお辞儀をして道場を去っていった。

この出会いは、朝基にも大きなものをもたらした。

唐手が、本気で戦い続ける若者の助けになった。

東京に出てくるまでは、自分自身の強さを追求し、本物の唐手をヤマトに広めようと思っていた。

それは、朝基自身の欲だ。

堀口と出会い、自分の唐手が誰かの役に立つということを、初めて実感したのだ。

そこに、朝基の欲はない。

そうか。唐手は、人の役に立つためにあるのだった。人を活《い》き活《い》きと生かすためにあるのだ。

若い頃は、自分が強くなることが、希望を失った沖縄士族たちに、もう一度誇りを取り戻させることになると信じていた。

今思えば、それもまた我欲だろう。

唐手はもっと豊かでおおらかなものだ。

思い上がりではなく、今朝基は、素直にそう思うことができた。

俺は、俺を慕ってくれる人々のために生きよう。これから、何年生きられるかわからない。余生は短いかもしれない。だが、生きている限り、精一杯のことを弟子たちにしてやろう。

日中戦争に続いて、太平洋戦争が勃発《ぼっぱつ》した。世の中は不安に満ちている。

だが、朝基の心は晴れて、澄み渡っていた。

一時、東京を離れて、ナビーたちのいる大阪に向かった。

若者たちが次々と戦地に行き、道場も幾分か暇になっていた。久々にゆっくりと家族で過ごせると思った。

ナビーも年を取った。家族に会うと、過ぎ去った年月の重さを感じる。

「東京はいかがです？」

ナビーが尋ねる。

「うん。うまくいっている」

朝基は、ピストン堀口が道場を訪ねてきたときの話などを聞かせた。ナビーは、うれしそうに聞いている。

そこに、学校に行っていた朝正が帰ってきた。すでに、立派な若者になっていた。

「おお、朝正、帰ったか」

朝正は、はにかんだ様子で朝基のほうを見ようとしない。やはり、なついてはくれないかと、朝基は思った。赤ん坊のときに別れ別れになり、たまにしか会えなかったのだ。

ナビーが言った。

「これ、朝正。お父様に失礼でしょう。ちゃんとご挨拶《あいさつ》なさい」

「いいんだ。今度は少しゆっくりできるから、おいおい話をしよう」

そう言ったとき、朝正が意を決したように朝基を見た。

「お父さん、お願いがあります」

朝基は、その眼差しの強さに、少しばかりたじろぐ思いだった。もしかしたら、放ったらかしにしていた、などと恨み言の一つも言われるかもしれないと思った。

何を言われてもしかたがないのだと覚悟を決めて、朝基は尋ねた。

「頼みというのは何だ？」

「手を教えてください」

参考文献

『琉球拳法空手術達人　本部朝基正伝』　小沼保編著　壮神社
『本部朝基と琉球カラテ』　岩井虎伯著　愛隆堂
『空手道歴史年表』　外間哲弘編著　沖縄図書センター（発行）
エムティ出版（発売）
『猿―小説本部朝基物語』　新垣清著　壮神社
『写真集　沖縄戦後史』　大田昌秀監修　那覇出版社

執筆にあたり、右の資料を参考にしましたが、その解釈は著者独自のものであり、作品はフィクションです。

解説

北上次郎

沖縄伝統の手（ティー）の使い手、本部朝基の波瀾に満ちた半生を描く武闘小説である。書名となっている「武士」（ブサー）とは、沖縄では武道家、特に唐手家を指し、「猿」（サールー）とはすばしっこいので朝基に付けられたあだ名だ。

本書の中に、大阪時代の朝基が長屋の二階にいる知り合いに「一杯やっているんだが、寄っていかないか」と声をかけられるくだりがある。「おう、付き合おう」と朝基は脇のゴミ箱に足をかけ、ひょいと飛んで二階の張り出しに手をかけると、するすると二階に登ってしまう。声をかけた知り合いが驚くと「五十を越えた。最近、足腰が弱ってきた。やはり年には勝てない」とこの男は言う。二十代の頃なら、ゴミ箱に足をかけることなく、そのまま二階の出っ張りに飛び乗れたかもしれないと朝基は思っている、とのくだりである。どんなに鍛えていても肉体はこのように衰えていく。だが、この場面が印象に残るのは、「だからといって諦めてはいけない」とこの男が考えることだ。そのときの述懐を引く。

「鍛練を続けていれば、衰える割合や速度を減らすことができるだろう。つまり、普通の老人よりも壮健でいられるということだ」

　続けてもう一つ引く。

「そして、正しい型を続けて、正しい変手を工夫すれば、幾つになっても強くいられるはずだ。俺は、その道を極め、そして内地でそれを広めなければならない」

　ここに、本部朝基の個性と、本書のテーマがある。

　たとえば巨漢力士マギーに、「髷《まげ》をつかんで、持ち上げてみてくれ」と朝基が頼む場面がある。「手の修行のためだ。頼む」と言われるとマギーも拒否できず、後ろにまわって朝基の髷をつかんで持ち上げる。朝基の体が浮き上がることはなかったが、腰が浮いてしまって朝基は何もできない。肘打ちも届かないし、後ろに蹴り上げることもできない。「参ったな」と朝基が呟くとマギーは手を放し、「まことに失礼しました」と深々と頭を垂れる。「大きくて力の強い者に、後ろから髷をつかまれると、どうしようもないものだ」と考え込む朝基を、マギーはじっと見る。その眼差しに気がついた朝基が「何だ、私が何か妙なことを言ったか?」と言うと、巨漢力士は自分が感じ入った理由をこう語る。

「本部の若様は、噂とは大違いだ、と……。本当に真面目に手の修行をなさっておいでだ。おそらく、若様は、本当にお強くなられる」

この逸話の背景を少しだけ説明しておくと、朝基の家は、第二尚氏《しょうし》琉球国王十代、尚質《しょうしつ》の六男、尚弘信《しょうこうしん》を祖とする琉球王族で、廃藩置県後もなにかと優遇されていた、との事情がある。だから朝基が強くなりたい一心で掛け試しをやろうとしても「本部御殿《もとぶウドゥン》の血族の方に怪我させるわけにはいきません」と言われてしまうのである。それでも無理やりかかっていくと、世間では乱暴者と言われるし、「勝つためならどんな手段でも使う。そして、強さに驕り、負けた相手を悪し様に言う」と妙な噂まで飛んでしまう。巨漢力士マギーもそういう噂を聞いていたのだろう。しかし会ってみると、けっしてそうではなく、強くなりたいという純粋な朝基の希求を知って驚いたというわけだ。

武闘小説の場合、強くなりたいという主人公の希求こそが物語の核になっているのが通例だが、本書ではこのようにそれがねじれているのがミソなのである。朝基は棒の使い手を知るとすぐに向かっていくし（すべて研究のためだ）、とにかく高みを目指していく。その点では、強くありたいと願う他の武道家たちと寸分の違いもない。

異なるのは、朝基が王族の末裔であることと（その偏見とまず彼は闘わなければならない）、もう一つ、沖縄の事情がある。薩摩による琉球支配、さらには明治の琉球処分と、沖縄はずっと虐げられてきた。その歴史的な事実がこの長編の背景にある。たとえば『義珍の拳』の冒頭に、義珍の師安里安恒《あさとあんこう》が次のように言うくだりがある。

「無闇に自分が唐手の修行をしていることを口外してはいけない。唐手の修行者は、他人に修行していることをなるべく知られないようにしなければならない。だから、こうして夜にこっそりと稽古をする」

もともと公に唐手を学ぶことは許されていなかった、とそのくだりにある。首里の手は殿中のお留め技であり、門外不出だったという。義珍の師安里安恒はなおも言う。

「唐手の修行をしていることを無闇に吹聴して歩くと、必ず戦いを挑んでくる者が現れる」

「そうすると、無駄な争いをしなければならなくなるかもしれん。唐手の修行者はそれを避けなければならない」

本書には、薩摩に支配されていた時代に、そういう習慣が培われたと言う者もいる、と別の説も紹介されているが、真実がそのどれであっても、手というものが沖縄武士の誇りであったことは事実だろう。薩摩による琉球支配、さらには明治の琉球処分という現実を一方に置いて、

「下級士族は、生きる望みをなくしている。沖縄武士の誇りを取り戻してほしい。そのために、強さを証明したい。そう思って、手の修行を積み、掛け試しを続けてきた」

という朝基の意図も十分に理解できる。

ところが、手の強さを証明することで沖縄武士のプライドを守りたいと願う朝基を批

判する勢力もいたりするから、事態は複雑である。唐手の強さを内地で証明するということは、唐手の秘伝を公開するということだ、それは沖縄を売るということだ、というのである。そういう勢力からすれば、朝基は裏切り者なのだ。

事態をもっと複雑にしているのは、唐手を朝基より先に内地に紹介している富名腰《ふなこし》義珍が、朝基とはまた違った考え方を持っていることである。『義珍の拳』から引けば、空手の本質を実戦的な技術と捉える朝基に対し、

「義珍は、空手の別の側面を強調したかった。空手は義の助けだ。青少年の丈夫な体とまっすぐな心を養うために役立てるものだ。空手の型はすべて受けの手から始まる。それこそが、空手の本質を物語っていると義珍は考えていた」

空手を大衆化したいというのが義珍とその師安里安恒の目標だったのである。しかし朝基からすれば、それはまやかしの唐手にすぎない。こうして対立は幾重にも重なって、事態はどんどん複雑になっていく。

本書は、そういう複雑な時代と背景を背負った一人の唐手家が、どう生きていったのか、その波瀾に富んだ半生を描き出していくので、読み始めるとやめられなくなる。明治、大正、昭和を生きた朝基が、最後にどういう境地にたどりつくのかは本書をお読みいただきたい。戦いのリアリティから朝基の苦悩まで、まことに鮮やかに描かれた傑作である。

この『武士猿』は単独作品なので、これだけお読みになっても十分に面白いが、もし本書を読んでもっと読みたいと思われた方のために書いておけば、今野敏には武闘小説四部作がある。

①『惣角流浪』一九九七年
②『山嵐』　二〇〇〇年
③『義珍の拳』二〇〇五年
④『武士猿』　二〇〇九年

①は大東流合気柔術の祖武田惣角を描いた長編で、②は講道館四天王の一人、西郷四郎を描く長編。この二篇が本土篇とするなら、本土に空手を伝えた富名腰義珍の半生を描く③と本書④は沖縄篇と言えるだろう。前半二作と後半二作を繋ぐのは嘉納治五郎だ。この四作品がつながっているわけではなく、それぞれ単独作品なので、どれから読んでもいいが、全部読めば面白さも四倍といっていい。本書で初めて今野敏の武闘小説を知った読者はぜひとも遡ってお読みになることをおすすめしておきたい。

初出　「琉球新報」二〇〇八年一月〜十月

この作品は二〇〇九年五月、集英社より刊行されました。

集英社文庫

武士猿《ブサーザールー》

2012年5月25日　第1刷　　定価はカバーに表示してあります。

著　者　今野《こんの》　敏《びん》

発行者　加藤　潤

発行所　株式会社　集英社
東京都千代田区一ツ橋2-5-10　〒101-8050
電話　03-3230-6095（編集）
03-3230-6393（販売）
03-3230-6080（読者係）

印　刷　凸版印刷株式会社

製　本　凸版印刷株式会社

フォーマットデザイン　アリヤマデザインストア　　マークデザイン　居山浩二

ISBN978-4-08-746834-2 C0193